2
彼女を奪った
イケメン美少女が
なぜか俺まで
狙ってくる
illustration.
さなだケイスイ
福田週人

「さぁ、口を開けて。
私のご主人様？」

「――ご、ご奉仕なら、
私がしてあげますっ」

「うぇぇ!? そ、颯太!?
な、なん、
なんで急に……!?」

「私のことなんて忘れてさ、
江奈ちゃんのところに行きなよ」

CONTENTS

kanojo wo ubatta ikemen bishoujo ga
nazeka oremade nerattekuru

彼女を奪ったイケメン美少女がなぜか俺まで狙ってくる

kanojo wo ubatta
ikemen bishoujo ga
nazeka oremade
nerattekuru

2

illustration.
さなだケイスイ

福田週人

プロローグ

「さぁ、口を開けて。私のご主人様？」

「……いや、あのさ」

「ふふ、緊張《きんちょう》してる？　大丈夫《だいじょうぶ》、優《やさ》しく食べさせてあげるから。ほら、あ〜ん♪」

一体なんなんだ、この状況《じょうきょう》は。意味が分からなさ過ぎて頭が痛くなってきた。

俺はシワの寄った眉間《みけん》を指で揉《も》みほぐしながら、改めて右隣《みぎどなり》に座る水嶋《みずしま》の格好を眺《なが》めてみる。

水嶋《みずしま》が身に纏《まと》っているのは、足元が隠《かく》れるほど長いロングスカートタイプの黒いワンピースだった。その上からフリルのついた白エプロンを重ね着し、頭にはこれまたフリルが付いた白いヘッドドレス。

そう——メイド服である。

正確には、いわゆる「本職」の方々が身に付けるようなクラシックなスタイルのメイド服だ。

「ほらほらご主人様？　私に見惚《みと》れるのは構わないけど、早く食べないとせっかくの料理が冷めちゃうよ？」

そんなオールドタイプなメイドさんに扮《ふん》した水嶋《みずしま》が、さっきからスプーンで掬《すく》ったカレーライスを俺の口にねじ込もうとしてきているのだ。

「あ、それとも……ご主人様は料理より、メイドとのイチャイチャをご所望《しょもう》ですか？　そういうことなら、たっぷりとして差し上げますよ？　――ご、ほ、う、し♪」

「だから、そういう問題じゃなくて……」

蠱惑《こわく》的な微笑《びしょう》を浮《う》かべて、ノリノリで俺にすり寄ってくる水嶋《みずしま》。

ただ、これだけであれば、別にどうっていうことはない。

水嶋《みずしま》が男心をくすぐる衣装《いしょう》でスキンシップを図《はか》ってくるのは、なにも今回が初めてのことではないからだ。

では、なぜ俺がこんなに狼狽《うろた》えてしまっているのかと言えば……。

「――ご、ご奉仕《ほうし》なら、私がしてあげますっ」

水嶋《みずしま》のアピールに待ったをかけるように、今度は俺の左隣《ひだりどなり》から声がかかる。

そこにはもう一人、長くてサラサラした黒髪《くろかみ》が印象的なメイドさんが座っていた。

ワンピースにエプロンというスタイルは水嶋《みずしま》と同じだが、こちらはスカートの部分がかなり短い。露《あら》わになったおみ足を覆《おお》うガーターベルトや、大胆《だいたん》に空いた胸元《むなもと》部分など、全体的にセクシーさを重視したデザインだ。

その上、犬耳のようなものが付いたヘッドドレスや首に巻かれたチェック柄《がら》の首輪のおかげで、どこか庇護《ひご》欲をくすぐられる小動物的な可愛《かわい》さも醸《かも》し出《だ》されている。

ただ、黒髪《くろかみ》のメイドさんは水嶋《みずしま》と違《ちが》って、なぜか顔にアイマスクを装着していた。

「ご、ご主人様のお世話は、私の仕事です、ので……！」

羞恥心《しゅうちしん》を捨てきれていないのか、若干《じゃっかん》ぎこちない様子の犬耳メイドさん。

それでも彼女は水嶋《みずしま》から引《ひ》き離《はな》すようにして、俺の左腕《ひだりうで》をぐいっと引っ張った。そのままコアラみたいに「ぎゅっ」と腕《うで》に抱《だ》き着《つ》いてくる。

そんな初々《ういうい》しい姿は正直とても微笑《ほほえ》ましいのだが、今の俺の中ではそれよりも、この状況《じょうきょう》の意味不明さに対する困惑《こんわく》の方が勝っていた。

「ちょ、ちょっと、里……いや、エレナさん⁉ 何をっ」

「は、はい、エレナです！ 私は『サトモリ』などではなく、エレナです！」

自分のことを「エレナ」と名乗る、黒髪《くろかみ》ロングの犬耳メイドさん。

アイマスクで目元を隠《かく》していることもあって、彼女の中ではもしかしたら完璧《かんぺき》に別人を装《よそお》えているつもりなのかもしれない。

けれど――申し訳ないが、「自称《じしょう》エレナさん」はどこからどう見ても、江奈《えな》ちゃんだった。

（マジでなんなんだ、この状況《じょうきょう》は！）

俺の人生初の彼女で今は元カノである女の子と、その女の子を俺から奪《うば》ったイケメン美少女が、二人してメイドに扮《ふん》して俺に「ご奉仕《ほうし》」をしようと迫《せま》ってくるのだ。

どうだ？ わけがわからないだろう？

（どうして、こうなったんだっけ……？）

どちらが俺に「ご奉仕《ほうし》」をするかで静かな戦争を繰《く》り広《ひろ》げているメイドさんたちをよそに、俺は記憶《きおく》を遡《さかのぼ》る。

そうだ……思えばあの日、あのファミレスでの出来事が、そもそものきっかけだったんだ。

第一章　メロンソーダと初めての

時は少し遡《さかのぼ》り、五月の中旬《ちゆうじゆん》。

毎年恒例《こうれい》の「新入生歓迎《かんげい》スポーツ大会」から二日後の水曜日のこと。

放課後に例によって下校ルートで待ち構えていた水嶋《みずしま》と一緒《いつしよ》に、俺は桜木町《さくらぎちよう》駅近くのファミレスへと足を運んでいた。

「じゃあ、次の部分ね。ここの『He head for Yokohama station.』は分かるでしょ？」

「……『彼は横浜駅《よこはまえき》の頭《ヘッド》です』？」

「ええっと……たぶん横浜駅《よこはまえき》にそんな暴走族の親玉みたいな人はいないんじゃないかな？」

店の奥にある窓際《まどぎわ》ボックス席。ひとまずドリンクバーと適当なサイドメニューを注文した俺たちは、テーブルに広げた教材やらノートやらに目とペンを走らせる。

今日の放課後デートはズバリ、五月末に行われる中間テストに向けた勉強会というわけだ。

「ここの『head』は『head for』で『〜に向かう』っていう意味。だから正解は、『彼は横浜《よこはま》駅《えき》に向かう』だね。熟語を覚えていれば簡単だよ」

「その覚えるべき熟語や単語が多すぎるんだよな、英語ってのは」

まぁ、勉強会とは名ばかりで、実際は水嶋《みずしま》を先生にした個別授業の様相を呈《てい》しているのだが。

「だいたい、テストまでまだ二週間あるんだぞ？　いま覚えても当日には忘れてるよ、俺は」

「ええ～。じゃあ、いつ試験勉強するつもりなのさ？」

「はっ、知れたこと。一夜漬《いちやづ》けだ。これまでもそれでなんとか赤点は回避《かいひ》してきた」

「むしろそれでなんとかなってたのが不思議だよ……」

水嶋《みずしま》が呆《あき》れ半分、感心半分といった風に苦笑《くしょう》する。

俺に言わせてもらえれば、モデル活動をこなしながら特進クラスの学力レベルについていけている水嶋《みずしま》の方が、よっぽど不思議に思えるけどな。

「でもまぁ、早めに対策しておくに越《こ》したことはないでしょ、やっぱり。それに土日はデートをするんだから勉強できる時間も少ないし、平日にちょっとずつでも進めとこうよ」

「あ、そう……土日は試験勉強よりデート優先なのね」

ため息を吐《は》きつつ、俺は先ほど口にした二週間という言葉を頭の中で反芻《はんすう》する。

（あと二週間、か……）

それはもちろん、目下の憂鬱《ゆううつ》の種である中間テストまでのタイムリミットでもあるが。

同時に、俺と水嶋《みずしま》との「勝負」、その決着がつく日までのタイムリミットでもある。

『一か月だけ、私と「お試《ため》し」で付き合ってよ――』

そんな提案から始まった恋人《こいびと》生活（仮）も、気付けばすでに折り返しだ。

この二週間はあまりにも色々なことがありすぎて、俺としてはすでに一か月なんかとうに経《た》っているくらいの感覚だった。

（服選んだり、食べ歩きしたり、一緒《いっしょ》にモデルの撮影《さつえい》なんかもして……他にもまぁ色々やらされたよなぁ）

テスト勉強が億劫《おっくう》なのもあって、俺は窓の外の並木道を眺《なが》めながら、しみじみと水嶋《みずしま》との日々を思い返す。

（こいつと過ごす放課後にも、なんだかすっかり慣れちまったなぁ）

ため息交じりにテーブルの対面に目を戻《もど》すと、ちょうど水嶋《みずしま》が手元のメロンソーダのストローに口をつけるところだった。

「んっ……」

軽く髪《かみ》をかき上げながら形の良《い》い唇《くちびる》をすぼめるその姿に、思わずドキリとする。

次の瞬間《しゅんかん》、俺の脳裏《のうり》にフラッシュバックしたのは、数日前の「恩返しデート」の一幕だった。

（キス……したんだよな、俺。こいつと）

夕暮れのオレンジに染まる観覧車のゴンドラ。

それに負けないくらいに頰《ほお》を赤く染めた水嶋《みずしま》が、ほとんど不意打ちのように俺の唇《くちびる》を奪《うば》ったあの瞬間《しゅんかん》は、今もはっきりと脳に焼き付いてしまっている。

（って、やめやめ！　なに考えてるんだ！）

頭に浮《う》かんだ邪念《じゃねん》を霧散《むさん》させるべく、俺は眉間《みけん》を指で揉《も》みほぐした。

「ん？　どうしたの颯太《そうた》？」

「……なんでもない。勉強のし過ぎでちょっと頭痛が、な」

「いやいや、まだ『し過ぎ』ってほどしてなくない？　普段《ふだん》どんだけ勉強してないのさ。困るなぁ、もっと頑張《がんば》ってもらわないと」

「ほっとけ。というか、俺の成績が悪くてもべつにお前が困ることなんか何もないだろ」

俺が吐《は》き捨《す》てると、水嶋《みずしま》はあからさまに呆《あき》れたような目を向けてきやがる。

何をたわけたことを、とでも言いたげだ。

「いやいや、あるよ。だって、颯太《そうた》には私と同じ大学に通ってもらわなくちゃいけないんだから。このままの成績じゃ、確実に颯太《そうた》だけ不合格になっちゃうもん」

「おい待て。なんで俺がお前と同じ志望校を目指していることになってるんだ？」

「なんでって、そりゃあ一緒《いっしょ》にキャンパスライフを送りたいからに決まってるじゃない？　恋人《びと》同士なんだからさ」

「決まってない。勝手に俺の進路を決めるんじゃあない」

こちとらお前みたいな優等生と違《ちが》って、意識低い系の不真面目高校生ですよ。

志望校どころか、まだ大学受験の「だ」の字すら頭の片隅《かたすみ》にもありませんでしたよ、ええ。

それに、その発言は随分《ずいぶん》とまぁ余裕《よゆう》を見せつけてくれるじゃないの。

だってこいつは、少なくとも大学生になるまで俺と恋人《こいびと》同士でいられると、当然のように思っているってことなんだから。

「決まってるよ。颯太《そうた》は私と同じ大学に行きます。それで、学科も同じで、受ける講義も全部同じ。お昼ご飯も毎日一緒《いっしょ》に食べて、サークル活動なんかも一緒《いっしょ》にして。そして夜になったら同じ部屋に帰って、同じベッドで寝《ね》るのです」

おい、その颯太《そうた》くんお前と同棲《どうせい》までしてない？

なんだその典型的なバカップルのキャンパスライフは。

「はぁ……妄想《もうそう》するのは勝手だけどな、水嶋《みずしま》。お前は一つ大事なことを忘れている」

「え？　何のこと？」

「そのイチャイチャ大学生活が実現するのは、その時まで俺たちが恋人《こいびと》同士であればの話だ。でも、そうはならない。だって俺たちは、この『勝負』が終わったらんむっ⁉」

言いかけた俺の言葉を遮《さえぎ》るように、水嶋《みずしま》が俺の唇《くちびる》に人差し指を押し当てて口をふさぐ。

次にはふふん、と得意気な笑《え》みを浮《う》かべて言い放った。

「言ったでしょ？　私は絶対に颯太《そうた》を攻略《こうりゃく》してみせる、って。だから——確定事項《じこう》だよ、その未来はね」

水嶋《みずしま》のエメラルドの瞳《ひとみ》には、ただ一点の曇《くも》りもなかった。

まるで、それが世界の真理なのだとでも言わんばかりに。

「……よくもまぁ、そこまで言い切れるもんだよな。ある意味感心するよ、おまえのその自信家ぶりにはさ」

「狙《ねら》った獲物《えもの》は逃《に》がさない性分《しょうぶん》だからね、私」

言いつつ、水嶋《みずしま》は俺の注文したフライドポテトの山からヒョイッ、と一本を摘《つ》まみ上げる。

「例えばほら、こんな風に」

「あっ！　お前それ、俺がとっといた一番長いヤツ！」

「隙《すき》だらけだねぇ、相変わらず。そうやって油断してるから奪《うば》われちゃうんだよ？」

なす術なく掻《か》っ攫《さら》われたフライドポテトは、そのまま水嶋《みずしま》の口の中へと消えていった。

「ん、美味《おい》しい」

「くっ！　こいつマジで……！」

食い物の恨《うら》みは恐《おそ》ろしいことを知らんのか？　今夜はせいぜい背中に気を付けることだな！

心中で呪詛《じゅそ》の言葉を並べつつ、俺は腹立ち紛《まぎ》れにグラスのコーラを飲みほした。

「……ん？　おや、佐久原《さくはら》くんじゃあないか！」

「あれ〜、ほんとだ〜」

と、そこで不意に名前を呼ばれ、俺は声のした方へと振《ふ》り返《かえ》る。

果たして、視線の先に立っていたのは。

「やぁやぁ！　こんな所で会うとは奇遇《きぐう》だねぇ！」

「やっほ～、佐久原《さくはら》くん～」

俺の所属する映画研究部の二年生、宮沢真琴《みやざわまこと》部長と菊地原海先輩《きくちはらうみせんぱい》だった。

※

「いや～、まさか佐久原《さくはら》君があの『Ｓｉｚｕ』と親交があったとはねぇ。こんな形で学園きっての有名人と知り合えるなんて光栄だよ！」

「こちらこそ、颯太《そうた》の先輩方《せんぱいがた》とお知り合いになれて嬉《うれ》しいです。よろしくお願いします、宮沢《みやざわ》先輩《せんぱい》、菊地原先輩《きくちはらせんぱい》」

「おっと、これはご丁寧《ていねい》にどうも！　こちらこそひとつよろしく、水嶋《みずしま》君！」

「海《うみ》でいいよ～。よろしくね～、静乃《しずの》ちゃん」

まったくもって計算外だった。

俺たちのいるファミレスは桜木《さくらぎ》町《ちょう》駅からそう離《はな》れていないとはいえ、あまり人通りのない並木道に面した店舗《てんぽ》である。

勉強会の場所をここにしたのも、他の帆《ほ》港《みなと》生と遭遇《そうぐう》する可能性が低いだろう、と考えてのことだ。なにしろ、俺と水嶋《みずしま》の「関係」を学校の奴《やつ》らに知られるわけにはいかないからな。

それなのに、まさか部長と菊地原先輩《きくちはらせんぱい》に出くわしてしまうだなんて。

「まったく、水臭《みずくさ》いじゃないか佐久原《さくはら》くぅん？　それならそうと教えてくれれば良かったのに。君もなかなかどうしてお安くないな、このこの～！」

「いや、ははは……」

成り行きで相席することになった部長が、右隣《みぎどなり》からバシバシと俺の肩《かた》を叩《たた》いてくる。その対面、水嶋《みずしま》の左隣《ひだりどなり》に座った菊地原先輩《きくちはらせんぱい》もニコニコ笑顔《えがお》でこっちを見ていた。

や、やりづらい。会社の飲み会で酔《よ》っぱらった上司に絡《から》まれるサラリーマンって、こんな気持ちなんだろうか？　そりゃ、みんな嫌《いや》がるハズだよ。

「私から颯太《そうた》にお願いしていたんです。『伏《ふ》せておいて欲しい』って」

困り果てる俺を見かねてか、水嶋《みずしま》がさりげなく助け船を出す。

「自分で言うのもなんですけど、私と友人同士であることが公《おおやけ》になったら、その……颯太《そうた》にも色々と迷惑《めいわく》がかかるかもしれませんから」

「む……なるほど。たしかに君のファンは学校内にも大勢いるだろうからね。嫉妬《しっと》心から佐久《さく》原《はら》君を逆恨《さかうら》みする不届き者がいないとも限らない、というわけか」

「まぁ、端的《たんてき》に言えば。なので先輩《せんぱい》たちも、できれば私たちのことは……」

水嶋《みずしま》が手を合わせて片目を瞑《つぶ》ると、それで全てを察したらしい部長は鷹揚《おうよう》に頷《うなず》いた。

「うむ。そういうことなら、ここで見たことは決して口外しないと約束しよう。可愛《かわい》い後輩《こうはい》が謂《いわ》れのない不利益を被《こうむ》るのは、私たちとしても本意ではないからな！」

「ありがとうございます、先輩《せんぱい》。助かります」

言うなり、水嶋《みずしま》が部長たちに気付かれないように俺に目くばせをしてみせた。

すげぇな、こいつ。あくまでも俺たちが「友人同士」であることを強調しつつ、ごく自然な形で部長たちの口止めまでさせるとは。

この咄嗟《とっさ》の対応力と演技力には、改めて脱帽《だつぼう》である。

「えぇっと……それで、部長たちはどうしてここへ？」

話が一段落したタイミングを見計らって、俺は話題の矛先《ほこさき》を部長たちへと向ける。

途端《とたん》に悩《なや》まし気な表情を浮《う》かべた部長は、「それがだねぇ」とため息交じりに語り始めた。

「実はさっきまで、部室で次回作制作のための予算集めについて話し合っていたんだが、これがなかなか難航してね。少し気分を変えようと、続きはお茶でもしながら、と思った次第《しだい》さ」

「また、ですか」

「うむ。ちなみに藤城《ふじしろ》君は『資金調達は部長の仕事だろ』と言って、早々に帰ってしまったよ」

遠い目をした部長が「ハハハ」と乾《かわ》いた笑い声を漏《も》らす。

う～ん、相変わらず人望が無い。

「そういえば、前に俺がヒーローショーに出た時のバイト代は？　結構いい稼《かせ》ぎになりましたよね、あれ」

「いやいや。たしかにまとまった額が入ってきたのは助かったけれどもね。それでもあれだけではまだ少し足りないんだ」

「ってことは……またバイトですか？」

「そういうことになるねぇ」

肩《かた》を落とした部長は、次には鞄《かばん》から一枚のチラシを取り出した。

「一応、また例の商店街会長殿《どの》から単発のバイトの話が来ているんだが……これがまた、かなり人選が難しそうな仕事なのだよ」

そう言って部長がテーブルの上に置いたのは、フリーイラストなどを使った手作り感あふれる求人広告だった。

用紙の上部に大書されているのは、「メイドさんを募集《ぼしゅう》します！」という文言だ。

「メイド、ですか」

「うむ。要は、メイド喫茶《きつさ》でのホールスタッフの募集《ぼしゅう》というわけだ」

「はぁ……でも、あの商店街にメイド喫茶《きつさ》なんてありましたっけ？」

「最近新しくオープンしたんだそうだ。まぁ正確に言えば、すでに営業している喫茶店《きつさてん》が月に何度かメイド喫茶《きつさ》の業態になる、といった立て付けのようだがね」

「なるほど」

つまり、その月に何度かの「メイドデー」の一日スタッフを探している、というわけだ。

「日給もそこそこだし美味《おい》しい話ではあるんだが、いかんせん内容が内容だろう？　ただでさえ女子部員の少ない映研の中では、前回のヒーローショー以上に立候補者が見込めなくてね」

深いため息を吐《つ》いた部長が、そこで対面の菊地原先輩《きくちはらせんぱい》を見やった。

「海《うみ》なんかは適任だと思うんだがねぇ。なんというかこう、『ゆるふわ～』な感じのおっとり系メイドさんとして、いかにも人気が出そうじゃないか」

言われて、俺もなんとなくメイド服姿の菊地原先輩《きくちはらせんぱい》を想像してみた。

あののんびり癒《いや》し系ボイスで「お帰りなさいませ～」とお出迎《でむか》えする菊地原先輩《きくちはらせんぱい》。

……うん、たしかに似合うかも。

「メイド服ってちょっと興味あるし、私的には全然ＯＫなんだけどね～。でもウチはほら、高校生のうちはバイトしちゃダメっていうルールだから～」

ごめんね～、と両手を合わせる菊地原先輩《きくちはらせんぱい》。

まぁ家庭の事情なら無理強《むりじ》いはできないよな。

「となると、あと映研のレギュラーメンバーで残っている女子は……」

「な、なんだい佐久原《さくはら》君？　その目は？」

俺がちらりと右隣《みぎどなり》に視線を向けると、部長は冷《ひ》や汗《あせ》をかきながら丸メガネを押し上げた。

「言っておくが、私は無理だからな？　こんな映画制作しか能がない女に接客業は、ましてや高度なコミュニケーション能力と愛嬌《あいきょう》を必要とするメイド喫茶《きっさ》のバイトなんか、逆立ちしたって務まらないからな？」

「あ、はい。それは知ってますが」

「ぐはぁっ⁉　……せ、先輩《せんぱい》相手でも容赦《ようしゃ》ないそのスタイル。私はとても良《い》いと思うぞ、佐久《さく》原《はら》君……ぐふっ」

テーブルに顔を突《つ》っ伏《ぷ》したまま、部長がヨロヨロとサムズアップする。

この人もたいがいタフだよな、メンタルが。

「え〜？　私は似合うと思うけどな〜。マコちゃん、普段《ふだん》はこんな感じだけど、ちゃんとおめかしすればとっても……」

「ちょ、ちょっと海《うみ》！　余計なことは言わなくていいから……！」

顔を上げた部長が慌《あわ》てて菊地《きくち》原先輩《はらせんぱい》の言葉を制し、それから仕切り直すように咳払《せきばら》いをした。

「コホンっ！　と、とにかく、現状の我が部にはメイドさんとして働ける人材がいなくてね。どうしたものかと考えあぐねているところなのだよ」

「なら今回はお断りするしかないんじゃないですか？　割りの良《い》いバイトを逃《のが》すのは痛いですけど、人がいないんじゃどうしようもないでしょう」

「そうだねぇ。会長殿《どの》には申し訳ないが、やはり今回は縁《えん》が無かったということで……」

そう言って、部長がチラシを鞄《かばん》にしまおうとした時だった。

「そのバイトって、絶対に映研部員のメンバーでないとダメなんですか？」

それまで静かに話を聞いていた水嶋《みずしま》が、不意に口を開いた。

「え？」

「例えば、映研部員以外の帆《ほ》港《みなと》生が応募《おうぼ》したりとかはできるのかな、って」

……おいおい、いきなり何を言い出すんだこいつは？

「それはもちろん可能さ。映研に持ち込まれた案件とはいえ、部員でなければできない仕事ではないからね。ただ……」

「映研の資金を集めるためのアルバイトだからね～。部員以外の誰《だれ》かが請《う》け負《お》ったら、当然だけど映研には一円も入らないでしょ～？」

「うむ。それでは意味がないのだよ。まぁ、『映研の代理』として出向した上で、全てとは言わずとも給料を部に還元《かんげん》してくれる、なんて都合の良《い》い人材でもいるなら話は別だがねぇ」

投げやりな口調で部長がそう言うや否《いな》や。

「私、やりますよ。『映研の代理』ってことで」

あっさりと口にした水嶋《みずしま》のその言葉に、俺と部長たちの「えっ」という呟《つぶや》きが重なった。

※

「お前、本当にやるつもりなのか？　メイド喫茶《きっさ》のバイト」

ファミレスを後にして、部長たちと別れたその帰り道。

すっかり黄昏時《たそがれ》を迎《むか》えたみなとみらいの街並みを歩きつつ、俺は改めて水嶋《みずしま》に問う。

「しかも『映研の代理』として、だなんて」

「うん。部長さんたちにももう『やる』って言っちゃったしね」

「なんで？」

「実は私もちょっと興味あったんだ、メイド服。だから、いい機会だからやってみようかな～、って。ああ、もちろんバイト代はぜんぶ映研に渡《わた》すから、そこは安心していいよ」

一体どういう風の吹《ふ》き回しなのか。水嶋《みずしま》の突拍子《とつぴょうし》もない行動に、俺は頭を悩《なや》ませる。

こいつが何かバイトをしようというのなら、べつにそれを止める気も理由もない。

水嶋《みずしま》がバイトしている間は俺も「勝負」のことを気にせず自由に過ごせるわけで、こちらとしてはむしろ好都合なくらいだ。

……そう、都合だ。

バイトによって俺と過ごす時間が減るのは、水嶋《みずしま》にとっては明らかな「不都合」。だからこそこいつは、モデルの仕事すらこの一か月は休むと言っていたんだから。

「お前、ま～た何か企《たくら》んでるんじゃないか？」

「あ、『企《たくら》む』だなんて傷付くなぁ。私ってそんなに信用ない？」

「はははは」

あるわけがなかった。

今までお前のウソや演技にどれだけ騙《だま》されてきたと思ってるんだっての。

……いやほんと、どんだけ騙《だま》されてるのよ、俺。

「お前がただ善意だけで映研のボランティアを買って出たとは思えない。一か月という決して長くない期間で俺を『攻略《こうりゃく》』しなきゃいけないお前にとっては、バイトなんて時間のロスでしかないはずだからな。違《ちが》うか？」

俺がそう言ってビシッと人差し指を向けてやると、水嶋《みずしま》はにわかに芝居《しばい》がかった仕草で肩《かた》を竦《すく》めて見せた。

「面白《おもしろ》い推理だ、探偵《たんてい》さん。キミは小説家か映画《えいが》監督《かんとく》にでもなった方が良《い》いんじゃないかな？」

「そういうベタベタな犯人ムーブはいいから。で、どうなんだよ？」

「ふふ。まぁたしかに、『百パーセント善意で』って言うと嘘《うそ》にはなるかな」

組んだ両手を前方に伸《の》ばし、水嶋《みずしま》が「ん〜〜」と体をほぐす。

「もちろん、映研の助けになりたいって気持ちはあるよ。部長さんたちには私たちのことで口止めをお願いしている立場でもあるし。それに何より、好きな人が所属してる部活だもん。私で手伝えることがあるなら、協力したいじゃない？」

好きな人、って……こいつはまた、恥《は》ずかしげもなくそういうセリフを言うよなぁ。

「けどまぁ、本音を言えばそれ以上に、颯太《そうた》にメイド服姿の私を見てもらいたいな、と思ってさ。だから私がバイトしてる間は、もちろん颯太《そうた》にもお客さん……いや、ご主人様として付き合ってもらうから。そしたらバイト中も一緒《いっしょ》に過ごせるでしょ？」

はぁ……ほら見ろ。そんなこったろうと思ったよ。

「覚悟《かくご》してててね？　私のご奉仕《ほうし》で、颯太《そうた》のことを『萌《も》え萌《も》えキュン♪』にしてあげる」

「いや、意味わかんないから。何されるんだ俺は」

「萌《も》え萌《も》えキュンにする」ってどういう状態なんだよ。逆になんかちょっと怖《こえ》ぇよ、語感が。

ため息を吐《つ》きつつ、俺は改めて部長から渡《わた》された求人広告に目を通す。

「けど、お前って学生とはいえ、一応は事務所所属のモデルなんだろ？　掛《か》け持《も》ちでこういうバイトとかするのって、そもそも事務所のルール的にどうなんだ？　アリなのか？」

「ああ、それは大丈夫《だいじょうぶ》。たしかに事務所によっては全面的に禁止だったり、接客業はＮＧだったりってルールはそれぞれらしいけど、ウチは基本自由だから。私の同僚《どうりょう》にも、居酒屋さんとかで働きながらモデルやってる人、結構いるみたいだよ？」

「ふむ……」

そういうもんなのか。相変わらず業界の事情はよくわからん。

やっぱりこいつって、普通《ふつう》の高校生とはずいぶん違《ちが》う世界を生きてるんだなぁ。

なんて、しみじみとそんな事を考えていたら。

「…………ん？」

不意に背中に誰《だれ》かの視線を感じた気がして、俺は振《ふ》り返《かえ》る。

ぼちぼち街灯も灯《とも》り始めた並木道。

ファミレスを出てだいぶ桜木町《さくらぎちょう》駅に近付いてきたためか、通行人の姿もちらほらとある。

しかし、ざっと見渡《みわた》してみた限りでは、こちらに目を向けている人はいないようだった。

気のせい……だったのか？

「颯太《そうた》？　どうかした？」

「え？　ああ、いや……何でもない」

きっと部長たちに遭遇《そうぐう》してしまった所為《せい》で、またぞろ誰《だれ》か知り合いに見られちゃいないかと神経質になっているんだろう。

俺はフルフルと頭を振《ふ》って、少し先で立ち止まっている水嶋《みずしま》の元へと歩いていった。

第二章　正体不明（？）のマスク・ド・メイド

なんともスピーディーな話だが、水嶋《みずしま》のメイドとしての出勤日は五月の第三金曜日。つまり、部長から話を持《も》ち掛《か》けられた、その二日後のことだった。

「にしても、まさか『メイドデー』をやる喫茶店《きつさてん》っていうのが、ココのことだったとはね」

放課後、学校から隣町《となりまち》の商店街にやって来た俺たちは、一軒《けん》の喫茶店《きつさてん》へと足を運んでいた。

喫茶《きつさ》「オリビエ」。前にヒーローショーバイトの帰りにも立ち寄った、水嶋《みずしま》の行きつけだ。

「なんつーか、ちょっと意外だな。昔ながらの老舗《しにせ》のレトロ喫茶《きつさ》、って感じなのに」

「昨日の顔合わせで話を聞く限りじゃ、『今はそういうのが流行《はや》ってるんだろ？』って具合に、会長さんが半ばゴリ押ししたっぽいけどね」

「流行《はや》ってるどころか、だいぶ今更《いまさら》感あると思うけどな」

何かの本で知ったのだが、一説によれば明治時代の後半にはすでにメイドカフェの原型となる店が存在していたらしい。

その手の店の聖地である秋葉原で本格的にメイド喫茶《きつさ》文化が花開いた時期でさえ、二〇〇〇年代初期にまで遡《さかのぼ》るという話だ。それを考えれば、周回遅《おく》れもいいところである。

「『ザ・喫茶店《きつさてん》のマスター』って感じのあのマスターも、よくＯＫしたよなぁ。『店のイメージを損《そこ》ないますので』とか言って断りそうなもんだけど」

「まぁ、メイドカフェって言っても店員の服装がメイド服になったり、精々いくつか限定メニューを出したり、くらいの緩《ゆる》いスタイルみたいだし？　そのくらいならお店の雰囲気《ふんいき》を壊《こわ》すこともないって判断じゃない？」

「ふ〜ん」

なんてことを店先で話しているうちに、気付けばぼちぼち約束の時間が迫《せま》っていた。

「じゃあ、着替《きが》えの時間もあるしそろそろ行くよ。私は裏口から入るから、颯太《そうた》はお客さんとして正面から入ってくる感じでよろしく」

「へいへい」

俺が頷《うなず》くと、水嶋《みずしま》はスタスタと店の裏手に回っていった。

さて、と。なら俺もぼちぼち入店……いや、ご帰宅とやらをしてみるかね。

実際にメイド喫茶《きっさ》というものを体験するのは初めてだから、さすがにちょっと緊張《きんちょう》するけど。

カラン、コロン――。

「いらっしゃいませ。何名様でしょうか？」

若干《じゃっかん》身構えながら店の扉《とびら》を押し開けると、出迎《でむか》えてくれたのはメイドさん……ではなく、カウンター裏で作業をしていたマスターだった。

「おや？　たしか、昨日水嶋《みずしま》さんの付《つ》き添《そ》いでいらっしゃった……」

「あ、どうも。佐久原《さくはら》です」

「そうそう、佐久原《さくはら》さんでしたね」

白い口髭《くちひげ》を僅《わず》かに歪《ゆが》めて、朗《ほが》らかに微笑《ほほえ》むマスター。銀縁《ぎんぶち》メガネの奥で細められた優《やさ》し気な目元からは、彼のその誠実で穏《おだ》やかな人柄《ひとがら》が滲《にじ》み出《で》ていた。

前にこの店に来た時も思ったけど、俺もどうせ歳《とし》を取るならこんな紳士《しんし》然としたお爺《じい》ちゃんになりたいものだ。

「つい今しがた、水嶋《みずしま》さんもお見えになりました。こちらには今日もご一緒《いっしょ》に？」

「はい、そうです。客としてですけど、今日もほとんど付《つ》き添《そ》いみたいな感じで……あとはまあ、せっかくだし一度メイド喫茶《きっさ》っていうのを体験してみようかな、と」

「左様でございますか。そういうことでしたら、今日はどうぞごゆっくり。すぐにメイドの方々もフロアにいらっしゃると思いますので」

そう言って恭《うやうや》しく一礼する今日のマスターは、白シャツに黒ベストというフォーマルな服装も相まって、なんとなくメイドたちを束ねる老執事《しつじ》のようにも見えた。

マスターに促《うなが》され、俺は窓際《まどぎわ》の角にあるソファー席に腰《こし》を下ろす。

ちょうど客足が落ち着いたタイミングだったのか、店内には俺を含《ふく》めて数人の客がいるのみだ。心地《ここち》よいクラシックのＢＧＭに耳を傾《かたむ》けながら、俺は卓上《たくじょう》のメニューを手に取った。

そうして待つこと数分後。

「――お、お帰りなさいませ、ご主人様。ご注文は、お決まりでしょうか？」

メニューに目を落としていた俺に、一人のメイドさんが声を掛《か》けてきた。

声の感じからして水嶋《みずしま》ではなさそうだ。そう言えば、あいつの他にも何人か応募《おうぼ》してきたスタッフがいるって、マスターも昨日言ってたっけ。

「あ、すみません。ちょっとまだ考え中なん、です……が？」

メニューから視線を上げた俺は、しかし、思わずポカンと大口を開けて固まってしまった。

俺に声を掛《か》けてきたのは、ミニスカートのワンピースにエプロンというういわゆるアキバ系な感じのメイド服を着た、俺と同年代くらいの黒髪《くろかみ》ロングなメイドさんだった。

ワンピースは胸元《むなもと》の部分が大胆《だいたん》に空いた構造になっていて、華奢《きゃしゃ》な足を覆《おお》うのはガーターベルト。なかなかにセクシーなデザインだ。

頭には犬の耳のようなものがついたヘッドドレスを着けていて、そしてなぜか、顔には怪盗《かいとう》を思わせる白いアイマスクを張り付けている。

だがしかし、そのどれよりも俺の目が吸い寄せられたのは。

(な……なにしてるの、この子!?)

メイドさんの首元に巻かれていた――赤と黒のチェック柄《がら》の首輪だった。

「え～……っとぉ～……」

声を掛《か》けてきた黒髪《くろかみ》ロングの犬耳メイドさんと顔を合わせたまま、俺は辛《かろ》うじてそう口にするのが精いっぱいだった。

メイドさんもメイドさんで、お腹《なか》の辺りで両手を組んで小さな口をきゅっと引き結び、おすわりを命じられた犬のようにじっと俺の二の句を待っている。

そうしてお互《たが》いに十秒ほども黙《だま》りこくってしまっただろうか。

これ以上の沈黙《ちんもく》には耐《た》えられそうになかった俺は、おそるおそる、しかし確信に近い思いでそのメイドさんに問いかけた。

「……里森《さともり》さん、だよね？」

途端《とたん》にビクンッ、と肩《かた》を震《ふる》わせるメイドさん。

わかりやすく動揺《どうよう》し、けれどすぐさま取《と》り繕《つくろ》うような愛想笑《あいそわら》いを浮《う》かべて見せる。

「な、何のことでしょう？　サトモリさん？　という名前の方は存じ上げませんが。どなたかとお間違《まちが》えになられてはいませんか？」

「いや、でも……」

「そ、そういえば自己紹介《しょうかい》がまだでしたね？　改めまして、私、メイドの『エレナ』と申します。本日は颯《そう》……コホン！　ご主人様のために、誠心誠意ご奉仕《ほうし》させていただきますので、どうぞよろしくお願いいたします」

そう言って深々とお辞儀《じぎ》をする「自称《じしょう》エレナ」さん。

格好こそ際《きわ》どいメイド服だが、確かな気品を感じさせる楚々《そそ》とした所作は、むしろご奉仕《ほうし》される側の地位の人間のそれだった。

間違《まちが》いない。やっぱり江奈《えな》ちゃんだ。

アイマスクのせいで目元は隠《かく》されているが、綺麗《きれい》な濡《ぬ》れ羽色《ばいろ》の髪《かみ》や、清流のように透《す》き通《とお》った声は、他の誰《だれ》とも間違《まちが》えようがない。

しかし。

「あの、里森《さともり》さ――」

「エレナです」

「ア、ハイ」

すごい勢いで訂正《ていせい》されてしまった。

どうやら本人はあくまで別人で通すつもりのようだ。

「なんでここでバイトしてるの？」とか、「そのアイマスクはなに？」とか、「足寒くない？」とか、聞きたいことなら山ほどあるけれども。

この様子では、きっと何を聞いてもはぐらかされてしまうだけだろう。

なら……俺もここはひとまずただの客に徹《てつ》して、彼女に話を合わせるしかない、か。

「ええっと……じゃあ、エレナさん」

「はい、エレナです。あなたのエレナです」

「う、うん。とりあえず……そうだな、アイスカフェオレを一つください」

「アイスカフェオレ、ですね？　かしこまりました」

ペコリと頭を下げてキッチンまでオーダーを通しに行く江奈《えな》ちゃんの背を見送り、俺は脱《だつ》力《りよく》気味にテーブルに突《つ》っ伏《ぷ》した。

まさかこんな場所で江奈《えな》ちゃんと遭遇《そうぐう》するとは。しかも、客同士としてならまだしも、「メイド」と「ご主人様」としてだなんて。

部長の話では、この店の「メイドデー」は、つい最近始まった業態だという。

ああしてメイドさんの格好をしているということは、つまり彼女もつい最近このバイトの募《ぼ》集《しゅう》を見つけて応募《おうぼ》していた、ってことだよな？

なんだその偶然《ぐうぜん》は。神のイタズラにもほどがあるだろ。

（にしても……江奈《えな》ちゃんも、バイトとかするんだな）

彼女の実家の里森《さともり》家は、横浜《よこはま》で代々貿易商を営んできた旧家だ。

そんな家の子として生まれた江奈《えな》ちゃんは、きっとわざわざバイトなんてしなくたってお金に困るということはないだろう。

実際、俺への「三か月記念日」のプレゼントとして贈《おく》ってくれたブレスレットは彼女いわく「お小遣《こづか》い」で買ったものだそうだが。あとで分かった値段は、俺の知っている高校生のそれのレベルを優に超《こ》えていた。

少なくとも、まだ俺と付き合っていた頃《ころ》の江奈《えな》ちゃんは何のバイトもしていなかったはずだ。

（それがどうして……しかも、よりによってなぜメイドさん？）

俺はテーブルに突《つ》っ伏《ぷ》していた顔を上げて、チラリとカウンターの方に視線を向ける。

可愛《かわい》らしいメイド服に身を包んだ江奈《えな》ちゃんが、マスターと話をしている様子が見て取れた。

どこか楽しげにも見えるそんな彼女の姿に、俺は先日のファミレスでのことを思い返す。

『実は私もちょっと興味あったんだ、メイド服って』

『メイド服ってちょっと興味あるし、私は全然ＯＫなんだけどね〜』

思えば水嶋《みずしま》も菊地原先輩《きくちはらせんぱい》も、メイド服には興味があると言っていた。

ああいうコスプレって、ただ単にそういう格好が好きな人たちへのニーズに応えるために着ているだけ、ってイメージだったけど。

実はメイド服って、女子にとってはそれなりに憧《あこが》れの衣装《いしょう》だったりするんだろうか？

もしかしたら江奈《えな》ちゃんも、お金を稼《かせ》ぎたかったからではなく、メイドの格好をしてみたかったからこのバイトに応募《おうぼ》したのかも。

だけど、やっぱり友達や知人にこのバイトのことを知られるのは恥《は》ずかしくて。

だからアイマスクで素顔《すがお》を隠《かく》して、「メイドのエレナさん」を演じているのかもしれない。

（なるほど……そういうことなら、これ以上の詮索《せんさく》をするのもヤボってもんだな）

江奈《えな》ちゃんがどんな事情で何のバイトを始めようが、それはもちろん江奈《えな》ちゃんの自由だ。

家族や恋人《こいびと》や友人ならいざ知らず……赤の他人には、それに口を挟《はさ》む権利なんてない。

「……よし、決めた」

今日の江奈《えな》ちゃんは、あくまでも「メイドのエレナさん」。

ならば今日の俺も、あくまでも一人の客として振《ふ》る舞《ま》おう。

俺は江奈《えな》ちゃんがメイドさんのバイトをしていることなんて知らないし、江奈《えな》ちゃんも俺が今日この店に来たことなんか知らない。今日のことはお互《たが》いに見なかったことにして、学校では変わらずただの同級生として接するんだ。

うん、それがいい。そうしよう。

「決まったの？　注文」

俺が心中で密《ひそ》かな決意をしたところで、横合いから出《だ》し抜《ぬ》けに声がかかる。

びっくりして顔を上げると、そこにいたのはまた別のメイドさんだった。

外側が少しハネたブロンドの髪《かみ》が目を引くそのメイドさんが着ていたのは、くるぶしまであるロングスカートタイプの黒いワンピースだ。

肩《かた》からフリルのついた白エプロンをかけ、頭には白いヘッドドレス。江奈《えな》ちゃんのものとはまた違《ちが》った、いわゆるクラシックなタイプのメイド服である。

スラリと背が高くてスタイルの良《い》い金髪《きんぱつ》メイドさんが着ていると、なんだかファンタジー世界なんかに登場するエルフが召使《めしつか》いをしているみたいな雰囲気《ふんいき》があった。

「あ、ああ、すみません。『決めた』っていうのはそういう意味じゃなくて……」

「あはは。なに、その畏《かしこ》まった喋《しゃべ》り方？　もしかして気付いてないの？」

「へ？」

妙《みょう》に気安い態度で話しかけてくる金髪《きんぱつ》メイドさんに眉《まゆ》を顰《ひそ》めた俺は、けれどやがて、コーヒーの香《こう》ばしい匂《にお》いに混じって仄《ほの》かに鼻腔《びこう》をくすぐる金木犀《きんもくせい》の香りに気付き、ハッとする。

「お、お前……水嶋《みずしま》、か？」

俺が声を潜《ひそ》めて尋《たず》ねると、セミロングの金髪《きんぱつ》をポニーテールにまとめるその高身長メイドさん、改め水嶋《みずしま》は小さくピースサインをしてみせた。

「正解。どう？　私のメイド服姿は」

「いや、どうって言われても……その髪《かみ》はどうしたんだよ？　染めたのか？」

「あはは、違《ちが》う違《ちが》う。ウィッグだよ、ウィッグ」

前髪《まえがみ》を指で弄《もてあそ》びながら、水嶋《みずしま》はクスクスと笑う。

「ほら、私って一応有名人だし。『Ｓｉｚｕ』がメイドやってるなんて知られたら、ファンがお店に押し掛けちゃうかもでしょ？　だから変装しとこうと思って」

「なるほど……それもそうだな」

「あ、ちなみにここでの私の名前、コレだから。『水嶋《みずしま》』じゃなくてこっちで呼んでね？」

言って、水嶋《みずしま》が胸元《むなもと》に付けられた名札を指差す。

そこには女子っぽい丸文字で「シノン」と書かれていた。

たしかにいくら本人が変装していても、俺が本名を口にしてしまったら意味ないもんな。

(……あれ、ちょっと待てよ?)

そこまで考えたところで、俺はある重大な問題を見落としていたことに気が付いた。

俺は水嶋《みずしま》の背後、店のカウンターの方に慌《あわ》てて視線を走らせる。

今はキッチンに引っこんで仕事をしているのか、幸い俺たちが見える場所に江奈《えな》ちゃんはいなかった。

「颯太《そうた》? どうしたの、そんな血相変えて?」

「バッ……俺の名前を呼ぶな! 知り合いだってバレる!」

考えてみれば、この状況《じょうきょう》はかなりマズいんじゃないか!?

俺がここで江奈《えな》ちゃんと遭遇《そうぐう》するだけならまだいい。多少気まずくはあるが、お互《たが》いに見なかったことにして、客と店員に徹《てっ》すればいいだけだからな。

だが、この場に水嶋《みずしま》までもがいることを江奈《えな》ちゃんに知られるのはヤバい!

江奈《えな》ちゃんから見れば、俺と水嶋《みずしま》は元恋人《もとこいびと》と現恋人《こいびと》。いつ殴《なぐ》り合《あ》いの喧嘩《けんか》が始まってもおかしくない宿敵同士なんだ。

なのに、そんな二人が「メイド」と「ご主人様」として親しげに話していたらどうだ? そんなの絶対に怪《あや》しまれるだろ。

そうすれば、俺と水嶋《みずしま》が「勝負」のためとはいえ、あくまで「お試《ため》し」とはいえ、江奈《えな》ちゃんに内緒《ないしょ》で付き合っていることがバレかねない。

……うん、やっぱり超《ちょう》ピンチだねこの状況《じょうきょう》は！

「バレるって、誰《だれ》に？」

「いいか、よく聞け。いまこの店にはな……」

呑気《のんき》な顔をしている水嶋《みずしま》に、俺はかくかくしかじかと説明する。

「ああ、はいはい。『エレナちゃん』のことね」

「……お前も気付いてたか」

「そりゃ、あんなバレバレの変装じゃあね」

「そうか……参ったな。まさか江奈《えな》ちゃんもここでバイトしていたなんて、完全に予想外だ」

「ははは、たしかに。ほ〜んと――なんでここに、いるんだろうね？」

そう呟《つぶや》いた水嶋《みずしま》の目が、一瞬《いっしゅん》だけ険しくなったように見えた。

けれどすぐさま表情を緩《ゆる》めると、焦《あせ》りに焦《あせ》る俺とは反対に、なんともケロッとした態度で言ってのける。

「まぁでも、そこまで気にしなくてもいいんじゃない？　こっちもこうして変装してることだし、他人のフリしてれば案外私だってバレないんじゃないかな。颯太《そうた》だって、私から言われなかったら気付かなかったでしょ？」

「それは……いやでも、万が一バレた時が大変だろ」

俺がそう指摘《してき》しても、水嶋《みずしま》はあくまで楽観的な態度を崩《くず》さなかった。

「その時は、『すごい偶然《ぐうぜん》もあるよね〜』とでも言ってごまかすよ」

「それでごまかせるとは思えないけど……」

「大丈夫《だいじょうぶ》だって。それにこの状況《じょうきょう》なら、私が颯太《そうた》と多少イチャイチャしてても、疑うどころかむしろ感心してくれるんじゃない？『いくら嫌《きら》いな相手でもお客さんである以上は全力で愛想《あいそ》を振《ふ》りまくなんて。静乃《しずの》ちゃん、すごいプロ根性《こんじょう》！』、ってさ」

「そ、そうかぁ？」

「まぁとにかく私に任せてよ。颯太《そうた》も知っての通り、嘘《うそ》や演技には自信あるからね、私」

どうにも不安を拭《ぬぐ》いきれないが……とはいえ、俺にはこれといって現状をどうにかする策が思《おも》い浮《う》かばないこともたしかだ。

なら、ここはひとつ水嶋《みずしま》のハッタリに任せてみるしかないか……。

「……わかった。じゃあ、今日のお前はあくまで『メイドのシノンさん』。俺はただの一人の客だ。いいな？」

「了《りょう》〜解《かい》。なら、小難しい話はこれで一旦《いったん》終わりね」

水嶋《みずしま》はパン、と両手を合わせて仕切り直すようにそう言うと。

「コホン！　じゃあ、改めて――お帰りなさいませ、ご主人様」

次には溌溂《はつらつ》とした笑《え》みを浮《う》かべて自己紹介《しょうかい》をし始めた。

「私、新人メイドの『シノン』って言います。よろしくね、ご主人様？」

「あ、ああ……よろしく」

おお、なんという変わり身の早さ。この辺りはさすがだな。

「ご主人様は、もう注文は決まったのかな？」

「えっと、飲み物はさっきもう頼《たの》んだよ」

「そうなんだ？　でも今日はせっかくの『メイドデー』だし、何か他にも注文してくれたら嬉《うれ》しいな。例えばほら、今日はこういう特別メニューが……」

そう言って、水嶋《みずしま》が脇《わき》に挟《はさ》んでいたバインダーを取り出そうとした時だった。

「お、お待たせいたしました、ご主人様っ！」

それに割り込むような形で、トレーを持った江奈《えな》ちゃんが水嶋《みずしま》の横合いから現れた。

「こちら、ご注文のアイスカフェオレです」

「え？　あ、ああ、ありがとうございます」

「いえいえ。それで、他に何かご注文はございますか？」

テーブルにドリンクを置いた江奈《えな》ちゃんはそのまま立ち去るかと思いきや、すかさず小脇《こわき》に抱《かか》えた小さなメニューブックを俺に差し出してくる。

「ほ、他の注文？」

「はい。もし悩《なや》まれているのでしたら、私が本日のおススメをご紹介《しょうかい》させていただきます」

「あ～、えっと……」

心なしか「私が」の部分を強調して、江奈《えな》ちゃんがそう提案してくる。

その背後で俺たちを見下ろす水嶋《みずしま》は、話を遮《さえぎ》られたのが不満だったのか、ジトッとした目をこちらに向けていた。

いや、そんな「私が先に勧《すす》めてたのに」みたいな視線を向けられましても……。

「……コホンッ！　ええっと、エレナさんだっけ？　忙《いそが》しいでしょうし、こちらのご主人様の対応は私がするので大丈夫《だいじょうぶ》ですよ？」

不満げな顔から一転して営業スマイルを浮《う》かべた水嶋《みずしま》が、あくまでもやんわりとした口調で江奈《えな》ちゃんを引き留める。

「あ……えっと、シノンさん、ですよね？　お気遣《きづか》いいただきありがとうございます。でも、今はちょうど手も空いていますので、大丈夫《だいじょうぶ》です」

対する江奈《えな》ちゃんも、あくまでも穏《おだ》やかな態度で水嶋《みずしま》の申し出を断った。

ニコニコとした笑顔《えがお》で見つめ合いながら、しばしの沈黙《ちんもく》を保つ「エレナ」と「シノン」。

本来であれば、メイドさんたちがお互《たが》いを気遣《きづか》い合う微笑《ほほえ》ましい場面なのだろうけれど……

なんだか空気がピリついているように感じるのは、俺の気のせいだろうか？

「いやいや。エレナさんは一仕事終えて疲《つか》れているだろうし、ここは私が」

「いえいえ。そんなご心配に及《およ》ぶほど疲《つか》れてはいませんので、ここは私が」

「いやいやいや」

「いえいえいえ」

お、お〜い？　なんでちょっと張り合ってるの、お二人さん？

もうどちらでも構わないんで、さくっと分担していただけませんでしょうかね……？

いよいよ押し問答《もんどう》を始めてしまったメイドさんたちを、俺がハラハラとした心持ちで眺《なが》めていると。

「おぅい、そこの金髪《きんぱつ》のねぇちゃん。注文いいかい？」

二人の静かな戦いは、別の卓《たく》に座っていた常連客らしきおじさんの一声で幕切れとなった。

ご指名を受けてしまった水嶋《みずしま》は、一瞬《いっしゅん》あからさまに眉《まゆ》を顰《ひそ》める。

それからチラリと俺と江《え》奈《な》ちゃんを交互《こうご》に見やると、ため息交じりに苦笑《くしょう》した。

「……呼ばれちゃった。じゃあエレナさん、ひとまずこっちはお願いします」

「は、はい。お任せください」

江《え》奈《な》ちゃんが頷《うなず》くと、水嶋《みずしま》は渋々《しぶしぶ》といった感じで引き下がっていった。

ふぅ……よかった。とりあえずこの場は収まったみたいだな。

ほっと胸を撫《な》で下《お》ろし、俺は改めて江《え》奈《な》ちゃんに向き直った。

「えっと、じゃあメニューの紹介《しょうかい》っていうのをお願いします」

「はい。かしこまりました」

やけに声を弾《はず》ませながら頷《うなず》くと、江奈《えな》ちゃんは俺に差し出していた小さなメニューブックを開いて見せてきた。

「本日、当店では一部メニューが『メイドデー』限定仕様となっております。こちらに書かれているメニューをご注文いただくと、メイドさんの特別な『ご奉仕《ほうし》』が付いてきます」

「と、特別なご奉仕《ほうし》？」

それはなんというか……ちょっといかがわしい響《ひび》きだな。メイド喫茶《きっさ》は初めてだからよくわからないけど、さすがにそこまで不健全なサービスとかはないよな？

今はカップルや子供連れの客も意外と多いって聞くぐらいだし、大丈夫《だいじょうぶ》だよな？

「はい。具体的には、一緒《いっしょ》に記念撮影《さつえい》をしたり、にらめっこのような簡単なゲームをしたりといったものですね」

「ああ、そういう……んじゃあ、せっかくだしその『ご奉仕《ほうし》』付きのメニューにします」

良かった。ちょっと照《て》れ臭《くさ》いけど、それぐらいならビギナーの俺でもできそうだな。

なんて、俺は内心で安堵《あんど》のため息を吐《つ》いていたのだが。

「あの……ちなみに、なのですが。私のおススメの『ご奉仕《ほうし》』は……こ、こちら、ですっ」

それまでは理路整然とメニューの紹介《しょうかい》をしていた江奈《えな》ちゃんが、不意にもじもじと身じろぎしながら、とあるメニューを指差す。

「え〜っと、なになに？『ドキドキ♡あ〜んタイム』……〈注文した料理をメイドさんに食べさせてもらえます♪〉……って、ええ!?」

思わずメニューから顔を上げると、自分で勧《すす》めておきながら、江奈《えな》ちゃんは頬《ほお》を真っ赤に染めて顔を背《そむ》けていた。

写真撮影《さつえい》とかゲームとか、他にも比較的《ひかくてき》無難なものはたくさんあるのに……よ、よりによってコレ!?　一体どういうつもりでこのメニューを推《お》したんだ、江奈《えな》ちゃん!?

困惑《こんわく》する俺に追い打ちをかけるように、江奈《えな》ちゃんはチラリと（アイマスク越《ご》しだけど）こちらを見ながら訊《き》いてくる。

「どう、しますか――ご主人様？」

えぇ～……ど、どうしましょう？

口元に手をあてがって気恥《きは》ずかしそうに俯《うつむ》きつつも、チラチラと俺の様子を窺《うかが》う江奈《えな》ちゃん。

そんな彼女を前にして、俺は唐突《とうとつ》に叩《たた》きつけられた難問に頭を悩《なや》ませていた。

正直、記念撮影《さつえい》やにらめっことかよりも遥《はる》かに難易度が高いぞ、それは。

いわんや、その相手が江奈《えな》ちゃんであるなら尚更《なおさら》だ。今日はあくまでも一人の客に徹《てつ》すると決めたとはいえ、一応は元カノである女の子に「あ～ん」をしてもらうなんて、色々な意味で気まず過ぎる。

というかそもそも、江奈《えな》ちゃんだって仕事とはいえフった元カレにそんなことするなんて、嫌《いや》なはずじゃないのか？　なのに、なんでわざわざ……。

「ご主人様？　お決まりに、なりましたか？」

「へっ⁉　う、う〜ん、そうだなぁ……」

いや、落ち着け俺。落ち着くんだ。

江奈《えな》ちゃんがどういうつもりで「あ〜ん」を推《お》してくるのかは全くわからない。けれど、これはあくまで「江奈《えな》ちゃんのおススメである」というだけ。俺が必ずしもそれを選ばなくちゃいけない理由はないはずだ。

（ならば、ここは他の無難なものを選択《せんたく》してやり過ごすのが得策！）

江奈《えな》ちゃんからの提案を蹴《け》ることに若干《じゃっかん》の罪悪感を覚えながらも、だから、俺はメニューの一番上にあった、「メイドさんとチェキ撮影《さつえい》」という項目《こうもく》を指差した。

「じゃあ、これで」

「え……」

葛藤《かっとう》の末に導き出した俺の注文に、けれど江奈《えな》ちゃんはどこか残念そうに眉根《まゆね》を寄せる。

そんな彼女の態度を怪訝《けげん》に思うのも束《つか》の間《ま》。

「……切れです」

「え？」

「売り切れです」

「売り切れ⁉　写真撮影《さつえい》なのに⁉」

次の瞬間《しゅんかん》には、なぜか微妙《びみょう》にムスッとした表情を浮《う》かべる江奈《えな》ちゃんに、きっぱりとそう言われてしまった。

な、なんだ？　何か気に障《さわ》ることでも言っちゃったのかな、俺？

ワケが分からないまま、俺は仕方なく一つ下のメニューに指をずらした。

「……じゃあ、この『メイドさんとあっちむいてホイ』で」

「準備中です」

「何の準備!?　……な、ならこっちの『ケチャップでお絵描《えか》き』は？」

「冬季限定です」

「ええ……？」

しかし、どういうわけだか俺が選んだ「ご奉仕《ほうし》」は悉《ことごと》く江奈《えな》ちゃんにお断りされてしまい。

結局、残ったのは最初に勧《すす》められた「ドキドキ♡あ〜んタイム」のみとなっていた。

どうやら、俺には最初《ハナ》から選択権《せんたく》など存在しなかったようだ。

「……じゃあ、この『ドキドキ♡あ〜んタイム』で。料理は『よこすか海軍カレー』にシマス」

「海軍カレーに『ドキドキ♡あ〜んタイム』のセット、ですね？　承《うけたまわ》りました、ご主人様。それでは少々お待ちくださいませ」

とうとう観念した俺がオーダーすると、打って変わって上機嫌《じょうきげん》な様子の江奈《えな》ちゃんは、足取りも軽くマスターの元へと向かっていった。

「はぁ～……メイド喫茶《きつさ》って、メイドさんに癒《いや》してもらうお店、のはずだよなぁ？」

まだようやく注文を済ませただけだというのに、なんだかどっと疲《つか》れが押し寄せてきて、俺は脱力《だつりよく》気味にソファー席の背もたれに体を預ける。

それからふと店の一角に目をやれば、ちょうど他のお客さんの注文を受けている最中らしい水嶋《みずしま》が、わかりやすくむくれた顔で俺を睨《にら》んでいた。

だからそんな目をされても困るっての……。

※

ボーン、ボーン——。

店内の壁《かべ》に掛《か》けられた古めかしい振《ふ》り子時計が鐘《かね》の音を鳴らす。

時計の針を見れば、時刻はちょうど十八時。ぼちぼち夕食時ということもあってか、静かだった「オリビエ」も段々とお客さんで賑《にぎ》わっていた。

雰囲気《ふんいき》こそレトロな純喫茶《きつさ》だが、この店はマスターがバリスタであると同時にウイスキーのソムリエでもあるとかで、夜になると酒類も提供しているらしい。

店内ＢＧＭも、いつの間にか落ち着いたクラシックから軽快なアイリッシュに変わっている。

レンガをベースとした古風な内装も相まって、さながらRPGとかでお馴染《なじ》みの「冒険者《ぼうけんしゃ》の酒場」みたいな雰囲気《ふんいき》だ。加えて今日はスタッフがメイドさんだし、余計にそれっぽい。

「お待たせいたしました、ご主人様」

賑《にぎ》やかな店内を何とはなしに眺《なが》めていたところで、江奈《えな》ちゃんが料理の載ったトレーを持ってやってきた。

「こちら、ご注文の『よこすか海軍カレー』です」

「お～、美味そう！」

テーブルに出されたのは、これぞ昔ながらといった風情《ふぜい》のカレーライスだ。

ツヤのある白米にたっぷりとかかったルーには、少し大きめにカットされた人参《にんじん》、玉ねぎ、ジャガイモ、鶏肉《とりにく》がゴロッと沈《しず》んでいる。漂《ただよ》ってくるスパイスの香りが、ダイレクトに食欲を刺激《しげき》してきた。

「それと、こちらが付け合わせのサラダと、牛乳です」

続いて卓《たく》に並べられたのは、透明《とうめい》な小鉢《こばち》に入ったミニサラダと、コップ一杯《ぱい》の牛乳だった。

そうそう。「よこすか海軍カレー」と言ったら、やっぱりこの三点セットだよな。

なぜなら、サラダと牛乳がセットになっていることで初めて、「よこすか海軍カレー」は「よこすか海軍カレー」を名乗ることができるからだ。

明治時代に旧日本海軍が発行したレシピにも、ちゃんとカレーとサラダと牛乳を一緒《いっしょ》に提供することが「よこすか海軍カレー」の定義だと記されていたりするのだ。

などと内心でウンチクを語りながら、俺は卓上《たくじょう》のスプーンに手を伸《の》ばす。

「さて、じゃあさっそくいただき……」

俺が伸《の》ばしたその手首を、けれど傍《かたわ》らにいた江奈《えな》ちゃんが華奢《きゃしゃ》な手でギュッと摑《つか》んできた。

「お待ちください、ご主人様」

「へ？　な、なに？」

「いえ、その……お料理は、私が……」

「あ……」

そ、そうだった。いま俺の目の前にあるのは、ただの「よこすか海軍カレー」じゃない。

サラダと牛乳に加えて、「メイドさんによる『あ～ん』」のセットがくっついた、いわば「よこすか海軍メイドカレー」なのだ。

「えっ、と……じ、じゃあ、お願い、します？」

「は、はいっ。わ、私……私、精一杯《せいいっぱい》ご主人様にご奉仕《ほうし》させていただきましゅっ」

あからさまに緊張《きんちょう》した様子でそう言うと、江奈《えな》ちゃんはおもむろに俺の左隣《ひだりどなり》に腰《こし》かけてきた。

可愛《かわい》らしいメイド服姿の江奈《えな》ちゃんが至近距離《きょり》に迫《せま》ってきて、さすがに俺もちょっとドキドキしてしまう。

あくまでメイド喫茶《きっさ》のサービスの一環《いっかん》に過ぎないとはいえ、だ。

俺、今から江奈《えな》ちゃんに「あ〜ん」してもらうのか……やばい、なんかちょっとマジで緊張《きんちょう》してきた！

だって、まだ付き合っていた時でさえ、江奈《えな》ちゃんにこんなことをしてもらったことなんてなかったんだぞ？　ファースト「あ〜ん」なんだぞ!?　ファースト「あ〜ん」！

空腹とはまた違《ちが》った理由で、俺はゴクリと唾《つば》を飲み込む。

その隣《となり》では、いよいよスプーンでカレーを掬《すく》った江奈《えな》ちゃんが、空いた方の手を受け皿代わりに添《そ》えてこちらに向き直った。

「で、では、失礼します……あ、あ〜ん♪」

ぎこちない江奈《えな》ちゃんの掛《か》け声《ごえ》に、俺もゆっくりと口を開けてそれを迎《むか》え入《い》れようとして。

「……えっ？」

「……あっ？」

けれど、江奈《えな》ちゃんが運んでいたカレーが俺の口に入るよりも早く、彼女の持っていたスプーンが横から何者かに奪《うば》われてしまった。

「こらこら、エレナさん。メイドがそんなに恥《は》ずかしがってたんじゃ、ご主人様だって緊張《きんちょう》して、料理の味なんかわからなくなっちゃうでしょ？」

果たして、呆気《あっけ》にとられた俺たちが振《ふ》り向《む》いた先にいたのは、水嶋《みずしま》だった。

「し、シノンさん!?」

「どーも。他のご主人様のお世話も一段落したんで、ちょっと様子を見に来ました～」

スプーン片手にヒラヒラと手を振《ふ》った水嶋《みずしま》は、「でも」と言ってわざとらしく肩《かた》を竦《すく》める。

「なんだかあんまりにもじれったかったから、ね。悪いとは思ったんだけど、つい手を出しちゃった」

言うが早いか、水嶋《みずしま》はするりと俺の右隣《みぎどなり》の席に座り込んできた。

「はーい、ちょっとお邪魔《じゃま》しますね～」

「し、シノンさん？　何を……？」

「ん？　何って、『ドキドキ♡あ～んタイム』ですよ、エレナさん。そこまで照《て》れ臭《くさ》いんなら、代わりに私がやってあげようかな～って」

「え？　い、いえ、でも……」

「別に問題ないですよね？　『あ～ん』をするのは料理を運んできたメイドさんじゃなきゃダメ、っていうルールは無いですもんね？」

「それは……で、でもっ。私が注文を受けた以上は、最後まで私が責任をもって『ご奉仕《ほうし》』をするべきではないかと……！」

俺を間に挟《はさ》んだ状態で、またぞろ水嶋《みずしま》と江奈《えな》ちゃんが言い争いを始めてしまう。

なんだかとても口を挟《はさ》めるような空気ではなく、俺はただただハラハラしながら二人の舌戦《ぜっせん》を眺《なが》めることしかできずにいた。

（おいおい……またややこしいことになってきたぞ？）

つーか水嶋《みずしま》の奴《やつ》、いくら変装しているからって、さっきから不用意に江奈《えな》ちゃんと接しすぎじゃないか？

幸い、江奈《えな》ちゃんはまだ「シノン」の正体が水嶋《みずしま》だということには気づいていないっぽいけど……これじゃいつバレてしまうか、わかったもんじゃない。

（何か、何か手を打たなければ……！）

どうにか二人を引《ひ》き離《はな》そうと、俺は必死にこの場を収める第三の道を提案してみる。

「あ、あのさ？　正直、絶対に『あ〜ん』をしてもらいたいわけでもないからさ？　ここはもう俺が自分で食べるってことでひとつ……」

「『ご主人様は黙《だま》ってて』ください」

「ア、ハイ」

ダメだ。二重奏《デュオ》で一蹴《いっしゅう》されてしまった。

どうやらこの店では、ご主人様よりもメイドさんたちのヒエラルキーの方が上らしい。

「さぁ、口を開けて。私のご主人様？」

「……いや、あのさ」

そうこうしている内に、話し合いでは埒《らち》が明かないと判断したのか、とうとう水嶋《みずしま》が実力行使に打って出る。

ついさっき江奈《えな》ちゃんから奪《うば》ったスプーンを、じりじりと俺の口元に近付けてきた。

「あ、それとも……ご主人様は料理より、メイドとのイチャイチャをご所望《しょもう》ですか？　そういうことなら、たっぷりとして差し上げますよ？　——ご、ほ、う、し♪」

「だから、そういう問題じゃなくて……」

「ご、ご奉仕《ほうし》なら、私がしてあげますっ」

一方の江奈《えな》ちゃんも、水嶋《みずしま》に出遅《でおく》れまいと俺の左腕《ひだりうで》に抱《だ》き着《つ》き、そのままぐいぐいと引っ張ってくる。

「ご、ご主人様のお世話は、私の仕事です、ので……！」

「ちょ、ちょっと、里……いや、エレナさん⁉　何をっ」

「は、はい、エレナです！　私は『サトモリ』などではなく、エレナです！」

あーもう！　どうやって収拾《しゅうしゅう》つければいいんだコレ！

美味《おい》しそうなカレーを目の前にしながらおあずけを喰《く》らった状態で、俺はただただ嵐《あらし》が過ぎ去るのを耐《た》え忍《しの》ぶしかなかった。

第三章　アクアリウムにかざす夢

「まったく……昨日のお前には本当にヒヤヒヤさせられたよ」

「あ、まだ言ってる。いいじゃん、結局バレずに済んだんだからさ」

水嶋《みずしま》が一日限りのメイドデビューを果たした、その翌日の土曜日。

宣言通り中間テスト直前だろうと休日デートを敢行《かんこう》するらしい水嶋《みずしま》の呼び出しを受け、俺は例によって待ち合わせ場所に指定された朝十時の桜木町《さくらぎちょう》駅へと赴《おもむ》いた。

その後、駅で合流した水嶋《みずしま》と共に電車とモノレールを乗り継《つ》ぎ、三十分ほどかけて市内沿岸部に位置する人工島、八景島《はっけいじま》にまでやってきたのがつい今しがたのことである。

「それに、私たちがこうして今日ここに来られたのも、私が映研の代理としてメイドさんになったからでしょ？　むしろ労《ねぎら》いの言葉の一つでも欲《ほ》しいところだよね」

「いや、俺は別に来られなくても良かったけど。デートならもっと近場でもできるんだし」

「も～、またそんなツンツンしたこと言っちゃってさ～。せっかくの『シーパラ』なんだから、もっとテンション上げていこうよ」

水嶋《みずしま》の言葉の通り、今日のデートの舞台《ぶたい》はここ、「八景島《はっけいじま》シーパラダイス」である。

東京湾《とうきょうわん》に面した人工島の上に遊園地や水族館、レストラン、ショッピングモールなどが広がっているという、休日に遊びに行く場所全部盛《も》りみたいな観光スポットだ。

「今日は部長さんからもらったコレもあることだしね」

「……まぁな」

そう。俺たちが今日ここに来た理由は、端的《たんてき》に言えば昨日のメイドバイトへの「報酬《ほうしゅう》」ってことになるんだろう。

映研代理としてバイトを引き受けた水嶋《みずしま》は、本当にその給料の全額を部に還元《かんげん》したのだ。

それに対するせめてもの感謝の気持ちとして、部長が（ポケットマネーで）俺たちにくれたのが、シーパラの水族館入館券と遊園地のフリーパスがセットになった「ワンデーパス」だ。

つまりこいつがあれば、今日一日はシーパラで遊び放題というわけである。

こんな人が多い観光スポットに好き好んで来ることはあまりない俺だが……奢《おご》りというのならまぁ、たまにはこういう場所も悪くはないか。

「う〜ん、いい天気」

シーサイドライン八景島《はっけいじま》駅の改札を出た水嶋《みずしま》が、燦々《さんさん》と降り注ぐ日差しに目を細めながら大きく伸《の》びをする。

ほんのりと潮の香りを含《ふく》んだそよ風が、彼女のサラサラな髪《かみ》を波打たせた。

「晴れて良かった〜。絶好のレジャー日和《びより》だね」

「日差しが強いな……なぁ、水嶋《みずしま》。ひとつ提案があるんだが」

「うん、却下《きやっか》」

「……まだ何も言ってないじゃん」

「言わなくてもわかるよ」

カラカラと笑いながら、水嶋《みずしま》が俺の額と図星を突《つ》いてくる。

「颯太《そうた》のことだから、どうせ『水族館とかの屋内施設《しせつ》だけ回って帰るんじゃダメか？』とか、『遊園地はこの前も行ったし、今日はパスしようぜ』とか言うつもりだったんでしょ？」

「うっ……だからエスパーかよ、お前は」

「やっぱりね。ダメだよ。遊園地も水族館も、今日はどっちも遊び尽《つ》くすから」

「……さいですか」

肩《かた》をすくめた俺は、それから改めて水嶋《みずしま》の服装に目を向ける。

今日の水嶋《みずしま》のファッションは、ノースリーブのニットトップスの上からカーディガンを羽織り、下は足首までのワイドパンツで、頭には例によってプチ変装用のキャスケット帽《ぼう》。

いつもよりも動きやすさ重視って感じの装《よそお》いだ。

マジで一日遊び回る気マンマンだな、こいつ。

「ふふ、気になる？」

俺の視線に気付いた水嶋《みずしま》が、あえて腋《わき》を見せるようなポーズを取って聞いてくる。

いちいちあざとい奴《やつ》め。

「べつに」

「またまた。今朝待ち合わせした時からここに来るまで、チラチラ見てたのわかってるよ？」

「はぁ？　そ、そんなことあるわけ……」

ないことも、ないですけど。

「颯太《そうた》って、もしかして腋《わき》フェチ？　ああ、それとも縦リブが好きなのかな？　たしかにこれだとおっぱいの形が強調されてエロいもんね」

「爽《さわ》やかな顔して下ネタぶっかましてんじゃねぇよ……いいから、行くならとっとと行こうぜ」

「照れなくていいのに」

「照れてない」

「ふふ、そういうことにしといてあげる」

なんていつものやり取りをしながら、俺たちは水族館へと足を踏《ふ》み入《い》れる。照明が絞《しぼ》られた館内を、ひとまず順路に沿って展示品を見て回ることにした。

「見て見て、颯太《そうた》。すっごいトゲトゲなのがいる。オニダルマオコゼ、だって」

「はいはい。トゲトゲだね～」

魚の種類や生息地域によっていくつかに分けられたエリアを、水嶋《みずしま》は子供みたいに目を輝《かがや》かせながら巡《めぐ》っていく。いちいち俺を呼びつけては、あれ見てそれ見てと騒《さわ》がしい。

「あっちにはクラゲがいるみたい。うわぁ、ぷよぷよでカラフルで可愛《かわい》いね」

「はいはい。四匹《ひき》集まったら消えそうだね〜」

はしゃぐ水嶋《みずしま》に適当に相槌《あいづち》を打ちながら。

しかし、俺は頭の中ではすっかり別のことを考えていた。

(あんなことがあったっていうのに、能天気な奴《やつ》だよな、こいつも)

改めて振《ふ》り返《かえ》っても、昨日の「オリビエ」での一件は大ピンチと言ってもいいレベルだった。

いくら水嶋《みずしま》が変装していたとはいえ、何かひとつでもボロを出していたら、江奈《えな》ちゃんに俺たちの「勝負」のことがバレていたっておかしくなかったんだから。

むしろ、あれだけ顔を突《つ》き合《あ》わせて言い争っていたのに、よく気付かれなかったもんだと不思議に思うくらいだ。

それだけ水嶋《みずしま》の変装が巧妙《こうみょう》だったということか、はたまた江奈《えな》ちゃんが鈍《にぶ》かったのか。

いずれにしろ、もうあんなピンチはごめん被《こうむ》りたいもんである。

「勝負」が終わるまで、あと二週間。

誰《だれ》にも俺たちの関係を知られないように、改めて気を引《ひ》き締《し》めないとな。

(まぁ、それはともかく……メイド姿の江奈《えな》ちゃん、可愛《かわい》かったよなぁ)

気を引《ひ》き締《し》める、と決めたそばから説得力に欠けるとは思うが、自然と頬《ほお》が緩《ゆる》んでしまう。

江奈《えな》ちゃんの私服は清楚《せいそ》で大人しめなものが多かったから、あんな風にフリフリヒラヒラとした服を着ているところを見るのは初めてだった。

しかも、何のために空いているのかよくわからないブラウスの胸元《むなもと》部分の穴といい、やたら短いスカートからのぞくガーターベルトといい、あんなセクシーな衣装《いしょう》を。

「…………た」

昨日は色々と混乱していてそれどころじゃなかったけど、よく考えたらあれはダメだろ。ちょっとエッチが過ぎるだろ。

よくあの衣装《いしょう》を着て接客しようという勇気が湧《わ》いたもんだよ、江奈《えな》ちゃん。ここだけの話、思い返すだけでちょっと前屈《まえかが》みになってしまいそうだよ。

「……？　……うた？」

というか、今まではあそこまで露出《ろしゅつ》度の高い格好をしたことがなかったから気付かなかったけど……江奈《えな》ちゃんって、実はかなり着痩《きや》せするタイプだったんだな。

「……てるの？　颯太《そうた》？」

さすがに水嶋《みずしま》ほどではないにしろ、引っ込み思案《じあん》な性格とは反対にかなり主張の激しい……。

「ねぇ、颯太《そうた》ってば！」

「わぁ!?　って、水嶋《みずしま》……？」

「やっと気付いた。もう、さっきから何度も呼んでたのに」

声に驚《おどろ》いて顔を上げれば、いつの間にか俺の正面に立っていた水嶋《みずしま》が盛大《せいだい》にぶすくれていた。

「わ、悪い。ちょっとボーッとしてて……何の話だったっけ？」

「だから、もうすぐ四階のアクアスタジアムでイルカショーが始まるから、見に行こうよって」

「あ、ああ～イルカショーな。ＯＫ、なら早いとこ行こうぜ」

俺は取《と》り繕《つくろ》うようにそう言って歩き出そうとしたのだが。

「待って」

「ぐぇっ」

不意に水嶋《みずしま》にパーカーの襟元《えりもと》を摑《つか》まれ、絞《し》め殺《ころ》される爬《は》虫類《ちゅうるい》みたいな声を出してしまう。

「ゲホッ、ゲホッ……な、なんだよ？」

「颯太《そうた》さ。もしかしていま、江奈《えな》ちゃんのこと考えてた？」

ギクッ。

「その顔……図星って感じだね。どうせ、昨日のちょっとエッチなメイド服姿の江奈《えな》ちゃんでも思い出してたんじゃないの？」

ギクギクッ。

立て続けに看破されて、俺は冷《ひ》や汗《あせ》を流す。

そんな俺の両頰《りょうほお》に、水嶋《みずしま》はおもむろに自分の両手をあてがうと、そのままぐいっと自分の顔の方に引っ張る。

宝石みたいなエメラルドの瞳《ひとみ》が、もうすぐ目と鼻の先で真《ま》っ直《す》ぐに俺を見据《みす》えていた。

「颯太《そうた》にひとつ、質問です」

「な、なんでしょうか？」

「今日、颯太《そうた》とデートをしているのは誰《だれ》ですか？」

「……み、水嶋静乃《みずしましずの》さん、です」

「だよね？　そうだよね？　だったらさ」

すこぶる不機嫌《ふきげん》そうな半眼で俺を睨《にら》む水嶋《みずしま》は、俺の頰《ほお》を挟《はさ》む両手に微《かす》かに力を込《こ》めると。

「江奈ちゃんの他の女《》のことなんて考えないで。私は颯太《そうた》のことしか考えていないんだから、颯太《そうた》も私のことだけ考えるべき。じゃなきゃフェアじゃないじゃん。分かった？」

有無《うむ》を言わさない、といった彼女の迫力《はくりょく》に気圧《けお》されて、俺はコクコクと頷《うなず》くほかなかった。

俺が素直《すなお》に首肯《しゅこう》したことで、水嶋《みずしま》もひとまず納得《なっとく》したらしい。それまでのしかめっ面《つら》を崩《くず》してにわかに笑《え》みを浮《う》かべると。

「よろしい。じゃ、行こっか？　ほらほら、早くしないと良《い》い席がなくなっちゃうよ」

「わ、わかったから。そんな引っ張るなって」

再び無邪気《むじゃき》な子供みたいにはしゃいで、俺の手を引く水嶋《みずしま》。打って変わってご機嫌《きげん》な様子だ。

江奈《えな》ちゃんのことをちょっと考えていただけでコレとは……やれやれ、面倒《めんどう》くさい。

けど、なんだか今日はいつもよりもしつこかったな。今までは、二人でいる時に江奈《えな》ちゃんの話題が出ても、ここまで不機嫌《ふきげん》になることはなかったのに。

（よくわからんが……もう水嶋《みずしま》の前では江奈《えな》ちゃんのことは禁句にした方が良さそうだな）

イルカショーの会場へと向かう道すがら、俺は心中で静かにそう決意するのだった。

※

《——さぁ！　まず最初に登場してくれたのは～？　は～い！　全身真っ白のシロイルカのコンビ、ククルちゃんとモコくんで～す！》

アクアスタジアムへとたどり着くと、ちょうど公演が始まったところのようで、すり鉢《ばち》状の客席にはすでに多くの観客が詰《つ》めかけていた。

《それではっ！　人とイルカが織り成す優雅《ゆうが》な水中ショーを、どうぞお楽しみくださ～い！》

司会進行役のお姉さんのそんなアナウンスに、会場中からパチパチと拍手《はくしゅ》が湧《わ》き起こる。

「あ、もう始まっちゃってるね。颯太《そうた》、早く席を確保しよう」

「ここからでも見られるっぽいし、もう立ち見でいいんじゃないか？」

「こんな最後列じゃなくて、最前列で見たいじゃん。ほら、早く早く」

「へいへい」

エメラルドの瞳《ひとみ》を子供みたいにキラキラ輝《かがや》かせながら、水嶋《みずしま》は俺の手を引いてどんどん最前列への階段を下りていく。

　しかし、やはりというか既《すで》に最前列の席はほとんどが埋《う》まってしまっており、辛《かろ》うじて見つけた空席は一人分だけだった。

「まぁ、来るのが遅《おそ》かったし仕方ないだろ。最前列は諦《あきら》めて、大人しく空いてる席に座ろうぜ」

　そう言ってその場を後にしようとした俺は、しかし手をつないだままの水嶋《みずしま》が動こうとしなかったせいで、後ろ向きにつんのめってしまう。

「おわっとと……おい、何してるんだ？」

「颯太《そうた》こそ何してるの？　早く座ろうよ」

「はぁ？　いや、座るったって、一席しか空いてないじゃんか」

　まさか、俺に横で立っとけとでも言うつもりじゃあるまいな？

　俺はにわかに眉《まゆ》を顰《ひそ》めるが、水嶋《みずしま》の出した答えはさらに斜《なな》め上をいくものだった。

「だから、こうすればいいんだよ」

　言うなり、まずは俺を空いている席に座らせる水嶋《みずしま》。

　そして何を血迷ったのか、次には俺の股《また》の隙間《すきま》に自分のお尻《しり》を押し入れてきた。

「……あの、水嶋《みずしま》さん？　何をやってらっしゃるのでせうか？」

「いやほら、こうすれば一席しかなくても二人で座れるでしょ？」

さも名案とでも言いたげなドヤ顔で、水嶋《みずしま》は俺の胸板《むないた》を背もたれにして寄りかかってくる。

その上、置き場所に困っていた俺の両手を自分の腰《こし》に回させるオマケ付きだ。

「お〜。颯太《そうた》に抱《だ》っこされるこの感じ、なんかすっごく落ち着く。よし、今度から颯太《そうた》と映画とか見る時はこうしよう」

「いや『よし』じゃないが？　何に感動してんだよ、お前は」

なんて、俺はあくまで平静を装《よそお》ってツッコミを入れるが、内心では結構焦《あせ》っていた。

こいつがこんな風にベタベタくっついてくるのは今に始まったことじゃないし、自分でもある程度は耐性《たいせい》がついてきたと思う。

けど、いくらスキンシップに慣れてきたといっても、こうまで密着されるとさすがに少しは意識してしまう。

「ほらほら颯太《そうた》。私のことが気になるのはわかるけど、せっかく最前列の席に座れたんだからさ。今はショーを楽しまなきゃ」

「べ、別に気にしてなんか……暑苦しいと思ってるだけでだなぁ」

「はいはい。ツンデレ、ツンデレ」

「デレてない！」

結果、俺はロクにショーに集中することができなくて、気付いた時には最初の演目が終了《しゅうりょう》してしまっていた。

《──以上、シロイルカたちによる水中ショーでした～！　ククルちゃん、モコくん、とっても素敵《すてき》なパフォーマンスを見せてくれてありがと～!!》

水槽《すいそう》の淵《ふち》から顔を出したシロイルカたちが、「キュイ、キュイ」と可愛《かわい》らしい鳴き声を上げて観客に愛想《あいそ》を振《ふ》りまいている。

会場のあちこちから拍手喝采《はくしゅかっさい》とカメラのシャッター音が飛《と》び交《か》った。

「う～ん！　可愛《かわい》かったなぁ、ククルちゃんとモコくん。ねぇ颯太《そうた》、あとで水族館のショップに行かない？　あの二匹《ひき》のぬいぐるみが買えるんだってさ」

「ぬいぐるみ？　ああ、うん。買ったらいいんじゃないの」

「いやいや。他人事《ひとごと》みたいに言ってるけど、颯太《そうた》も買うんだからね？」

「え、俺も？　なんで？」

俺が首を捻《ひね》ると、水嶋《みずしま》はやけに真面目くさった顔で語り始める。

「あのね、颯太《そうた》。ククルちゃんとモコくんはシーパラのイルカたちの中でも特にラブラブカップルで有名な二匹《ひき》なんだよ？　だからグッズなんかも必ず二匹《ひき》がセットになってるの。持ってると恋愛運《れんあい》がアップする、なんて噂《うわさ》もあるくらいなんだから」

すっげぇ早口ですね、水嶋《みずしま》さん。

さてはこいつ、シーパラのトレンド情報なんかを事前に調べ上げて来たな？

「私がククルちゃんのぬいぐるみを買うから、颯太《そうた》はモコくんのぬいぐるみを買ってよ。二匹《ひき》のグッズをカップルで一つずつ持っていれば、そのカップルはあの二匹《ひき》みたくずっとラブラブでいられるんだってさ」

「なんだかつい最近も聞いたな、そういう話」

普段《ふだん》周りからは「イケメン」だの「彼氏《かれし》にしたい」だのと言われているこいつだが。

この手のジンクスや占《うらな》いが好きなところは、同年代の女子と変わらないよな。

（……ずっとラブラブでいられる、ね）

俺たちの「勝負」の期間は、もうあと一週間くらいしかない。

俺が水嶋《みずしま》の二度目の告白を断ることで、俺たちの「恋人《こいびと》関係」はそこで終わりだ。

ずっとラブラブ、だなんて……そんなことはありえない。

それをわかった上で、あえて強がっているのか。それとも、あと一週間で絶対に俺を攻略《こうりゃく》できるという自信があるのか。

どういうつもりなのかはわからないが、いずれにしろ、水嶋《みずしま》の意志は固いようだった。

「だから、ね？　今日のデートの記念って意味でもさ」

「はいはい、わかったよ。けど、いま買うと荷物になるから、買うなら帰る直前な」

「やったね。……っと、そろそろ次のショーが始まるみたいだよ」

水嶋《みずしま》がステージに目を戻《もど》すと同時に、再び司会のお姉さんのアナウンスが響《ひび》き渡《わた》る。

《さてさて！　次にプールの中にやってきてくれたのは、皆《みな》さんも色々な水族館で見たことが

あるでしょう！　そう、バンドウイルカです！》

お姉さんの口上に、水嶋《みずしま》が「わ～！」と歓声《かんせい》をあげながらパチパチ手を叩《たた》く。

「来たっ。颯太《そうた》、バンドウイルカだよ」

「わ、わかったから！　いちいち俺の方を振《ふ》り返《かえ》らなくていいから！」

授業参観日で教室の後ろに立つ親が気になる小学生かお前は。

普段《ふだん》はあんなに大人びているくせに、変なところで子供っぽくなる奴《やつ》だ。

「お前、そんなにイルカが好きなのか？」

「大好き。だってあんなに顔も鳴き声も可愛《かわい》い上に、こうしてショーができるくらい賢《かしこ》いんだよ？　動物の中でも一番好きかな」

「ほ～ん」

ビジュアルが良くて、頭も良くて、大勢の人間に見てもらうのが仕事の人気者。

そう考えると、水嶋《みずしま》とイルカって共通点が多い気がする。

イルカ好きっていうのも、もしかしたら無意識に親近感を覚えてのことだったりしてな。

《体長約二m～三m、体重約二百kg～三百kgという大きな体を使った、ダイナミックなジャンプを披露《ひろう》してくれるようです！　それでは……ミュージック、スタート！》

やがて、ドラマチックなBGMが流れ始めると共に、イルカたちによるアクロバティックなショーが繰《く》り広《ひろ》げられる。

鼻先に人間を乗せてサーフィンをしたり、空中に設置されたリングをジャンプしてくぐったりと、たしかになかなかの迫力《はくりょく》だ。

イルカたちが水面にダイブする度《たび》に、水しぶきが最前列の観客席にまで降り注いだ。

「わっ、冷たっ」

水しぶきが顔や髪《かみ》にかかったらしい。

猫《ねこ》みたいにブルブルと頭を振《ふ》った水嶋《みずしま》が、湿《しめ》った髪《かみ》の毛《け》の先からポタポタと水滴《すいてき》を垂らしながら、こちらを振《ふ》り返《かえ》って微笑《ほほえ》んだ。

「ふふ……濡《ぬ》れちゃった」

「っ⁉」

こ、こいつはまた、天然で人をドキッとさせるような表情を……！

そういう無自覚な色気がかえって一番クるから止めてほしい。

「あはは。楽しいね、颯太《そうた》」

「……ああ。見りゃわかるよ」

はしゃぐ水嶋《みずしま》を前に肩《かた》を竦《すく》めて、けれど、気づけば俺も自然と頬《ほお》を緩《ゆる》めていた。

※

「んっ……颯太《そうた》っ。私、もうっ……！」

「まだ先っぽ入れただけじゃんか。じきに馴染《なじ》んでくるから、我慢《がまん》しろって」

「だ、だってっ、すっごくビクビクしてるし……」

「それが気持ちいいんだろ？　ほら、もっと下まで突《つ》っ込めよ」

「や、ダメダメっ！　これ以上はもう本当に……んひぅ!?」

「変な声を出すな！　ちびっ子たちもいるんだぞ！」

イルカショーを見終えて館内のレストランでランチを取った俺たちは、その後も再び水族館の展示を眺《なが》めて回っていた。

シーパラの敷地《しきち》内には、コンセプトごとに分けられた水族館が四か所もある。

「ワンデーパス」を持つ俺たちはその全てを回り放題なため、海の生き物が好きらしい水嶋《みずしま》は、それはもう満喫《まんきつ》しているご様子だった。

「あ～くすぐったかったぁ、ドクターフィッシュ。でもちょっとクセになっちゃったかも。あとでもう一回行こうかなぁ」

「いいけど次は他人のフリをさせてもらうからな、俺は」

「え～、ひど～い……って、颯太《そうた》あれ見て！　ペンギンいる、ペンギン！」

グイグイと服の袖《そで》を引っ張ってくる水嶋《みずしま》の視線の先には、南極の風景を再現しているらしいペンギン用フィールドがあった。

フィールドには大きさもフォルムも様々な複数種類のペンギンが闊歩《かっぽ》していて、こうして俯瞰《ふかん》してみるとなかなかに壮観《そうかん》だ。

館内でも特に人気のエリアのようで、周りにはひと際大勢の人だかりが形成されていた。やっぱりペンギンはどの水族館でも稼《かせ》ぎ頭のようだ。

「あっちの眉毛《まゆげ》がある子たちはイワトビペンギンかな？　あ、見て見て！　まだちっちゃい赤ちゃんペンギンもいる！　かわいい〜！」

「なんかやたらデカいヤツもいるな。ありゃ身長一ｍくらいあるんじゃないか？」

「どれどれ？　お〜、あれはオウサマペンギンじゃないかな？」

フィールドの柵《さく》に設けられた解説パネルを見つつ、水嶋《みずしま》はスマホカメラのシャッターを切るのに大忙《おおいそが》しだ。

「そういえば、さ……颯太《そうた》は知ってる？」

すっかりペンギン専門フォトグラファーのようになっていた水嶋《みずしま》が、そこでふと思い出したように聞いてくる。

「オウサマとかコウテイみたいな大型ペンギンのパンチ力って、実は結構強《つよ》いんだって」

「あ〜、なんか聞いたことはある気がする。でも、強いって具体的にどんくらいなんだろうな」

「種類や個体にもよるだろうけど、羽のビンタ一発で人間の骨が折れることもあるらしいよ」

マジで？　可愛《かわい》い顔してえげつないな、ペンギン。

目の前でヨチヨチ歩いているこの生き物が急に怖《こわ》くなってきちゃったよ。

「つーか、よくそんなこと知ってるな。ネットか何かで調べたのか？」

俺は素直《すなお》に感心してそう聞いてみたのだが、水嶋《みずしま》はやんわりと首を振《ふ》って否定する。

「子供の頃《ころ》にね。教えてもらったこと、あるから……こんな風にさ」

「ふ～ん」

たしかに俺も、子供の頃《ころ》にこういうトコに連れて来てもらっちゃあ、親父《おやじ》や母さんに色々教えてもらったっけな。今ではもうほとんど覚えちゃいないけど。

「はは……まぁ、仕方ないよね」

「え？」

ボソリと呟《つぶや》かれた言葉に振《ふ》り向《む》けば、どこか寂《さび》しそうにペンギンたちを見つめる水嶋《みずしま》の横顔があった。

「『仕方ない』って、何が？」

「あ、聞こえちゃった？　ごめんごめん、大したことじゃないから。気にしないでよ」

けれどそれもほんの一瞬《いっしゅん》のことで、次にこっちを振《ふ》り返《かえ》った水嶋《みずしま》は、すっかりさっきまでのハイテンションに戻《もど》っていた。

「それよりほら。他にもまだ展示はあるんだから、早く次のエリアに行こうよ、颯太《そうた》」

「お、おう？　そうだな」

なんだか意味深な態度が気になるが……まぁ、本人が気にするなと言う以上は、気にしたって仕方ないだろう。

一抹《いちまつ》の疑問は抱《いだ》きつつも、俺は水嶋《みずしま》と一緒《いっしょ》に水族館巡《めぐ》りを再開して。

「うわぁ、すごい！　海の中にいるみたい！」

「たしかに圧巻だな、これは」

最後に一番大きい大水槽《すいそう》のあるエリアまでやって来たころには、俺ももうすっかりレジャーを楽しんでいた。

「……すごいよね」

大きさも色も種類もバラバラなたくさんの魚たちを眺《なが》めながら、水嶋《みずしま》がしみじみとした口調でそう呟《つぶや》く。

「ああ。陸にいながらこんなに色んな種類の魚が集まっているところを見られるなんて、考えてみればすごいことだよな」

「あはは。たしかにそれもそうだけどさ」

どうやら、俺はちょっとズレたことを言ったらしい。

苦笑《くしょう》交じりに、水嶋《みずしま》が言葉を続ける。

「普段《ふだん》生活してたら絶対に目にすることはないけどさ。海の中では、毎日こんな光景が広がってるんだなって」

「ああ、なるほどそういう」

もちろん、展示のために人工的に手を加えている部分はあるんだろう。

それでもこれとごく似た世界が広がっていると思うと、改めて自然の雄大《ゆうだい》さを思い知らされる気分だ。

「ね、颯太《そうた》。私さ……いつかキミと一緒《いっしょ》に、海に行きたいな」

大水槽《すいそう》を背にしてこちらに振《ふ》り返《かえ》った水嶋《みずしま》が、大きく両手を広げてみせた。

「ガラス越《ご》しじゃない。本物の海の世界を、颯太《そうた》と一緒《いっしょ》に見に行きたいんだ」

無邪気《むじゃき》な笑顔《えがお》でそう語る水嶋《みずしま》の背後で、沢山《たくさん》の魚で形成された巨大《きょだい》な群れが竜巻《たつまき》みたいに動いている。水面から差し込む光の柱が、まるでスポットライトのようにそれを照らしていた。

「きっと、すっごく綺麗《きれい》なんだろうね」

楽しそうに、それはもう本当に楽しそうに笑って、水嶋《みずしま》は俺にそう言った。

その笑顔《えがお》があんまり無邪気《むじゃき》なものだったから、だろうか。

一瞬《いっしゅん》だけ、俺は自分の胸の辺りに「ズキン」という鈍《にぶ》い痛みが走ったような気がした。

（ちっ……お人好《ひとよ》しかよ、俺は）

そこまで考えて、俺は思考を消し去るように頭を振《ふ》った。

「……いちいち芝居《しばい》がかった喋《しゃべ》り方をするな。生まれてから一度も本物の海を見たことがない未来人じゃあるまいし」

　俺が肩《かた》を竦《すく》めてみせると、水嶋《みずしま》も「あ、バレた？」と照《て》れ臭《くさ》そうに舌を出す。

「実はこの前、人類が火星に移住した近未来が舞台《ぶたい》のSF映画を観《み》てさ。ヒロインが昔の地球の海の映像を見ながら似たようなことを言うシーンがあったから、つい真似《まね》したくなって」

「やっぱりな。マイナーだけど、その映画は俺も昔見たことがある。道理で見覚えあるわけだ」

「あはは。さすが映画オタクだね」

　そいつはどーも。誉《ほ》め言葉として受け取っておくよ。

「でも、颯太《そうた》と海に行きたいのは本当だよ？　一緒《いっしょ》に泳いで、シュノーケリングとか、ダイビングとかもしてみたいな。ああ、安心して。もちろんその時は、ちゃんと前に颯太《そうた》が気に入ってくれたような、露出《ろしゅつ》度高めの水着を着てきてあげるからさ」

「その心配は一ミリもしてないから結構だ。あと、別に気に入ったなんて言ってないからね？」

　都合よく過去を改変する水嶋《みずしま》に文句を言いつつ、「そもそも」と俺は彼女を指差した。

「お前との『恋人《こいびと》関係』は、もうあと一週間で終わりだ。海水浴シーズンになる頃《ころ》には、俺とお前はもう宿敵でも恋人《こいびと》でもない。ただ同じ学校に通ってるだけの赤の他人だ。だから俺は……水嶋《みずしま》、悪いがお前と一緒《いっしょ》に海に行ってやることはできないな」

そう。俺はもう決めたんだ。

たとえ水嶋《みずしま》が俺の事を本当に好きで、本気で俺と恋人《こいびと》になりたいと思ってるんだとしても。

やっぱり俺は、江奈《えな》ちゃんを裏切るようなマネはしたくない。

一週間後、こいつからの二度目の告白を断って、この奇妙《きみょう》な関係にピリオドを打つって。

そう、決めたんだから。

「……できない、ね」

俺が毅然《きぜん》として言い放つと、水嶋《みずしま》は悲しそうに、けれどなぜか少しだけ嬉《うれ》しそうに呟《つぶや》いて。

「へぇ、強気じゃんね。まだ一週間もあるのに勝利宣言なんて、ちょっと気が早いんじゃない？」

やがていつもの、あの飄々《ひょうひょう》としていけ好かない笑《え》みを浮《う》かべて、目深《まぶか》に被《かぶ》ったキャスケット帽《ぼう》のつばをくいっとつまみあげながら。

「そういう人に限って、最後の最後に足を掬《すく》われたりするものなのだよ、ワトソンくん？」

「へっ、好きに言ってるがいいさ。似非《えせ》ホームズめ」

「ふふ。一緒《いっしょ》に海に行くためにも、追《お》い詰《つ》めて見せるから——必ずね」

台詞《せりふ》とは裏腹に、まるで狙《ねら》ったお宝は絶対に逃《のが》さない怪盗《かいとう》のように、水嶋《みずしま》はそう言ってのけるのだった。

幕間《まくあい》　里森江奈《さともりえな》の追憶《ついおく》

はっきり言って、私はつまらない人間だと思います。

もともとあまり社交的ではないし、ユーモアに富んだ性格でもなかった、ということもあるけれど。それ以上に、家庭の事情によるところも大きかったでしょう。

私の母は、遡《さかのぼ》れば大正の時代からこの港町で貿易業を営んできた、由緒《ゆいしょ》ある旧家、里森《さともり》家のお嬢様《じょうさま》でした。

そして父は、男児に恵《めぐ》まれなかった私の祖父母に「将来的に当主を任せるに値《あたい》する者」として選ばれ、里森《さともり》家に婿養子《むこようし》として迎《むか》え入《い》れられたと聞いています。

当主にこそならないものの、里森《さともり》家の娘《むすめ》として相応《ふさわ》しい知識と教養を身に付けるべく、幼少期から厳しい英才教育を受けてきた母。

国内トップクラスの難関大学を卒業し、子供でも名前を聞いたことがあるような一流企業《きぎょう》に勤めていた父。

早い話が、私の両親はどちらもいわゆる「エリート」と呼ばれる部類の人間でした。

もちろん、私はそんな両親を尊敬しているし、見習うべき所はたくさんあると思っています。

両親もそんな私のことを大事に思ってくれて、小さい頃《ころ》から勉強やスポーツ、習い事など色々なことを教え、経験させてくれました。

ただ……。

「いい、江奈《えな》？　あなたも里森《さともり》家の娘《むすめ》なら、それなりの『格』というものが必要よ。勉強も習い事も、全て将来のあなたのためになるからやらせているの。今は大変かもしれないけれど、だから、それ以外のことにかまけていてはダメよ」

「そうだぞ、江奈《えな》。その為《ため》には、小学生の内から受験や就職に向けて準備をしておくに越《こ》したことはない。当然、放課後に友達と一緒《いっしょ》に遊び回るなんて言語道断だ。今はとにかく中学受験、ひいてはその先のことにだけ集中しなさい」

両親がエリートな家庭では、きっと珍《めずら》しくもない話でしょう。

父も母も、私が小学校高学年にもなれば、口を酸《す》っぱくして「勉強しなさい」「遊んでいる暇《ひま》はない」と言《い》い含《ふく》めてきました。

幸い、私には歳《とし》の離《はな》れた兄と姉がいるので、両親も「跡継《あとつ》ぎ」やら「婿《むこ》探し」やらといったお家《いえ》の事情を末っ子の私にまで押し付けてくることは、ほとんどありませんでしたけれど。

それでも、「里森《さともり》の名に恥《は》じない人間になれ」という両親の言いつけを守るために、私が自由に使える時間もほとんどありませんでした。

おかげで私は、同級生たちが放課後のたまり場にしていたという公園の場所も知らないし、流行《はや》りの歌や芸能人の話題にもまるでついていけないし、遊びに誘《さそ》われてもいつも「勉強をするから」「習い事があるから」と断るしかない。

そんな「つまらない女の子」になっていました。

唯一《ゆいいつ》、そんな私と仲良くしてくれたクラスメイトの女の子との昼休みのお喋《しゃべ》りだけが、学校でのささやかな楽しみでした。

しかし、結局はその子とも一度もどこかへ遊びに行くことなどなく、私は退屈《たいくつ》な小学生時代を終えました。

小学校を卒業した私は、市内でもそれなりに偏差《へんさ》値が高く、国際教育にも力を入れているという中高一貫《いっかん》校、私立帆港《ほみなと》学園に入学しました。

両親は、本当は私に聖エルサ女学院という市内随一《ずいいち》のエリート女学院に入学してほしいようでした。

しかし、生憎《あいにく》と私は女学院の受験当日に熱を出して寝《ね》込んでしまい、試験を欠席。第二志望に据《す》えていた帆港《ほみなと》学園に通うことになったのです。

ただ、私はむしろその結果に満足していました。

勉強はもちろん、礼儀《れいぎ》作法にまで厳しいと噂《うわさ》のお嬢様《じょうさま》学校よりも、よほど穏《おだ》やかで気楽な学校生活が送れるだろうと思ったからです。

「女学院に入学できなかったことは残念だが……まぁ、『特別進学クラス』に入れただけでも良しとするべきかな」

「ワンランク下の学校に入学したんだから、成績は常に学年トップを維持《いじ》するくらいじゃないとね」

中学生になってもなかなか手厳しいことを言う両親でしたが、これまで変に反抗《はんこう》したりしたことのなかった私を信用してか、小学校時代よりは私を締《し》め付《つ》けることはなくなりました。

それでも、相変わらず厳しい門限を決められたり、休日に出かける時は誰《だれ》とどこに行くのか細かく聞かれたりと、一般《いっぱん》的な女子中学生と比べると窮屈《きゅうくつ》な生活ではあったと思います。

一度、両親に内緒《ないしょ》でクラスメイトの数人とカラオケに行ったことが発覚した時は、しばらく休日の外出を禁止されてしまったこともありました。

鬼《おに》のような形相で私を叱《しか》った両親の顔は、今でも時々夢に見るくらいです。

「里森《さともり》さん。今度の土曜日、桜木町《さくらぎちょう》のモールで一緒《いっしょ》にお買い物しない？」

「……ごめんなさい。私、その日は用事がありますから」

それ以来、私は休日も一人で過ごすことが多くなり。

必然的に一人でも楽しめる読書や映画鑑賞《かんしょう》が数少ない趣味《しゅみ》になっていきました。

中学生になっても、やっぱり私は「つまらない女の子」のままでした。

それから月日は流れて、中学三年生の春の事。

「里森《さともり》さん。次の休みの日って、青船《あおふね》中の文化祭があるでしょ？　よかったら私たちと一緒《いっしょ》に行かない？」

私は数人のクラスメイトに、別の中学の文化祭を見に行こうと誘《さそ》われました。

普段《ふだん》であればいつものように「用事がある」と言って断っていたところでしたが、なんでも自主制作映画を作ったクラスもあるという話を聞いて、私は少しだけ興味を引かれました。

「お父さん、お母さん。今度のお休みの日、クラスの子たちと青船《あおふね》中学の文化祭に行こうと思ってるんだけど……行ってもいい？」

その晩の夕食の席で、だから私は、恐《おそ》る恐《おそ》る両親にお願いしてみました。

他校の文化祭を見に行くなんて初めてのことだったし、許してもらえるかは全くの未知数です。そんなことをしている暇《ひま》があったら勉強しろ、と叱《しか》られることも覚悟《かくご》していました。

「文化祭？　そう、行って来たらいいんじゃない？」

「青船《あおふね》中というと、帆港《ほみなと》と偏差《へんさ》値も同じくらいだしな。何かと勉強になることもあるかもしれないし、きちんと門限を守るなら構わないぞ」

けれど、私の心配とは裏腹に、意外にも両親からはあっさりとお許しが出ました。

びっくりです。びっくり仰天《ぎょうてん》です。そして、それ以上に嬉《うれ》しかったことを覚えています。

兎《と》にも角《かく》にも滅多《めった》にない楽しいイベントを前に、私は一日千秋の思いで文化祭までの日々を過ごしていました。

そうして、いよいよ迎《むか》えた文化祭当日。

私はクラスメイト数人と一緒《いっしょ》に青船《あおふね》中学の校内へと足を踏《ふ》み入《い》れました。

「いらっしゃいませぇ！　二年一組のアジアン喫茶《きっさ》はこちらで～す！」

「十三時半から体育館でブレイクダンスやります！　来てね！」

「中庭でクイズ大会やってます！　飛び入り参加も大歓迎《だいかんげい》ですよ～！」

あちこちで色々な出し物や模擬《もぎ》店が軒《のき》を連ねていて、校内はまさにお祭りムード一色。初めての他校の文化祭ということも相まって、私も最初のうちはいつになくはしゃいでいました。

しかし――こうした催《もよお》しには、大なり小なり場を荒《あ》らす人間も集まってくるようでした。

「お、可愛《かわい》い子はっけ～ん！　ねぇねぇ、キミたちどこ中？」

「俺らここの文化祭来るの初めてなんだけどさ～。一緒《いっしょ》に回らない？」

おそらく、近所の高校に通う学生だったと思います。やけに馴《な》れ馴《な》れしく話しかけてきたその男子グループは、明らかに文化祭よりもナンパが目的の様子でした。

「なんだったら、模擬《もぎ》店の食い物とか俺らで奢《おご》っちゃうよ？」

「いや、私たちは……」

「ちょいちょ～い、そんなに怖《こわ》がらないでよ。別に取って食おうってわけじゃないんだしさ」

「う、う～ん……」

相手は男子で、しかも年上の高校生。下手に逆らえばどんな報復をされるかわからないという恐怖《きょうふ》もあって、結局、私たちは渋々《しぶしぶ》彼らと行動を共にするしかありませんでした。

それからはもう、とても文化祭を楽しむどころではありません。大して興味もないチアリーディングのショーやミスコンテストなど、彼らの行きたいところばかりに連れ回されました。

おまけに彼らは、道中で執拗《しつよう》に個人情報や連絡先《れんらく》を聞き出そうとしてくるし、少しでも隙《すき》を見せれば髪《かみ》や体を触《さわ》ろうとしてくるのです。

このままでは、せっかくの楽しい文化祭の思い出が台無しになってしまう。

せっかく、友達と一緒《いっしょ》の休日なのに。

せっかく、退屈《たいくつ》な日々から解放されているのに。

せっかく――「つまらない女の子」じゃ、なくなっていたのに。

(邪魔《じゃま》、しないでっ……！)

そう思った時にはもう、私は廊下《ろうか》の真ん中で慣れない大声を張り上げていました。

「――いい加減にしてください！」

瞬間《しゅんかん》、クラスメイトたちも、男子高校生たちも、周りにいた通行人たちも、その場にいた全員の視線が私に集まりました。

「わ、私、たちは……あなたたちのお友達でも、連れ合いでもありません！　いい加減、私たちを解放してください！」

「里森《さともり》、さん……？」

「な、なんだよ急に？　せっかく俺たちが楽しませてやろうと……」

「お～い！　これは何の騒《さわ》ぎだ？」

ほどなくして、校内を巡回《じゅんかい》していたらしい教員の方がやってきて、私たちは一通りの事情聴取《ちょうしゅ》をされることになりました。

男子高校生たちは「無理やり連れ回してたわけじゃない」「同意の上だった」などと最後まで言い張っていたけれど、結局は教員の方々に学校の外へと追《お》い払《はら》われたようでした。

「こ、怖《こわ》かった～」

「私、緊張《きんちょう》して全然喋《しゃべ》れなかった……」

「でも里森《さともり》さんのお陰《かげ》で助かったよ～。里森《さともり》さん、普段《ふだん》は大人しいイメージだったけど、あんな大声出すこともあるんだねぇ」

「そ、そんな……必死だっただけで……」

どうにか難を逃《のが》れたことで、クラスメイトたちもようやく安堵《あんど》の表情を浮《う》かべていました。

けれど、やっぱりみんな心のどこかにモヤモヤが残っていて。

結局はその後の文化祭見学も、どこか上の空になってしまいました。

いまひとつ気分が晴れないまま文化祭を巡《めぐ》っている内に、やがて私たちは、例の自主制作映画を上映しているというクラスまでやってきました。

「へぇ、青春恋愛《れんあい》ものの映画だって」

「この主演の男の子、ちょっとカッコよくない？」

「ちょうど歩き疲《つか》れてたし、休憩《きゅうけい》がてら見てみよっか」

教室の前に掲示《けいじ》されていたポスターを見て、友人たちも興味をそそられた様子。

そうです。そもそも今日は、この自主制作映画を楽しみにここまで来ていたんです。

ようやくお目当ての物を前にして幾分《いくぶん》か気を持ち直した私は、だから、内心ワクワクしながら教室に入りました。

ところが。

（これが……本当に、映画？）

たしかに、素人《しろうと》の作るものかもしれません。

中学生の文化祭レベルの作品に、過度な期待をする方が酷《こく》というものかもしれません。

けれど、それにしたって、お世辞にも「面白《おもしろ》かった」とは言えないくらい、その自主制作映画の出来はひどい有様《ありさま》でした。

まず、演者の演技がひどい。

セリフを噛《か》んだり言い間違《まちが》えたりは当たり前で、演技中に素の笑いが出てしまうのを隠《かく》そうともしないのです。

棒読みでもいいからきちんと台本通りにやればまだ形にはなっていたはずなのに、監督《かんとく》役の人はどうしてこれでＯＫを出したんでしょうか。あれではまるでメイキング映像です。

そして何より、ストーリーがひどい。

ヒロインと主人公がただひたすら起伏《きふく》もドラマもない会話を繰《く》り返《かえ》し、よく分からない内に恋仲《こいなか》になって終わる。十五分も尺があるのに、文章にすれば一行で済んでしまいそうなほど内容が薄《うす》かったのです。

セリフ自体も、おそらくは内輪ノリの延長のようなもののオンパレードで、言っていることの意味が半分も理解できません。このクラスのことを何も知らない第三者に見せるための映画、という部分を完全に忘れているとしか思えない構成でした。

クラスの中心的存在であろう女子と男子が、自己満足のためにクラスメイトを巻き込んで作ったホームビデオ。

それが、上映が終わったあとに私が抱《いだ》いた感想でした。

「いや〜、いい映画だった」

「ね！　主人公の男子が超《ちょう》イケメンだった！」

「あのヒロイン役の女子も可愛《かわい》かったよなぁ」

にも関わらず、私以外の観客はなぜかみんな満足そうな顔をしていて、そんな感想を言い合いながら笑っていたのです。

きっと彼らは映画ではなく、ただ可愛《かわい》い女の子やイケメンな男の子がイチャイチャする様を見に来ていただけなんだと、私はその時知りました。

（……楽しみに、してたのにな）

はた迷惑《めいわく》な男子高校生たちに絡《から》まれた上に、お目当てだった自主制作映画は期待外れもいいところ。

そんな苦い思い出を残して、私の初めての文化祭見学は幕を閉じました。

（こんなのばっかりだ……私の青春）

中学時代も、やっぱり私はつまらない女の子のまま終わるんだ。

そんなことを考えて、この時はほとほと人生が嫌《いや》になってしまいました。

しかし――それから半年ほどが経《た》ったころ。

灰色だった私の青春が、にわかに色づいていく出来事が起きたのです。

※

帆港《ほみなと》学園では、毎年十一月の初めに文化祭を開催《かいさい》することになっています。

期間中は各クラスや部活がそれぞれで出し物や模擬《もぎ》店を開くほか、海外の姉妹《しまい》校の生徒たちとオンラインで繋《つな》がる異文化交流会など、国際色豊かな進学校らしい催《もよお》しも多数開催《かいさい》されます。

地域での知名度も高く、毎年多くの一般《いっぱん》参加者も来場する一大イベントというわけです。

もちろん、成績上位者ばかりを集めた私たち「特進クラス」も例外ではなく、連日ホームルームで会議を重ねた結果、その年はワッフル喫茶《きっさ》をすることに決まりました。

「ドリンクはコーヒーと紅茶の他にも何種類か欲《ほ》しいよね」

「ワッフルを焼くホットプレートはどこに置く？」

「せっかくだから、スタッフの衣装《いしょう》も凝《こ》ったものにしてみようよ」

真面目な性分《しょうぶん》の生徒が多いという事もあって、企画《きかく》はとんとん拍子《びょうし》に進んでいきました。

そして、あまり人前に出るのが得意ではない私は、ホールではなくキッチンスタッフを担当することになりました。

（……せめて帆港《うち》の文化祭くらいは、無事に過ごせますように）

楽しい思い出とか、キラキラな青春とか、そんな高望みはもうしない。だからせめて、せめて平穏《へいおん》無事に文化祭期間が終わることを祈《いの》ろう。

それまでの灰色の人生のせいですっかり後ろ向きになっていた私は、文化祭が始まる前からそんなことばかり考えていました。

【オリジナル映画『君のいない春』三年二組にてロードショー！】

だから、文化祭準備期間中の校内掲示板《けいじばん》でこんな貼り紙《はがみ》を見かけた時も、私は正直あまり興味を引かれませんでした。

「ジャンルは……青春恋愛《れんあい》もの、か」

ヒロインは男子人気の高いチアリーディング部の子で、ヒーローはよく知らないけれどいかにも女子人気の高そうな男の子。

地雷《じらい》の予感しかしません。

青船中《あおふね》での苦い思い出がフラッシュバックして、私は頭を振《ふ》りました。

（……時間があったらでいいかな）

そうしていよいよ文化祭当日になり、自分のシフトをこなして休憩《きゅうけい》時間を貰《もら》った私は、ほんの暇《ひま》つぶしのつもりで三年二組に足を運びました。

「あの、すみません。一人なんですけど、今からでも入れますか？」

「へ？　あ、ああ、はい。一人ですね、え～と……」

教室の入り口に設けられていた受付テーブルには、大人しそうな雰囲気《ふんいき》の男子生徒が一人で座っていました。

オシャレで垢抜《あかぬ》けた雰囲気《ふんいき》の男女が多いこの学校の中では、比較《ひかく》的に地味な印象。見た目で人を判断するのは良くないことですが、私と同じでどちらかと言えば日陰者《ひかげもの》タイプな気がして、なんだか少し親近感を覚えました。

「大《だい》、丈夫《じょうぶ》ですね、はい。ちょうど上映始まるので、空いてる席にどうぞ」

「ありがとうございます」

そんな受付の男の子の横を通り過ぎ、教室の中へ。

机と椅子《いす》を組み合わせて作られたひな壇《だん》上の観客席は、すでに八割ほどが埋《う》まっていました。

〈ご来場ありがとうございます。三年二組制作、『君のいない春』。まもなく上映開始です
――〉

私が席に着くと同時にアナウンスが流れ、いよいよスクリーンに映像が流れ始めます。

そして……。

「この映画の脚本《きゃくほん》を書いたのって、あなたですか？」

上映が終わってすぐ、私は二組の生徒から話を聞いて、脚本《きゃくほん》を書いたらしい「佐久原《さくはら》くん」という男子生徒に会いに行きました。

会ってみれば、なんとさっき受付にいたあの男の子こそ、まさしくその佐久原《さくはら》くんでした。

「え？　は、はい。そうですが……何か？」

「すっ……ごくっ。面白《おもしろ》かった、ですっ」

目を白黒とさせる彼にもお構いなく、私は若干《じゃっかん》興奮気味にそう言っていました。

役者の演技は上手《うま》いとは言えないし、編集にもぎこちない部分はあったと思います。

全体的な評価で言えば、やっぱり中学生の文化祭レベルの域は出ないかもしれません。

それでも、十五分ほどの尺の中でしっかりと起承転結が作られ、少ないながらも伏線《ふくせん》も張られていたストーリーだけは、綺麗《きれい》にまとまっていてとても面白《おもしろ》かったのです。

主人公とヒロインだけでなくサブキャラクターの見せ場もちゃんと作られていて、だからこそ物語に深みを与《あた》えていました。

評論家ぶるつもりは毛頭ありませんが、とにかくちゃんと映画が好きな人が作ったお話なんだな、ということが伝わってくるような作品でした。

「二組の佐久原《さくはら》くん、でしたよね？　映画、お好きなんですか？」

「う、うん。まぁ、映研部員だし……」

　聞けば、佐久原《さくはら》くんも私と同じく映画鑑賞《かんしょう》が趣味《しゅみ》で、それが高じて映画研究部にも所属しているといいます。

　クラスメイトとも、友達とも違《ちが》う。初めて「仲間」と呼べる存在を見つけられた気がして、気付けば私は彼とのお喋《しゃべ》りに花を咲《さ》かせていました。

「佐久原《さくはら》くんは、どんな映画が好きなんですか？」

「えぇっと……色々あるけど、特に好きなのはアメコミ系かな。『スパイダーマン』とか、『アイアンマン』とか」

「なるほど。あまり見たことはありませんが、たしかに男の子は好きそうですよね」

「里森《さともり》さんは、その、どんな映画が？」

「私は、ディズニーみたいなアニメーション映画や、ファンタジーな世界観のものが好みです。……少し、子供っぽいでしょうか？」

「いやいや！　俺もそれ系の映画、割と好きだよ。大人になってから観《み》ると、また違《ちが》った面白《おもしろ》さがあったりするしさ」

　最初はぎこちない様子だった佐久原《さくはら》くんも、映画の話が盛り上がるにつれて、徐々《じょじょ》に打ち解けてくれました。

私はそろそろ休憩《きゅうけい》時間が終わりだったし、佐久原《さくはら》くんも次の上映の準備があるしで、その時は結局少しだけしか話せなかったけれど。

それからというもの、私は学校で彼とよく映画談義をするようになっていきました。

「へぇ。里森《さともり》さん、一人で映画館行ったりもするんだ？」

「はい。私、その……あまり女子中学生らしい遊びなどに縁《えん》がないもので。そのせいで、休みの日に一緒《いっしょ》に遊ぶ友達もほとんどいなくて」

本当、つまらない女の子ですよね——なんて、私がたびたび自虐《じぎゃく》するようなことを言っても。

「そんな事ないって。だって俺、映研以外でこんな風に映画の話ができる人って、里森《さともり》さんが初めてだもん。俺は里森《さともり》さんと話してると楽しいけどな」

彼は、さも何でもないことのようにそう言ってくれたのです。

佐久原《さくはら》くんがそう言ってくれるから、彼と一緒《いっしょ》にいる時だけは私は「つまらない女の子」じゃなくなっている気がして、それがなんだかとても嬉《うれ》しくて。

(ああ、そうか)

だから。

(きっともう……あなたと出会った、その時から)

心の中に芽生えていたその気持ちを自覚するまでに、そう長い時間はかからなかったのです。

第四章　綱渡《つなわた》りにも程《ほど》がある

二、三年くらいは行かなくてもいいかな、と思う程度にはシーパラを満喫《まんきつ》し尽《つ》くした、その翌日の日曜日。
昨日は散々歩き回って疲《つか》れたし、今日はお互《たが》い休養日にしよう……という展開にはもちろんならず、俺はやはり水嶋《みずしま》とのデートに付き合わされていた。

とはいえ、さしもの水嶋《みずしま》も完全には体力が回復しきっていないようで、今日は大人しく近場のプラザでのショッピングを提案してきた。

まぁ、昨日あれだけはしゃいでいた上に、結局は閉園時間いっぱいまで遊び回ったからな。水嶋《みずしま》以上に体力の消耗著《しょうもういちじる》しい俺にとってもありがたい話だし、断る理由はなかった。

「さてと。じゃあ色々見て回る前に、まずは必要な買い物を済ませちゃおうか」

そんなわけでやって来たのは、桜木町《さくらぎちょう》駅からほど近い「ミナトミライスゴイタカイビル」、もとい横浜《よこはま》ランドマークタワーのプラザだった。

「ほ～ん。必要な買い物って？　日用品か何かか？」

「まぁ、そんなところ。悪いんだけど、颯太《そうた》もちょっと付き合ってくれない？」

「別に構わないけど……荷物持ちをさせるつもりなら、あんまり大量に買《か》い込んでくれるなよ。

なにせ今日の俺はいつも以上に体力が無いからな」

「ふふ、大丈夫《だいじょうぶ》だよ。別に体力は借りるつもりないから」

「ならいいけど」

なんだか回りくどい言い回しが少し気になったが、ひとまず俺は水嶋《みずしま》の後に付いていく。

やがてたどり着いたプラザ二階の一軒《けん》のテナントの前で立ち止まると、水嶋《みずしま》はクルリと俺に向き直った。

「はい到着《とうちゃく》〜。じゃあ、さっそく入ろうか」

「へいへい。なら折角だしついでに俺も何か買って……って、アホっ！」

グイグイと袖口《そでぐち》を引っ張る水嶋《みずしま》の手を払《はら》いのけて、俺は思わずベタベタなノリツッコミをしてしまう。

「わお、びっくりした。急にどうしたの、颯太《そうた》？」

「びっくりしたのはこっちだ！　てっきり雑貨屋とかドラッグストアにでも行くのかと思ったらお前、何だよこの店は！」

詰《つ》め寄《よ》る俺に、けれど水嶋《みずしま》は毛ほども悪びれる素振《そぶ》りを見せずにのたまった。

「何って、ただのランジェリーショップだけど？」

水嶋《みずしま》が指で示す先には、内装全体がパステルカラーなピンク色や紫色《むらさきいろ》にカラーリングされたオシャレな雰囲気《ふんいき》のショップ。

男が足を踏《ふ》み入《い》れるような場所ではない、とひと目で分かるファンシーなオーラ漂《ただよ》う店内には、色もデザインも様々な女性用下着がずらりと並べられていた。

「いやね。私もモデルの端《はし》くれだし、体形管理には気を付けてるつもりなんだけど、最近またブラがキツくなってきちゃってさ。こないだサイズを測ってみたら、とうとうきゅ――」

「聞いてないから！」

恥《は》ずかしげもなく自らの胸囲を申告《しんこく》しようとする水嶋《みずしま》を制し、俺は深い深いため息を吐《は》いた。

というか、現時点でも高一女子としては規格外なのに、まだ成長するというのか……末恐《すえおそ》ろしいにも程《ほど》があるな。

「はぁ～……つまり、お前の言う『必要な買い物』ってのは下着のことだったと」

「うん」

「で、俺にその下着選びに付き合えって？」

「うん」

「なんでやねん！」

水嶋《みずしま》が曇《くも》りなき眼《まなこ》で頷《うなず》くものだから、今度はシンプルにベタツッコミが出てしまった。

まったく勘弁《かんべん》してほしい。いくら女子と一緒《いっしょ》だとは言え、さすがにあの手の店に入れるほどの度胸パラメータは割《わ》り振《ふ》っていないんだ、俺は。

こんな事を言ったら失礼かもだが、正直、女子更衣《こうい》室とか女子トイレに入れと言われているような気分だ。

「俺は入らないぞ。ここで待ってるから、行くならお前一人で行ってこいよ」

「それじゃ意味ないじゃん。どんなデザインが颯太《そうた》の好みなのか知りたいんだから、一緒《いっしょ》に選んでくれないと」

「知るか！　あるわきゃねぇだろ、女物の下着の好みなんか！」

俺が「シッ、シッ！」と手を払《はら》うと、水嶋《みずしま》はわかりやすく不満そうな顔をして。

「もう、わかったよ。そこまで嫌《いや》なら一人で行ってくる。でもちょっと時間かかるかもよ？　私のサイズ、いつもあんまりいい感じのデザインのやつ見つからないし」

「ならその辺の店で適当に時間潰《つぶ》してるよ。終わったらチャットで連絡《れんらく》くれ」

「了解《りょうかい》。あ〜あ、どうせ新調するなら颯太《そうた》が選んでくれたやつが良かったんだけどなぁ」

未練がましくボヤきながらも、結局は渋々《しぶしぶ》ショップの中へと消えていった。

ふぅ、やれやれ助かった。別に何の罪に問われるわけでもないんだろうけど、さすがにあれだけの女性用下着に囲まれちゃ気まず過ぎるからな。

ほっと胸を撫《な》で下《お》ろした俺は、さてどうやって時間を潰《つぶ》そうか、と辺りを見回した。

生憎《あいにく》とランジェリーショップのある通りはブランドもののブティックや化粧品店《けしょうひん》ばかりで、やはり俺のような男子高校生はいささか場違《ばちが》いな感がある。

「お？　あれは……」

と、そこで。

フロアの吹《ふ》き抜《ぬ》けを挟《はさ》んだ反対側に、大きな書店チェーンがあるのを見つけた。あそこなら暇《ひま》つぶしにはちょうど良さそうだ。

俺は吹《ふ》き抜《ぬ》けを迂回《うかい》して本屋に向かい、ブラブラと当《あ》て所《ど》もなく店内を物色する。

そういえば、最近追いかけている漫画《まんが》の最新刊が、ちょうどこの前発売されてたんだっけ。

折角本屋に来たことだし、ついでに買っていこうか。

思い立って漫画《まんが》コーナーへと赴《おもむ》いた俺は、それから新刊の並ぶ棚《たな》をチェックしようとして。

「……佐久原《さくはら》くん？」

「へ？」

不意に背後から掛《か》けられたその声に驚《おどろ》き、反射的に振《ふ》り返《かえ》る。

「え……さ、里森《さともり》さん⁉」

聞き覚えのある澄《す》んだ声の持ち主は、案の定、江奈《えな》ちゃんだった。

まさかの遭遇《そうぐう》に声が裏返ってしまう。そんな俺の様子に若干困惑《じゃっかんこんわく》した表情を浮《う》かべながらも、江奈《えな》ちゃんは律儀《りちぎ》にペコリと頭を下げた。

「はい。こんにちは、佐久原《さくはら》くん」

「え？　あ、ああうん……こんにちは？」

図書委員の仕事で会う時のように、あくまでも事務的な口調で挨拶《あいさつ》をしてくる江奈《えな》ちゃん。

学校の外でも変わらない彼女の態度につられて、気付けば俺も思わず頭を下げていた。

休日だから当然と言えば当然だが、今日の江奈《えな》ちゃんはいつもと違《ちが》って制服姿ではない。

上はゆったりとしたタートルネックのセーターで、下はくるぶしまであるロングスカートと、清楚《せいそ》な彼女らしい落ち着いたスタイルのファッションだ。そして首には、今日も今日とて例の首輪をつけている。

(おお……私服姿の江奈《えな》ちゃん、なんだか随分《ずいぶん》と久々に見た気がするな)

制服よりも露出《ろしゅつ》度は少ないけど、これはこれでまた趣《おもむき》があって……。

(って、いやいやいやいや！　呑気《のんき》に鑑賞《かんしょう》してる場合じゃないだろ、俺！)

俺はのぼせかけてしまった頭をブルブルと振《ふ》った。

「佐久原《さくはら》くん？　どうかしましたか？」

「な、何でもない！　それよりも奇遇《きぐう》だね、こんな所で会うなんて！　はは、ははは！」

我ながら不自然だと思うくらい爽《さわ》やかに笑いつつ、しかし俺は内心で焦《あせ》りに焦《あせ》っていた。

(まずい、まずい！　ちょっと待ってくれ！)

ここで江奈《えな》ちゃんと出くわしてしまったのは、非常に由々しき事態である。

なぜなら俺は今、江奈《えな》ちゃんに内緒《ないしょ》で、彼女の現恋人《こいびと》ということになっている水嶋《みずしま》とショッピングをしている最中。つまり、絶賛「浮気《うわき》デート中」なのだ。

たまたま別行動をしていたことだけは不幸中の幸いだが、もし俺が水嶋《みずしま》と一緒《いっしょ》にデートしていたなんてことが江奈《えな》ちゃんにバレたら……ダメだ、想像するのも恐《おそ》ろしい。

ここはなんとか悟《さと》られないようにやり過ごさなければ！

「ええっと、里森《さともり》さんは買い物中？　何か欲《ほ》しい本でもあったりするの？」

俺は少しでも怪《あや》しまれないようにあくまで平静を装《よそお》いつつ、ひとまず当《あ》たり障《さわ》りのない世間話をぶつけてみる。

江奈《えな》ちゃんは気のせいか一瞬《いっしゅん》慌《あわ》てた様子で「へっ？」と呟《つぶや》くも、すぐにまた凜《りん》とした態度に戻《もど》ってコクリと小さな顔を頷《うなず》かせた。

「え、ええ、まぁ。手芸関係の本を少々」

「手芸？　ああ、そうか」

そういえば、江奈《えな》ちゃんは高等部になってから手芸部に入ったんだっけ。

本当は俺と同じ映研に入りたかったみたいだけど、周りの友達から「あんな変人の巣窟《そうくつ》にわざわざ行くことはない」と必死に止められたらしい（ひどい）。

だから映画の次に興味があった手芸をやってみることにしたんだそうだ。

『いつか、颯太《そうた》くんにマフラーでも作ってあげられるように頑張《がんば》りますね』

なんて嬉《うれ》しいことを言ってくれたこともあったっけ。まぁ、今となってはそれももはや叶《かな》わぬ夢になってしまったワケだけれども。

くそぅ……江奈《えな》ちゃんの手編みマフラー、欲しかったなぁ！

きっとどんな高級素材で作ったマフラーよりもあったかかったんだろうなぁ！

「佐久原《さくはら》くんは、今日はお一人でお買い物ですか？」

しみじみとあの頃《ころ》の思い出に浸《ひた》っていたところで、江奈《えな》ちゃんがどこか訝《いぶか》しげに尋《たず》ねてくる。

「へ？　ま、まぁそんなところかな、うん！　ちょっと本をね、探してて！」

「なるほど…………じゃあ、今日は一緒《いっしょ》じゃないのかな」

俺が頷《うなず》くと、江奈《えな》ちゃんは小さな声で何事かを呟《つぶや》いた。

「ん？　ごめん、なんて？」

「いえ、何も。それで、探している本というのは見つかりましたか？」

「あ、ああ～、それなんだけどさ。どうやらこの店には置いてないみたいで。ぼちぼち別の本屋に行ってみようと思ってたところなんだ」

「別の本屋さん、ですか？」

「うんうん。それにほら、里森《さともり》さんの買い物を邪魔《じゃま》するのも悪いしさ。ってわけで、この辺で退散させてもらうとするよ」

言うが早いか、俺は「それじゃ！」と片手をあげて回れ右。そのまま書店の入り口に向かって歩き始めた。

ちょっと強引《ごういん》だったかもしれないが、この際細かいことは言っていられない。

今はとにかくこの場を離《はな》れて水嶋《みずしま》と合流し、一刻も早くこの建物から脱出《だっしゅつ》しなければ。

立ち読みをしている客の合間を足早に縫《ぬ》って、やがて入り口へとたどり着き。

「──あ、あの、佐久原《さくはら》くんっ」

しかし、書店を後にしようとした俺の足は、そこでピタリと止まる。

名前を呼ばれて振《ふ》り返《かえ》ってみれば、そこには俺の背中を追いかけてきたらしい江奈《えな》ちゃんの姿があった。

「あの……もしよければ少しだけ、私の買い物に付き合ってもらえませんか？」

…………ファ？

※

「……図書室に新しく漫画《まんが》を置く？」

「はい。実は、手芸関係の本を探すのはついででして」

その後、再び書店の漫画《まんが》コーナーまで戻《もど》ってきた俺は、江奈《えな》ちゃんの言う「買い物」について説明された。

今の帆港《ほみなと》の図書室にはいくつか漫画《まんが》本も蔵書されているが、それらはどれもいわゆる「学習漫画《まんが》」に分類されるものや、俺たちが生まれる前に書かれていたような古典的なものばかりだ。

「ただ、そうした本はなんというか……生徒の皆《みな》さんはあまり興味がないみたいで。以前から司書教諭《きょうゆ》の中山《なかやま》先生のもとに、『もっと最近のものやエンタメ性のあるものも置いてほしい』という声が届いていたそうなんです」

そこで、このほど中山《なかやま》先生が図書委員の各メンバーに「新しく蔵書する漫画《まんが》」のアイデアを募《つの》る、という運びになったのだそうだ。

「じゃあ、里森《さともり》さんもその漫画《まんが》選びをするために本屋に？」

「はい。ただ、私は正直あまり漫画《まんが》に詳《くわ》しくなくて……だから、できれば佐久原《さくはら》くんの意見も参考にさせていただければ、と」

なるほど。それでさっきの「付き合ってほしい」発言に繋《つな》がってくるわけか。

せっかくの休みの日にまで委員会の活動をするなんて、相変わらずなんて真面目な子なんだ。

「……あれ？　でも、俺は中山《なかやま》先生からそんな話は聞いてなかった気がするけど……そのアイデア募集《ぼしゅう》って、いつの話？」

図書委員の各メンバーへの募集《ぼしゅう》ということなら、俺の所にもその話が来るはずなんだが……。

まさか俺、ハブられてる？　それとも存在を忘れられている？

「そ、それは、えっと……」

ふと浮《う》かんだ疑問を投げかけると、途端《とたん》に歯切れが悪くなる江奈《えな》ちゃん。

あっちこっちに視線を泳がせるその様は、どう言い訳をすればいいか必死に考えているようにも見えた。

おっとぉ？　もしかしてだけど、俺ってマジで仲間外れだった感じ？

俺以外のメンバーで構成された図書委員のチャットグループとかある感じ？

いやまぁ、それならそれでも別に大して気にしないけども。

俺がはぐれ者気質なのは今に始まったことじゃないし。

「えっと……そ、そう！　中山《なかやま》先生からお話があった際に、私から佐久原《さくはら》くんにも伝達するように言われまして。ほら、私たち、おなじシフト同士ですし」

どこか取り繕《つくろ》うような口調で、江奈《えな》ちゃんはそう説明した。

う〜ん、気を遣《つか》われてるなぁ……でもまぁ、せっかくこうしてフォローしてくれてるんだし、ここはそういうことにしておいた方が良さそうだな。

「とにかく、そういうわけでご協力いただけないかと。もちろん、貴重な休日かと思いますので、佐久原《さくはら》くんのご迷惑《めいわく》にならなければ、ですが」

「そ、そうだなぁ」

本音を言えば今すぐこの場を離《はな》れたいところなんだけど……。

「ダメ、でしょうか？」

うっ！　こ、こんな捨てられた子犬のような目をされては、すごく断りづらい！

俺はポケットからスマホを取り出し、チラリと待ち受け画面を覗《のぞ》き見る。

水嶋《みずしま》からの連絡《れんらく》は……まだ無いみたいだな。

「……わかった。そういうことなら、俺もアイデア探しに付き合うよ」

しばしの逡巡《しゅんじゅん》の末に、俺は首肯《しゅこう》した。

まぁ、水嶋《みずしま》も「時間がかかる」って言ってたし……ちょっとくらいなら、大丈夫《だいじょうぶ》だよな？

「本当ですか？」

「もちろん。それに、図書委員の仕事って言うなら、俺もメンバーとして手伝わないわけにはいかないしね」

「ありがとうございます、佐久原《さくはら》くん。助かります」

相変わらず事務的ながらも、江奈《えな》ちゃんが心なしか声を弾《はず》ませる。

そうして話もまとまったところで、俺たちは改めて漫画《まんが》コーナーをぐるりと巡《めぐ》ってみた。

「ちなみにだけど、里森《さともり》さんはもう何かアイデアとかあったりする？」

「そうですね。漫画《まんが》とはいえ、あくまでも学校内に置くものですから。あまりにも娯楽《ごらく》に特化したものや、過激なものは難しいかもしれません」

「となると、やっぱり少年漫画《まんが》とか異世界系コミックとかは除外かな」

「なるほど……佐久原《さくはら》くんは、普段《ふだん》そういった漫画《まんが》を読んだりはするんですか？」

「まぁ、人並みにはね」

二人並んで歩きながら、顔を突《つ》き合《あ》わせてあーでもないこーでもない、と言葉を交《か》わす。

考えてみれば、委員会活動の一環《いっかん》という名目はあるものの、こうして休日に江奈《えな》ちゃんと過ごす時間というのは随分《ずいぶん》と懐《なつ》かしい感じがする。

まるで「あの頃《ころ》」に戻《もど》ったみたいだな……なんて、そんな仕方のないことを考えてしまう自分に、思わず苦笑《くしょう》した。

「佐久原《さくはら》くん？」

「ごめん、何でもないよ。それより、学校に置いてあっても不適切じゃなくて、かつ多少のエンタメ性もあるものとなると……この辺りなんかどうかな？」

俺が指差したのは、実際の歴史や文化、民族などをベースにしたタイプの漫画《まんが》たちだった。

「例えば、これは中世のヴァイキングたちをテーマにした戦記モノで、こっちは平安京を舞台《ぶたい》にした怪奇《かいき》サスペンス。ストーリーとか設定こそ架空《かくう》だろうけど、どっちも当時の時代背景の描写《びょうしゃ》がリアルだったり、実在の人物がキャラクターとして登場したりして、結構勉強になったりするんだよ」

「なるほど。それならたしかに、学校の図書室にあっても不自然ではありませんし、読み物としても楽しめそうですね」

目から鱗《うろこ》、といった風に頷《うなず》いた江奈《えな》ちゃんは、俺に習うようにして本棚《ほんだな》に目を走らせる。

並べられた本の背表紙をなぞるように指をスライドさせ、やがて一冊を手に取った。

「あ、これはどうですか？　大英帝国《だいえいていこく》時代のメイドが主人公の恋愛《れんあい》ロマンス、だそうですよ」

「いいかもね。当時の上流階級の生活様式なんかも、主人公がメイドならリアルな描写《びょうしゃ》が……」

そこまで言いかけてふと、俺は数日前に目にした江奈《えな》ちゃんのメイド姿を思い出し、思わず口を噤《つぐ》んでしまう。

気まずさから唐突《とうとつ》に目を伏《ふ》せた俺を見て、最初はキョトンとしていた江奈《えな》ちゃんも、やがてその理由を察したらしい。にわかに頰《ほお》を朱色《しゅいろ》に染めて、勢いよく俺から顔を背《そむ》けてしまった。

「あ～、その……メイドものは、止めとこうか。いや、特に理由はないけどね⁉」

「そ、そうですねっ。私も別にメイドさんに何か思うところなど全く、全然、これっぽっちもありませんが……ひとまず、これは保留ということで」

あの時の犬耳マスクメイドさんはあくまでも「エレナさん」であって、里森江奈《さともりえな》とは何の縁《えん》も関わりもない人物である。

気恥《きは》ずかしそうに口元に手を当てる江奈《えな》ちゃんの横顔は、言外にそう主張していた。

う～ん……やっぱりあの時の江奈《えな》ちゃん、自分でもやってて相当恥《は》ずかしかったんだろうなあ。これ以上ほじくり返すのは酷《こく》ってもんだろう。

（それにしても……じゃあ、なんで江奈《えな》ちゃんはメイドなんかに……）

ブブッ、ブブッ――。

不意にズボンのポケットが振動《しんどう》し、思考の海に沈《しず》みかけていた俺の意識が引《ひ》き戻《もど》される。

慌《あわ》ててポケットからスマホを取り出せば、水嶋《みずしま》からの着信画面が表示されていた。

（やばっ⁉　そういや、いつの間にか結構な時間経《た》っちまってるな……）

きっと買い物が終わったという連絡《れんらく》だろう。

あまり水嶋《みずしま》を待たせるわけにもいかないし、流石《さすが》にそろそろ潮時か。

「佐久原《さくはら》くん？　どうかしましたか？」

「へっ？　いや、えっと……」

ああでも、こっちの本選びはまだ終わっていないし、付き合うと言った手前こんな中途半端《ちゅうとはんぱ》な状態で投げ出すわけにも……！

震《ふる》え続けるスマホと、不思議そうな顔で俺を見上げる江奈《えな》ちゃんとを交互《こうご》に見て。

（や、やむを得ん！）

後から考えてみれば、我ながら何を血迷ったのか、と思わないでもないが。

「ごめん、里森《さともり》さん！　ちょっとお腹《なか》痛くなってきたから、トイレ行ってくる！」

気付けば俺は江奈《えな》ちゃんにそう口走っていた。

「え？　さ、佐久原《さくはら》くん？」

「すぐ戻《もど》るから！　だから里森《さともり》さんはここで待ってて！　絶対にここから動かないでね！」

「は、はぁ……」

頷《うなず》きながらも怪訝《けげん》そうに首を傾《かし》げる江奈《えな》ちゃん。そんな彼女を尻目《しりめ》に書店を後にして。

（くそっ……こんなことなら、多少無理してでも遠出のデートを提案するんだったぜ！）

神様の悪戯《いたずら》と己《おのれ》の不幸を呪《のろ》いながら、俺は大急ぎで水嶋《みずしま》の元へとひた走った。

※

「お〜そ〜い〜」

息せき切ってランジェリーショップまで戻《もど》ってきた俺への、水嶋《みずしま》の第一声である。

「可愛《かわい》い彼女を待ちぼうけさせて、颯太《そうた》は一体どこまで行ってたのかなぁ？」

「わ、悪い……ハァ、ハァ……ちょっと、トイレに寄ってて」

紙袋《かみぶくろ》を片手に腕《うで》組みをして仁王立《におうだ》ちしていた水嶋《みずしま》に、俺は呼吸を整えながら弁明する。

ジトッとした目でそれを聞いていた水嶋《みずしま》は、けれど次にはフッと口元を緩《ゆる》めて破顔した。

「ふふ、なんてね。冗談《じょうだん》、冗談《じょうだん》。待っててくれてありがとう。おかげでゆっくり選べたよ」

「そ、そっか。そいつは良かった」

「ちなみに今買ったのはこんな感じのやつで〜」

「それは見せんでいい！」

「あはは、冗談《じょうだん》だってば」

そうしてひとくさり俺を揶揄《からか》ったところで、水嶋《みずしま》はおもむろに腕《うで》を組んできた。

「じゃあ、買うものも買ったことだし、あとは色々見て回ろっか」

「お、おう」

「颯太《そうた》はどこか行きたいお店とか、ある？」

「へ？　う〜ん、そうだな……」

なんて、考える素振《そぶ》りを見せるものの。今の俺は、ぶっちゃけ買い物どころではなかった。

（とりあえず戻《もど》ってきたはいいけど……さて、どうしたもんか）

俺と水嶋《みずしま》がデートしている場面を江奈《えな》ちゃんに見られるわけにはいかないが、かといって俺が水嶋《みずしま》の知らぬ間に江奈《えな》ちゃんと会っていたことがバレるのもまた問題だ。

『江奈ちゃんのことなんて考えないで』

他の女《たのおんな》

昨日の水族館で水嶋《みずしま》が放ったセリフが脳裏《のうり》を過る。

どういう心境の変化かはわからないが、最近の水嶋《みずしま》はなんというか、なんだか妙《みょう》に江奈《えな》ちゃんを警戒《けいかい》しているように感じた。

「勝負」が始まった当初は江奈《えな》ちゃんの話題が上がっても軽く受け流す程度だったけど、今のこいつは俺が彼女のことを考えたりするだけでも、あからさまに不機嫌《ふきげん》になるんだ。

それが例えば、ただ嫉妬《しっと》心や独占《どくせん》欲といった感情からのものであればまだ話はわかるけど……なんとなく、どうもそれだけではないような感じもする。

いわんや、俺がデート中に江奈《えな》ちゃんと「密会」していたなんて知れたら、こいつにまた何をクドクド言われることやら。

ただ偶然《ぐうぜん》出くわしただけとはいえ、だから、知られないに越《こ》したことはないだろう。

（一番いいのは、さっさとここを出て別のプラザなりに行くことなんだろうけど）

とはいえ、江奈《えな》ちゃんに「すぐ戻《もど》るから待ってて」と言ってしまった手前、そのままバックレというのはあまりにも後味が悪い。

別の施設《しせつ》に移動してしまえば戻《もど》ってくるのは難しいし、今ランドマークタワーを離《はな》れるわけにはいかないよな。となると……。

「……そういえば俺、いくつか文房具《ぶんぼうぐ》を切らしててさ。たしか上の階に文具店があったと思うから、ちょっと付き合ってくれないか？」

「文房具《ぶんぼうぐ》？　うん、全然いいよ。じゃあ行こっか」

二つ返事で了承《りょうしょう》する水嶋《みずしま》に、俺は内心で「ヨシ」と指を鳴らした。

俺たちが今いるのはプラザ二階の南エリア。江奈《えな》ちゃんがいる本屋もこのエリアにある。

そして、文具店があるのは五階の北エリアだ。階層もエリアも違《ちが》うし、江奈《えな》ちゃんにも本屋から移動しないように言ってある。まず鉢《はち》合わせることはないだろう。

ランドマークタワーの外には出ず、かつ水嶋《みずしま》と江奈《えな》ちゃんが遭遇《そうぐう》しないように誘導《ゆうどう》し、その上で両方との買い物をカバーできるように立ち回る。

かなり綱渡《つなわた》りにはなるが……この状況《じょうきょう》をうまくやり過ごすには、もうこれしかない！

「文房具《ぶんぼうぐ》屋さんかぁ。私も何か買い足しておこうかな。あ、そうだ。せっかくだし、颯太《そうた》が何か私に選んでプレゼントしてよ」

エスカレーターで上階へと向かう道すがら、水嶋《みずしま》が出《だ》し抜《ぬ》けにそんなことを言う。

「プレゼントって、文具をか？」

「そうそう。さっきは颯太《そうた》に下着を選んでもらえなかったし、その代わりってことで」

落差がひどいな、おい。

「文房具《ぶんぼうぐ》なんて、わざわざ人から貰《もら》うようなもんでもないだろ。自分で買えよ、そんくらい」

「え～、いいじゃん。颯太《そうた》の試験勉強だって見てあげてるんだから、これくらいのお返しがあったってバチはあたらないと思うけどなぁ」

「うっ！　そ、それを言われると断りづらいんだが……ちなみに何が欲《ほ》しいんだ？」

「う～ん……万年筆とか？　ペン先が金のやつ」

「高っけぇぇわ！　自分で買えよ、そんなもん！」

そうこうしている内に、やがて俺たちは目的の文具店へとたどり着いた。

(さて、ひとまず水嶋《みずしま》をあの本屋から遠ざけることには成功したが……あとは、どうやって自然にこの場を一時離脱《りだつ》するかだな)

これ以上待たせると怪《あや》しまれるかもしれないし、そろそろ一度江奈《えな》ちゃんの所に戻《もど》らないといけないだろう。何かうまい言い訳を考えなければ。

まったく……俺はどっちかと言えば人の演技を撮影《さつえい》する側の人間であって、自分が演技をするのはそこまで得意じゃないんだけどな。

（うん、そうだな。これでいこう）

そうして頭の中で算段を立てたところで、一足先に店内へと足を踏《ふ》み入《い》れていた水嶋《みずしま》がくるりと俺に向き直る。

「それで、颯太《そうた》が切らしてる文具って？　教えてくれれば、私も探すの手伝うよ」

「おう、サンキュー。ならまずは……」

と、そこまで言いかけて、俺はあえて言葉を切る。

次にはあからさまに焦燥《しょうそう》した表情を浮《う》かべ、おもむろにポケットをまさぐり始めて見せた。

「颯太《そうた》？　急に難しい顔してどうしたの？」

「……俺、財布《さいふ》置きっぱなしにしちゃった、かも」

普段《ふだん》から息をするように嘘《うそ》、ハッタリをかましている水嶋《みずしま》のことだ。こっちが下手な演技をすれば、きっとすぐに看破されてしまうに違《ちが》いない。

そう考えた俺は、過去に本当に財布《さいふ》を失《な》くした時の出来事を思い出しながら、精々深刻な表情と声を作って水嶋《みずしま》に向き直った。

そう。あれは忘れもしない、中学二年の冬のことだ。家族旅行で訪《おとず》れた群馬県は草津《くさつ》の温泉街を散策していたら、いつの間にか尻《しり》ポケットに入れていた長財布《さいふ》が消えていたのである。

当時は雪も降っていたし、道に落とした財布《さいふ》なんてすぐさま埋《う》もれてしまってまず見つからないのが普通《ふつう》だろう。あの時はさすがに「終わった」と思った。

まぁ、幸いにも心優《やさ》しい人が俺の財布《さいふ》を拾って交番に届けてくれていたらしく、なんとか事なきを得たけれども。以来、俺は絶対に長財布《さいふ》は使わないと心に決めたのだ。

閑話休題《かんわきゅうだい》。

「え、財布《さいふ》を？　ど、どこに？」

実体験をもとにした俺の慌《あわ》てっぷりは奏功し、どうやらそれなりのリアリティを演出できたらしい。水嶋《みずしま》もにわかに動揺《どうよう》する素振《そぶ》りを見せていた。

「多分、さっき行った二階のトイレだ」

「あちゃ〜。なら早く取りに戻《もど》らないと」

「ああ。ごめん、俺ちょっと行ってくる」

「じゃあ私も一緒《いっしょ》に……」

「いや、大丈夫《だいじょうぶ》！　すぐ戻《もど》るから、水嶋《みずしま》はここで待っててくれ！」

後に続こうとした水嶋《みずしま》にそう言《い》い含《ふく》めて、俺はそそくさと文具店を後にする。

一度五階の北エリアから南エリアへと移動し、エスカレーターを一気に下って二階へ。

フロアの雑踏《ざっとう》を速足で駆《か》け抜《ぬ》けて、ほどなく先ほどまでいた書店まで戻《もど》ってきた。

「あ……お帰りなさい、佐久原《さくはら》くん」

店の中に入ると、律儀《りちぎ》というか何というか、江奈《えな》ちゃんはさっきまで俺と一緒《いっしょ》に眺《なが》めていた本棚《ほんだな》の前から微動《びどう》だにしていなかった。

いや、たしかに「ここから動かないで」とは言ったけれども。まさか本当にその言葉通り待っているとは。

首元にチラリと覗《のぞ》く例の首輪も相まって、その姿はさながら主人の帰りを待っていた忠犬の如《ごと》しだ。さしずめ「ハチ公」ならぬ「エナ公」といったところか……違《ちが》うか。違《ちが》うね、うん。

「た、ただいま。待たせちゃってごめん」

「いえ、私は大丈夫《だいじょうぶ》です。でも、随分《ずいぶん》と時間がかかっていたようですけれど」

「それが、二階の男子トイレがどこもかしこも混んでて。最寄《もよ》りのトイレなんてもう長蛇《ちょうだ》の列でさ。あちこち走り回ってたんだよ。いやぁ、参った参った！」

身振《みぶ》り手振《てぶ》りを交えての俺の適当な口八丁を、それでも江奈《えな》ちゃんは「そうでしたか」と言って信じてくれたようだった。

う～ん、素直《すなお》。俺が言うのもなんだが、ちょっと心配になるレベルだ。

将来悪い男に引っかからないといいけど……いや、もう悪い女には引っかかっているが。

「漫画《まんが》選び、再開しましょうか」

「あ、ああうん。そうだね」

と、頷《うなず》いてみたはいいものの。

結局すぐにまたここを離《はな》れて、水嶋《みずしま》の元《もと》に戻らないといけないんだよなぁ。

今度はどんな理由で抜《ぬ》け出《だ》したものか。

（……結局、今日もハードな一日になりそうだな）

※

「颯太《そうた》、大丈夫《だいじょうぶ》？　なんか疲《つか》れた顔してるけど……もしかして具合悪い？」

「だ、大丈夫《だいじょうぶ》だ、問題ない。ちょっと歩き疲《つか》れただけだから」

そうして、何度か水嶋《みずしま》と江奈《えな》ちゃんの元を往復した頃《ころ》には、さすがに俺もすっかり気力と体力を消耗《しょうもう》してしまっていた。

「そう？　なら、いいんだけど」

当然だが、水嶋《みずしま》はいつまでも同じエリアに留まってはいない。色々な店を見るためにあちこちの階に移動する。

なので、水嶋《みずしま》に見つからないように、俺はその度に江奈《えな》ちゃんを別のフロアへと誘導《ゆうどう》しなければいけなかった。

プラザには二階の店の他にも何店舗《てんぽ》か本屋があるので、別の階に誘導《ゆうどう》すること自体はそこまで難しくなかったのは幸いだったが。それでもこう何度も階段やエスカレーターを上り下りすれば、そりゃあ疲《つか》れた顔のひとつも浮《う》かぶってもんである。

（そろそろ抜《ぬ》け出《だ》すための言い訳もネタ切れになってきたし……マズいな）

四階西エリアのブティック内。目の前で服選びに勤《いそ》しんでいる水嶋《みずしま》を見やりながら、俺は冷《ひ》や汗《あせ》を流していた。

「うん。こっちの色の方が良《い》いかな、やっぱり。じゃあ、これとこれ合わせてみるから、ちょっと待っててくれる？」

「お、おう。行ってこい」

俺が頷《うなず》くと、水嶋《みずしま》はウキウキした顔をしながら、店内に一つきりの試着室へと入っていった。

カーテンによって水嶋《みずしま》の姿が見えなくなったところで、深いため息を吐《は》く。

（この様子じゃ、こっちの買い物はまだまだ終わりそうにないなぁ……）

となると、やっぱり江奈《えな》ちゃんとの漫画《まんが》選びを早々に終えて、彼女の方を先にランドマークタワーから離脱《りだつ》させるのが得策か。もう施設《しせつ》内の本屋もあらかた巡《めぐ》り終えてしまったことだし、江奈《えな》ちゃんとのターンは次で最後に……。

（……んんっ⁉）

なんて考えながら何気なくブティックの入り口に視線を向けたところで、俺は思わず目を見開いた。

それもそのはずだ。だって、店の前の大通りに、なぜか江奈《えな》ちゃんがいたんだから。

（なぜここに⁉）

江奈《えな》ちゃんとはさっきまで一階北エリアの本屋にいた。そこで俺は、「四階の本屋で買い忘れた本があるから」と言って抜《ぬ》け出《だ》して来ていたのだが。

（しまった、さすがに待たせ過ぎたか？　しびれを切らして、俺を探しに来たのかも！）

向こうはまだこっちに気付いていないみたいだが、俺たちが今いるブティックはそこまで大きな店じゃない。店前の通りからでも店内全体を十分に見渡《みわた》せてしまうだろう。

俺は江奈《えな》ちゃんの視界に入らないように、ひとまず近くにあったマネキンの陰《かげ》に隠《かく》れて様子を窺《うかが》う。どうにかこのままやり過ごせればいいが……。

「……（スンスン）」

ブティックの前を通り過ぎようとした江奈《えな》ちゃんは、けれどしきりに鼻をヒクつかせると。

（な、なにぃ⁉）

なんと、次にはおもむろにブティックの店内に入ってきた。

（な、なんでだ⁉　姿は見られてないハズなのに……はっ！）

そういえば江奈《えな》ちゃん、前に俺が体育倉庫の跳《と》び箱《ばこ》に隠《かく》れた時も、「颯太《そうた》くんの匂《にお》いがした気がした」とか言ってたような……。

まさか江奈《えな》ちゃんには、俺の匂《にお》いを感知できるほどの嗅覚《きゅうかく》があるとでもいうのか？

（ど、どうする⁉）

俺は必死に頭を回転させながらキョロキョロと店内を見渡《みわた》して。

やがて、つい先ほど水嶋《みずしま》が入っていった試着室が目に入った。

(他に隠《かく》れられそうな場所はあそこぐらいしか……いやっ、でもさすがにそれは……!)

などと葛藤《かっとう》している内にも、江奈《えな》ちゃんはどんどん俺の潜《ひそ》んでいるマネキンの近くまで歩いてくる。迷っている時間は、もうなさそうだ。

(……ええい、ままよ!)

とうとう覚悟《かくご》を決めて、俺は試着室のカーテンに手をかけて中へと踏《ふ》み入《い》った。途端《とたん》に、甘い金木犀《きんもくせい》の香りが鼻をくすぐってくる。

「へ……?」

当然と言うべきか、試着室の中には今まさに着替《きが》えの真っ最中の水嶋《みずしま》がいた。

いきなり押し入って来た俺を唖然《あぜん》とした表情で迎《むか》えると、さすがに羞恥心《しゅうちしん》が勝ったのか、水嶋《みずしま》はいつものように俺を揶揄《からか》う余裕もなさそうに狼狽《ろうばい》する。

「うぇぇ!? そ、颯太《そうた》!? な、なん、なんで急に……!?」

顔を赤くしながら珍《めずら》しいくらいに慌《あわ》てふためく水嶋《みずしま》。

そんな彼女の口を右手で素早《すばや》く塞《ふさ》いで、俺は壁際《かべぎわ》まで押し込んだ。

「んむ!?」

試着室の中は、人間二人が入るにはやや手狭《てぜま》な広さしかない。

なので、俺は必然的に左手で壁《かべ》ドンをしながら、着替《きが》え中の水嶋《みずしま》を右手で押さえつけるような格好になってしまう。

（……傍《はた》から見たら今の俺、完全に変態犯罪者だよなぁ）

顔見知りとはいえ、着替《きが》え中という無防備な状態でいきなり乱入してきた男に身動きを封《ふう》じられてしまったんだ。

江奈《えな》ちゃんをやり過ごすためとはいえ、水嶋《みずしま》にはちょっと怖《こわ》い思いをさせてしまったかもしれない。あとでちゃんと謝らないとな。

「悪い、水嶋《みずしま》。文句なら後でいくらでも聞くから……今は、少し静かにしててくれ」

一抹《いちまつ》の罪悪感を覚えながらも、外に声が漏《も》れないように、俺は囁《ささや》き声《ごえ》で水嶋《みずしま》に言《い》い含《ふく》める。

しかし、一方の水嶋《みずしま》は驚《おどろ》きに目を丸くしてはいるものの、特に怯《おび》えるような素振《そぶ》りは見せずに、素直《すなお》に頷《うなず》き返してくる。

「…………（コク、コク）」

それどころか、なぜか風邪《かぜ》で熱に浮《う》かされている時のようなトロンとした瞳《ひとみ》で、じっと俺の顔を見上げていた。

そうして五、六分ほども固まっていただろうか。やがて試着室の外から江奈《えな》ちゃんの気配が消えた頃《ころ》を見計らい、俺はカーテンの隙間《すきま》から店内を見回した。

「……行ったみたいだな」

どうにか危機は去ったらしい。俺は安堵《あんど》のため息をついて、水嶋《みずしま》の拘束《こうそく》を解いてやった。

「あ……えっと、よくわかんないけど、もう喋《しゃべ》っても大丈夫《だいじょうぶ》？」

「ああ。悪かったな水嶋《みずしま》。突然《とつぜん》こんな、こ、と……」

試着室内を振《ふ》り返《かえ》った俺は、そこでようやく、水嶋《みずしま》が下着にシャツ一枚を羽織っただけとい
うあられもない格好をしていたことに気が付いた。

「うおわっ⁉」

俺は慌《あわ》てて試着室を飛び出し、カーテンを閉めてくるりと背を向ける。

「わ、悪い！　見るつもりはっ……！」

「あはは。べつに、そこまで必死に謝らなくても大丈夫《だいじょうぶ》だよ」

「け、けど」

「たしかにちょっとびっくりしたけど、それだけ。前にも言ったでしょ？　『颯太《そうた》に見られて
恥《は》ずかしいことなんて一つもない』って」

いや、さすがに一つ二つくらいはあってくれ……俺が言うのもなんだけど。

「それに、颯太《そうた》が理由もなくこんなことする人じゃないって知ってるからね。それで？　何か
あったの？」

「あ、ああ、そうだな……」

水嶋《みずしま》の質問に、俺はしばし考えてから答える。

「実はさっき、店の中に帆港《ほみなと》の知り合いが入ってきて」

嘘《うそ》は言ってない。「元カノ」だって知り合いは知り合いだしな。

「帆《ほ》港《みなと》生の知り合い？　それって、颯太《そうた》の友達？」

「そうそう、友達！　山口っていうんだけど、小学生の頃《ころ》からの付き合いでさ」

こっちは思いっきり嘘《うそ》である。悪いな山口、もとい樋口《ひぐち》。せいぜい盾《たて》にさせてもらうぜ。

「他の奴《やつ》らならまだしも、あいつ、俺が休日にこんなショッピングモールに来るような奴《やつ》じゃないって知ってるからな。見つかったら絶対怪《あや》しまれちまう」

「なるほど。それで慌《あわ》てて試着室に身を隠《かく》した、と」

「ああ」

水嶋《みずしま》の言葉に頷《うなず》いて、それから俺は努めて自然体を装《よそお》いながら言葉を続ける。

「でもあいつ、もしかしたらまだ近くにいるかもな。いま店を出たら鉢《はち》合わせるかもだし、ちょっとその辺を見回ってくるよ。すぐ戻《もど》ってくるから、水嶋《みずしま》はそのままここにいてくれ」

「え？　う、うん。わかった……颯太《そうた》も見つからないように気を付けてね」

若干訝《じゃっかんいぶか》しげではあるものの、水嶋《みずしま》としても帆《ほ》港《みなと》生と出くわすのは避《さ》けたいようで、素直《すなお》に俺の離脱《りだつ》を認めてくれた。

よし。これで後は江奈《えな》ちゃんを追いかけて合流し、そのままあっちの買い物を終わらせてランドマークタワーから送り出せば任　務　達　成《ミッションアコンプリッシュド》だ！

「すみません、佐久原《さくはら》くん。せっかくの休日なのに付き合っていただいて……でも、お陰《かげ》で色々と参考になりました。ありがとうございます」

「いやいや。俺は特に何もしてないから。それに図書委員としての仕事なんだから、手伝うのは当たり前だしね。気にしないでよ」

フロアの二階からプラザ北の正面口を見下ろすと、颯太《そうた》と江奈《えな》ちゃんがそんな会話をしているのが見えた。

(なるほどねぇ……颯太《そうた》ってば、それでちょくちょく抜《ぬ》け出《だ》してたのか)

なんとなく、おかしいなとは思っていた。

いつもは表情や声色《こわいろ》からすぐにボロが出て分かりやすいのに、今日の颯太《そうた》は彼にしては演技が自然過ぎたのだ。

だから、本当にトイレや忘れ物を取りに行くためにいなくなっていたんだとばかり思っていた。ついさっきまでは。

(調べた限りだと、颯太《そうた》の小学校からの友達の名前は『山口』じゃなくて『樋口《ひぐち》』だったはず。必死に隠《かく》そうとするあまり、最後に余計な嘘《うそ》をついちゃったかな?)

※　※　※

詰《つ》めが甘いなぁ、と呟《つぶや》きつつ、視線を颯太《そうた》から江奈《えな》ちゃんの方へと向けてみる。

あくまでも事務的な態度を崩《くず》さないけど……同類だからわかる。あれは、必死に自分の気持ちを押し留めている顔だ。

あの様子じゃ、多分ここに居合わせたのは本当に偶然《ぐうぜん》っぽいけど……。

「う〜ん……良くないなぁ」

第五章　最初の場所で最後の場所

俺と水嶋《みずしま》の「勝負」の一か月も、ついに最後の一週間を迎《むか》えた。

いよいよ決着の時も差《さ》し迫《せま》ったことで、水嶋《みずしま》もこれまで以上に全力で俺を攻略《こうりゃく》しにかかってくるに違《ちが》いない……と思っていたのだが。

当の水嶋《みずしま》の行動はというと、これが先週とほとんど変わっていなかったのだ。

来週に控《ひか》えた中間テストに向けて相変わらず放課後にファミレスで勉強会をするだけ。

他に特別なことは一切《いっさい》せず、気付けば月曜日から金曜日までが矢のように過ぎていった。

それどころか。

「……は？　お休み？」

《うん。明日の土曜日はちょっと用事があってさ。だから、デートはお休みにしようと思って》

一体どういう風の吹《ふ》き回しなのか、金曜日の夜に水嶋《みずしま》からそんな連絡《れんらく》があったのだ。

彼女の方からそんな提案をしてくるのなんて初めての事で、ちょっと面食らってしまった。

いや、デートがなくなること自体は別に構わないし、その分自由に過ごせるのは俺としてはありがたいのだが。

水嶋《みずしま》にとっては貴重であろう最後の休日の半分《チャンス》を捨てるというのは、今までのあいつの行動パターンとは明らかに違《ちが》う。正直、ちょっと不気味ではあった。

「あいつ……最後の最後で、ま～た何か企《たくら》んでるんじゃないだろうな？」

いまいち釈然《しゃくぜん》としなかったが、ともかくそういうわけだったので、俺は久々にフリーダムな休日を満喫《まんきつ》することにしたのである。

そうして迎《むか》えた、翌日の日曜日。

「お～、颯太《そうた》見て見て。軍艦《ぐんかん》があるよ、軍艦《ぐんかん》」

「海上自衛隊と米軍の基地があるからな。そりゃ軍艦《ぐんかん》ぐらい停泊《ていはく》してるだろ」

お試《ため》しの恋人《こいびと》期間も最終日ということもあってか、水嶋《みずしま》の提案により俺たちはホームタウンから少し足を延ばして横須賀《よこすか》の方まで遊びに来ていた。

横須賀《よこすか》駅《えき》を降りれば目の前に広がっている軍港の景色を眺《なが》めて、水嶋《みずしま》が感嘆《かんたん》の声を上げる。

「やっぱり普通《ふつう》の船とは全然違《ちが》うね。う～ん、せっかくならもっと近くで見てみたいけど、さすがに一般人《いっぱんじん》には難しいかな」

「たしか、港から観光用のクルーズ船が出てたような気がする。軍港をぐるっと一周して間近で艦船《かんせん》を見られるらしい」

「え？　めっちゃ楽しそうじゃん、それ。ならあとで行ってみようよ」

「別にいいけど、たぶん事前に予約してないと乗れないぜ？　当日券が残ってるかどうか

「……」

「その時はその時ってことで。とにかく、ほら」

言うが早いか、水嶋《みずしま》が俺のシャツの袖口《そでぐち》を引っ張った。

そのままいつものように俺の腕《うで》に抱《だ》き着《つ》いてくる……と思いきや。

袖口《そでぐち》を摑《つか》んでいた水嶋《みずしま》の右手が、するりと俺の左手に伸《の》びてきて。

「え……？」

次には俺の指に自分の指を嚙《か》み合《あ》わせる、いわゆる恋人繫《こいびとつな》ぎの状態へと移行した。

「行こっか、颯太《そうた》」

「お、おう」

てっきり例によってコアラみたいにくっ付いてくると思っていただけに、俺はなんだか拍子抜《ひょうしぬ》けしてしまった。

別にそれを期待していたとかそういうわけでは断じてないが。

ただ、いつも鬱陶《うっとう》しいくらいにベタベタしてくる水嶋《みずしま》にしては大人しいスキンシップだなと思ったのだ。まぁ、恋人繫《こいびとつな》ぎだって結構なものだとは思うけども。

（……大人しい、といえば）

晴れた港の景色に目を細めて隣《となり》を歩く水嶋《みずしま》を、俺は改めて横目で見やる。

本日の水嶋《みずしま》のファッションは、上はシンプルな無地のニットセーターで、下はチェック柄《がら》のロングスカート。その裾《すそ》からはショートブーツが覗《のぞ》いている。

以前こいつが俺の家に襲来《しゅうらい》した時も似たようなコーデだったが、今日はあの時とは違《ちが》いセーターはしっかり首元まであるタイプだし、スカート丈《たけ》はくるぶしの辺りまで伸《の》びている。水嶋《みずしま》のファッションは今まで色々と見てきたけど、今日は過去一で露出《ろしゅつ》度低めな組み合わせだ。

髪型《かみがた》も、左のこめかみ付近の毛を三つ編みにして垂らしているという女の子っぽいスタイル。

いつものクールビューティーでちょっとセクシーな水嶋《みずしま》とは一転、今日の彼女の装《よそお》いは正統派な清楚《せいそ》系美少女という感じで、まさしく「大人しい」の一言だった。

（まぁ、相変わらず何を着てもオシャレに見えるのは流石《さすが》だけど……）

それでも、普段《ふだん》あの手この手で俺をドギマギさせようとしてくるこいつにしては、いかんせん置きに行っている感がある、気がする。

（最後だしもっとキメキメで来るかとも思ってたけど。意外に無難なヤツが来たな……いや、待てよ？　実はこれもギャップ萌《も》えを狙《ねら》ったこいつの作戦という可能性も……）

水嶋《みずしま》の意図を測りかねているうちに、気付けば俺はじっと彼女の横顔を観察してしまっていたらしい。

「颯太《そうた》？　どうしたの？　私の顔に何かついてる？」

「へっ？」

視線に気づいてこちらを振《ふ》り返《かえ》った水嶋《みずしま》の言葉に、俺はハッとして顔を逸《そ》らした。

「い、いや、別に……何でもないよ」

咄嗟《とっさ》のことで上手《うま》い誤魔化《ごまか》し方も思《おも》い浮《う》かばず、言葉を詰《つ》まらせてしまう。

(しまった……これはまた、「いま私に見惚《みと》れてたでしょ?」とかなんとか揶揄《からか》われるパターン)

不覚をとった自分を戒《いまし》めつつ、だから俺は、水嶋《みずしま》のうざったい追及《ついきゅう》をどう躱《かわ》そうかと身構えていたのだが。

「そっか。まぁ、私の顔くらいいくらでも見てくれていいけどさ。何でもなくても」

「へ?」

想像とは違《ちが》う反応が返って来て、思わず間抜《まぬ》けな声が出てしまう。

対する水嶋《みずしま》はというと、いつものクールで澄《す》ました彼女はどこへやら。らしくもなく照《て》れ臭《くさ》そうに赤面したかと思えば、次には上目遣《うわめづか》いでこしょこしょと呟《つぶや》いた。

「だってほら、嬉《うれ》しいじゃんね? 颯太《そうた》が私のことを見てくれるってだけで、その……幸せだから、私」

「いぃ!?」

生憎《あいにく》と鏡を持ち合わせていなかったので、確認《かくにん》することこそできなかったが。

(おいおいおい……誰《だれ》!? このピュアでいじらしい清純派美少女は誰《だれ》なの!?)

その時の俺はきっと、水嶋《みずしま》と良《い》い勝負ができるくらいには、顔を赤くしていたに違《ちが》いない。

※

一体どういう風の吹《ふ》き回しなのかはサッパリわからない。

ただ、その後の水嶋《みずしま》とのデートは、これまでと比べるといたって健全そのものだった。

《――さて、ただいま皆様《みなさま》の右手に見えておりますのが、アメリカ海軍横須賀《よこすか》基地です。あちら側の岸に上陸する際はパスポートが必要になります。クルーズ中、万が一この船から落ちてしまったお客様は、必ず横須賀市《よこすかし》方面に向かって泳ぐようにしてくださいね～》

「あはは、だってさ颯太《そうた》。上陸する場所、間違《まちが》えないようにしないとね」

「いや落ちるの前提かよ」

こんな具合に、運よく当日券で乗り込むことができた軍港クルーズを楽しんだ時も。

「うわぁ……噂《うわさ》には聞いてたけどすごいボリュームだね、『横須賀《よこすか》ネイビーバーガー』。付け合わせのポテトも大量だし、まさにアメリカンって感じ」

「やっぱり一人前にしといて正解だったろ？　これでも二人で分けるには十分なんだよ」

「ふふっ、たしかに。颯太《そうた》のお陰《かげ》で命拾いしたよ。あ、お皿貸して。私が切り分けてあげる」

クルーズを終えて地元グルメを楽しんだり、市内を観光して回ったりしている時も。

俺の隣《となり》でコロコロと表情を変えては休日を満喫《まんきつ》している水嶋《みずしま》は、良《い》い意味で「普通《ふつう》」だった。

「パーソナルスペース？　何それ美味《おい》しいの？」と言わんばかりに過激だったスキンシップも、今日はすっかり鳴りを潜《ひそ》めている。せいぜい肩《かた》が少し触《ふ》れたり、たまに手を握《にぎ》ってくるくらいの可愛《かわい》らしい接触《せっしょく》だけだ。

初デートの「ファッションショー」や中華《ちゅうか》街での食べ歩きの時のように、いきなり過激で暴れ馬な衣装《いしょう》に着替《きが》えて俺を誘惑《ゆうわく》してくるようなこともない。

むしろこれまでの奔放《ほんぽう》さがウソのように、今日の水嶋《みずしま》はガードが固いように見えた。

（どうなってるんだ？　いつもは俺を振《ふ》り回《まわ》すだけ振《ふ》り回《まわ》してくれるくせに……今日のこいつ、マジで「普通《ふつう》に可愛《かわい》い彼女」って感じじゃんかよ）

変な小細工も色仕掛《いろじか》けも使わず、真正面から堂々と恋人《こいびと》らしい恋人《こいびと》をやっている水嶋《みずしま》。これまでとは百八十度違《ちが》う攻略《アピール》を仕掛《しか》けてくる彼女に、だから俺も最初のうちこそ警戒《けいかい》していたのだが。

「じゃーん。このスカジャン、颯太《そうた》に似合いそうじゃない？」

「チョコバナナもいいけど、マンゴーも捨てがたいなぁ。ねぇ、颯太《そうた》。両方とも買ってさ、二人で分けない？　クレープ」

「ふふっ。潮風《かざ》が気持ちいいね、颯太《そうた》？　やっぱり私、海が見える町って好きだな」

ある意味では飾り気《け》のない、しかしだからこそ新鮮味《しんせんみ》を覚える水嶋《みずしま》の言動に。

（くっ、なんで……なんで俺は今さら、こいつなんかに……）

ふと気付けば、不覚にも、ドキドキさせられてしまっている俺がいた。

そして一度そう意識してしまうと、もうダメだ。

「じゃあ、次はこのエリアに行ってみない？　インスタでよく話題になってるお店が……」

「おおうっ⁉」

今の今までなんとも思っていなかったはずなのに、不意に水嶋《みずしま》に手を握《にぎ》られて、俺は気恥《きは》ずかしさから思わず奇声《きせい》を上げてしまった。

「ど、どうしたの颯太《そうた》？　びっくりした～」

「あっ、わ、悪い……急に変な声だして」

俺の返事を恐《おそ》る恐《おそ》る聞いていた水嶋《みずしま》は、次には視線を手元まで下げたところで、ハタと何事かに思い当たったようだった。

「もしかして……手繋《つな》ぐの、嫌《いや》だった？」

「へ？」

「ご、ごめんね？　私、つい楽しくて……はしゃぎ過ぎちゃってた、よね」

そんなしおらしいことを言って寂《さび》しげに目を伏《ふ》せる水嶋《みずしま》の姿が、なんだか寒さに震《ふる》える捨て猫《ねこ》のように見えてしまって。

「い、いやいやいやっ！　別に手を繋《つな》ぐのが嫌《いや》とかじゃなくて……そ、そう、虫！　ちょっとデカめの虫が耳元を横切ったから、びっくりしてさ！　はは、ははははっ」

そこはかとない罪悪感から、俺はつい必死にそうフォローしていた。

「そう、なの？　えっと……じゃあ、手は繋《つな》いだままでもいい、のかな？」

「お、おう。大丈夫《だいじょうぶ》だから、気にするな」

「そっか……うん。なら、良かった」

途端《とたん》に、いつもの凜《りん》とした相貌《そうぼう》を崩《くず》し「えへへぇ」とユルユルな笑《え》みを浮《う》かべて見せる水嶋《みずしま》。

（だ、か、ら！　勘弁《かんべん》してくれ！　そんな無邪気《むじゃき》な笑顔《えがお》で俺を見るんじゃあなぁい！）

まずい……なんか俺、今日はまともに水嶋《みずしま》の顔を見られないかもしれない！

※

軍港クルーズをしたり市内観光したりと、朝からひとしきり横須賀《よこすか》巡《めぐ》りを満喫《まんきつ》していたら、気付けばぼちぼち夕方の四時を迎《むか》えようとしていた。

「結構いい時間だな。あと一、二か所くらいなら回れそうだけど……どうする、水嶋《みずしま》？」

俺はスマホの時計を確認《かくにん》しつつ、次の目的地を尋《たず》ねてみる。

だが、水嶋《みずしま》の中ではすでに行先《いきさき》が決まっているようだった。

「じゃあ、最後にあそこに行こうよ」

「あそこ？」

水嶋《みずしま》の指差す先を見てみれば、そこには港沿いに建つ大型のショッピングモールがあった。

（あのモールって……いや、まさかな）

ふと頭に浮《う》かびかけた邪推《じゃすい》を霧《む》散《さん》させ、俺は肩《かた》を竦《すく》める。

「何か買いたい物でもあるのか？　それか行きたい店があるとか？」

「う～ん。お店、じゃあないかな」

「うん？　なら何しに行くんだよ」

「それはもちろん、颯太《そうた》と一緒《いっしょ》にやりたかったことだよ」

いまいち話が読めず首を傾《かし》げる俺の手を引き、水嶋《みずしま》は「行けばわかるよ」と言って微笑《ほほえ》んだ。

そうして連れられるままにモールに入り、エスカレーターを乗《の》り継《つ》いで辿《たど》り着《つ》いたのは……最上階にある映画館エリアだった。

（ああ……なんとなくそんな気もしてたけど……やっぱりここか）

水嶋《みずしま》が最後のデートの場所にこの横須賀《よこすか》を指定してきた時から、実は薄々《うすうす》ここに連れて来られるんじゃないかとは思っていた。

ちらりと横を見ると、案の定だ。水嶋《みずしま》は意味ありげな笑《え》みを浮《う》かべて俺を見上げている。

「……やりたいことっていうのは、一緒《いっしょ》に映画館で映画を観《み》ること、か？」

「うん。部屋で鑑賞《かんしょう》会をしたことはあったけど、映画館には一度も一緒《いっしょ》に行ったことがなかったでしょ？」

「そうかい。にしても、わざわざここじゃなくたっていいだろうに……」

この映画館は何を隠《かく》そう、俺と江奈《えな》ちゃんが初めてのデートで訪《おとず》れた映画館だったりする。

あの時も、二人でちょっと遠出をしようという話になって、横須賀《よこすか》まで足を運んだんだっけ。

まぁ、今日と違《ちが》ってあの時はただ普通《ふつう》に映画を観《み》て帰るだけのシンプルなデートだったけど。

いま思えば、なんてエスコート力に欠けた彼氏《かれし》だったんだろうな、俺は。

だから、トラウマ……というほどではないにしろ。

江奈《えな》ちゃんにフラれた俺にとっては、苦い思い出の映画館というわけだ。

「嫌《いや》がらせのつもりか？」

「そんなんじゃないって。ただ、颯太《そうた》と江奈《えな》ちゃんが初デートした場所で、私も颯太《そうた》と一緒《いっしょ》にデートしてみたかった、ってだけ」

「なんでだよ？」

「ん〜だってさ、そうしたらここはもう颯太《そうた》にとって、『江奈《えな》ちゃんとの思い出の場所』ってだけじゃなくなるでしょ？」

そんなことを言いながら、水嶋《みずしま》はさっさとチケット売り場へと歩いて行ってしまう。

鼻歌さえ歌いながらの無邪気《むじゃき》な足取りに、俺もそれ以上は過去に浸《ひた》る気は失《う》せてしまった。

（……まぁ、今さら気にしたってしょうがないか）

センチメンタルな気分を振《ふ》り払《はら》うように一度大きく息を吐《は》き、俺は水嶋《みずしま》の背中を追いかけた。

そうして、二時間ほどをシアターの中で過ごしたのちに。

「――いやぁ～、なかなか面白《おもしろ》かったね」

映画鑑賞《かんしょう》を終えた俺たちは、モール内のカフェに移動して感想会と洒落《しゃれ》込んでいた。

「私、すっかり雪国に旅行しに行きたくなっちゃったよ」

「たしかに、あんな光景を直《じか》に見られたら最高だろうな」

水嶋《みずしま》が選んだ映画は、アンデルセン童話の一作である「雪の女王」を原作とした、いわゆるおとぎ話を実写化したタイプの作品だった。

登場人物たちの熱の入った演技もさることながら、厳しくも美しい雪国の風景も見事な映像美で描写《びょうしゃ》されていて、これが非常に見ごたえのあるものだった。

正直、この手のジャンルは俺の好みとは少しズレるし、観《み》る前はあまり期待していなかったのだが。やっぱり食《く》わず嫌《ぎら》いは良くないな、うん。

おかげで、らしくもなく水嶋《みずしま》との感想会にも花を咲《さ》かせてしまう。

「それにストーリーも良かったしさ。私、好きなんだよね。『雪の女王』のお話」

「そういえば、『雪の女王』ってどういう話だったたっけ？　大まかには知ってるんだけど、実はちゃんと原作を読んだことないんだよな」

「そうだなぁ。私も全部を知ってるわけじゃないけど……」

そう言って水嶋《みずしま》が語るあらましは、概《おお》ね俺の記憶《きおく》にあるものと似たようなものだった。

とある雪国で暮らしている少女・ゲルダには、カイというとても仲の良《い》い少年がいた。

しかしある日、魔法《まほう》の鏡の破片《はへん》が心臓に突《つ》き刺《さ》さったことがきっかけで、カイは別人のように冷たい性格になり、ゲルダにも辛《つら》く当たるようになってしまう。

そんな時、二人の暮らす町に雪の女王がやってきた。雪の女王と出会ったカイはすっかり彼女に魅《み》せられてしまい、そのまま彼女の城へと連れていかれてしまう。

そんなカイのことを連れ戻《もど》すために、ゲルダは彼を探す旅へと出かけるのだった。

「で、紆余曲折《うよきょくせつ》の末に雪の女王の城へとたどり着いたゲルダの涙《なみだ》によって、カイの心臓に刺《さ》さっていた鏡の破片《はへん》が溶《と》けた。そうして優《やさ》しい心を取《と》り戻《もど》したカイとゲルダは、一緒《いっしょ》に仲良く故郷へ帰りましたとさ……っていうお話。原作はもっと長いし登場人物も多いんだけど、大まかな流れは同じだね」

「たしかに今回の実写化映画でも、大筋はそんな感じだったな」

「うん。でもさ、そう考えるとこの三人の関係性って、ちょっと今の私たちに似てない？」

「どういうことだ？」

俺が訊《き》き返すと、水嶋《みずしま》が悪戯《いたずら》っぽい笑《え》みを浮《う》かべてピンと三本の指を立てて見せる。

「だって、このお話って要は『仲良しの子を別の人に奪《うば》われちゃうお話』でしょ？　だから、颯太《そうた》と江奈《えな》ちゃんをカイとゲルダだとすると、さしずめ私《江奈ちゃん》はゲルダからカイ《颯太》を奪《うば》った雪の女王……みたいな？」

「いや、そりゃ逆だろ？　実際に奪《うば》われたのは江奈《えな》ちゃんの方なんだから、それで言うならゲルダのポジションは俺だ」

「う～ん、まぁ事実はそうだけど…………内情は、あながち逆でもなかったり？」

「は？　どういうことだ？」

「ううん、なんでもない。まぁ、細かいことはいいじゃん。ただのちょっとした例え話だよ」

なんて他愛もない話をしている内に、気付けば外もぼちぼち薄暗《うすぐら》くなってきた。

俺たちの「最後のデート」も、いよいよ終わりが近づいている。

それが分かっているからだろうか。水嶋《みずしま》はまだ帰りたくないとでも言うように、さっきからほとんど手元のカップに口をつけようとしなかった。

「でも私、原作よりも今日の映画版の方が好きかも。特に……雪の女王の設定がさ」

カップの紅茶をようやく一口啜《すす》って、水嶋《みずしま》が窓の外の港の景色に目を向ける。

「原作では、雪の女王がカイを連れ去った理由って、明確には描《えが》かれていないんだよね。タイトルになっている割には出番も少ないし、目的がいまいちよくわからない。だけど今回の映画版では、はっきりと理由が設定されていたじゃない？」

水嶋《みずしま》に問われ、俺は頷《うなず》く。

雪の女王がカイを連れ去った理由。映画版の終盤《しゅうばん》で、それは明かされていた。

原作とは違《ちが》い、映画版の雪の女王は、実はまだゲルダと出会う前のカイと会ったことがある、という設定にされていた。

一人ぼっちだった雪の女王は、ある日森の中で幼き頃《ころ》のカイと出会い、やがて二人は友達に。そして、他の人間とは違《ちが》い自分のことを怖《こわ》がったりしないカイに、雪の女王は段々と心惹《ひ》かれていき……。

「でもある日、カイの前にはゲルダという別の女の子が現れ、二人はたちまち意気投合。カイはめっきり自分のもとへ来なくなってしまった。だから、もう二度と自分の元から離《はな》れないように、雪の女王はカイを自分の城へ連れて行った……ふふ。なかなか面白《おもしろ》いアレンジだよね」

そう言って微笑《ほほえ》む水嶋《みずしま》の瞳《ひとみ》が、けれど少しだけ寂《さび》しそうに見えた気がした。

「まぁ、結局カイはゲルダの元に帰ってしまうわけで、それでハッピーエンドなんだけど。でも私、ちょっと雪の女王にも共感しちゃうかも。これもやっぱり……同じ悪役だから、かな？」

どこか自虐《じぎゃく》的にそんなことを呟《つぶや》くと、水嶋《みずしま》はそこでちらりと時計を確認《かくにん》する。

それから、まだほとんど口をつけていなかった紅茶を一気に飲み干して。

「……名残惜《なごりお》しいけど、そろそろ遅《おそ》いし帰らないとだね」

「え？　お、おう、そうだな」

さっきまでとは打って変わってテキパキと帰《かえ》り支度《じたく》を始める水嶋《みずしま》。

怪訝《けげん》に思いつつ俺も手早く片付けと会計を済ませ、やがてショッピングモールを後にした。

建物の外に出ると、すでに陽が暮れて薄暗《うすぐら》い空にはどんよりとした雲が広がっている。なんだか今にもひと雨きそうな雰囲気《ふんいき》だ。

「しまったな。俺、傘《かさ》持ってきてないや」

「駅に行くくらいまでなら大丈夫《だいじょうぶ》じゃない？」

「そうだな。まぁあんまりひどくなりそうなら、駅前のコンビニで一本買っておくか」

曇天《どんてん》の夜空を見上げて眉《まゆ》を顰《ひそ》めつつ、俺は水嶋《みずしま》と一緒《いっしょ》に最寄《もよ》り駅《えき》までの道を歩いていく。

そして……。

「――あれ？」

最初にそれに気づいたのは、水嶋《みずしま》の方だった。

不意に立ち止まった水嶋《みずしま》を不思議に思い、俺は振《ふ》り返《かえ》る。

「水嶋《みずしま》？　どうした？」

「いや、うん。もしかしたら気のせいかもだけど……」

歯切れの悪い物言いでそう言って、水嶋《みずしま》は俺たちから見て斜《なな》め前方、大きな車道を挟《はさ》んで反対側の歩道を歩いていた人物を指差した。

「ねぇ、颯太《そうた》。あそこにいるのって……江奈《えな》ちゃんじゃない？」

「え……？」

言われて、水嶋《みずしま》の指差す方に視線を走らせてみれば……本当だ。たしかにあの後ろ姿は江奈《えな》ちゃんだ。

しかし、きっと俺は水嶋《みずしま》に指摘《してき》されなければ、彼女が江奈《えな》ちゃんだと気付くことはなかったに違《ちが》いない。

なぜなら今日の江奈《えな》ちゃんはなんというか、すごくらしくない格好をしていたからだ。

いわゆる地雷系《じらい》ファッション、というやつだろうか。やたらフリルやレースがついた肩出《かた》しのピンクブラウスに、大胆《だいたん》に太ももを露出《ろしゅつ》させた黒のミニスカート。膝《ひざ》から下はこれまた黒いレースのソックスに覆《おお》われており、足には沢山《たくさん》の装飾《そうしょく》が施《ほどこ》されたロングブーツを履《は》いている。

髪型《かみがた》はいつもと同じで特に結《ゆ》わえたりはしていないが、頭にはパンクな感じの赤いカチューシャをつけ、そして首元にはお馴染《なじ》みの首輪という装《よそお》い。

正直、「どちら様ですか？」って感じだ。

街中ですれ違《ちが》っても、もしかしたら江奈《えな》ちゃんだと気付かないかもしれないレベルである。

「え、江奈《えな》ちゃん？　な、なんでこんな所に……それにあの服装は一体？」

「それはわからないけど……でも、どうやら一人ってわけじゃなさそうだね」

水嶋《みずしま》の言う通り、たしかに江奈《えな》ちゃんの隣《となり》には連れ合いらしき人物がいた。

見た目からして大学生くらいの若い男だ。

そのうえ、男は茶髪《ちゃぱつ》でパーマでピアスで丸メガネでダメージジーンズだった。

早い話が、江奈《えな》ちゃんの隣《となり》にいたのは、お手本のように典型的なパリピ男だったのだ。

「んなっ⁉」

「う〜わぁ……」

俺の驚《おどろ》きの声と、水嶋《みずしま》の苦虫を噛《か》み潰《つぶ》すような呟《つぶや》きが重なる。

「な、なん、なん……なんだよアレは⁉　どういうことだよ⁉」

「どうもこうも、見たまんまなんじゃない？　どう見てもデート帰りの現場でしょ、あれは」

状況《じょうきょう》が飲み込み切れず慌《あわ》てふためく俺に、水嶋《みずしま》が吐《は》き捨《す》てるように呟《つぶや》いた。

「はぁ〜あ、そっかぁ……江奈《えな》ちゃん、今度はあのお兄さんに鞍替《くらが》えしたってわけかぁ」

「は、はい⁉」

じゃあ、何か？　江奈《えな》ちゃんは俺のことをフッて水嶋《みずしま》と付き合うことになったのに、実はその裏でさらに別の男とも関係を持っていたとでもいうのか⁉

それで今日は、その新しい男と仲良く横須賀《よこすか》デートしていたってことなのか⁉

「まぁ、私だって似たようなことやってるわけだし、言えた義理じゃないけどさ……ちょっとショックかも。まさか、あの清純派な江奈《えな》ちゃんがあそこまで『恋《こい》多き乙女《おとめ》』だとは思わなかったなぁ」

「こ、恋《こい》多き……って、いやいやいや！　ありえないって！　これはきっと何かの間違《まち》いだ！」

だって、あの江奈《えな》ちゃんだぞ？

清楚可憐《せいそかれん》で大和撫子《やまとなでしこ》、真面目で優等生なお嬢様《じょうさま》なんだぞ？

恋愛《れんあい》どころか友達付き合いにも奥手《おくて》で、俺と付き合うまでは同年代の男子とまともに会話したこともないって言ってたくらいなんだぞ？

「なのに、お前のその言い方じゃまるで……まるで、江奈《えな》ちゃんが恋人《こいびと》をとっかえひっかえしているとんでもない悪女みたいじゃんか！」

「そりゃあ、私だってそう思いたくはないけど……でも案外、それがあの子の本性《ほんしょう》だったりするのかもよ？　だってほら、見てごらんよ」

言われて、俺は促《うなが》されるままに江奈《えな》ちゃんの方へと視線を戻《もど》す。

今日一日のデートの感想でも語り合っているのだろうか。江奈《えな》ちゃんは隣《となり》を歩くパリピ大学生と何やら親し気に言葉を交《か》わしている。

しまいには少し戸惑《とまど》う素振《そぶ》りを見せつつも、なんと男の右腕《みぎうで》にギュッと自分の腕《うで》を絡《から》ませ始めてしまった。すごく……すごく、仲が良さそうだ。

「あ〜あ〜、すっかり誑《たら》し込まれちゃってさぁ。あの典型的な地雷《じらい》系コーデも、あのチャラ男さんの趣味《しゅみ》なのかもね」

「そ、そんな……」

あまりにも受け入れがたい光景に、俺は眩暈《めまい》がしてきた。

たしかに……江奈《えな》ちゃんには、俺をフッて水嶋《みずしま》に乗り換《の》《か》えたという「前科」はある。

けれどそれは、きっと俺が江奈《えな》ちゃんの心を繋《つな》ぎとめておけるだけの男ではなかったからだ。俺が不甲斐《ふがい》なかったから、江奈《えな》ちゃんは愛想《あいそ》を尽《つ》かしてしまったんだ。

でも、水嶋《みずしま》は違《ちが》う。俺なんかとは違《ちが》ってビジュアルも良ければ頭も良《い》いし、おまけにカリスマＪＫモデルだ。財力だって、きっとその辺の高校生の比じゃないだろう。恋人《こいびと》としてこれ以上の優良物件もそうそうないと思う。

だから江奈《えな》ちゃんだって、俺の時とは違《ちが》って水嶋《みずしま》に愛想《あいそ》を尽《つ》かすようなことはない、って。

そう……思っていたけど。

「はっ⁉　も、もしかして江奈《えな》ちゃん、俺たちの『関係』に気付いたんじゃないのか？　だからあんな風にグレちゃったんじゃ……」

「う〜ん、あの子の前でボロを出したことはないと思うけど。土日と放課後は颯太《そうた》と過ごしていたとはいえ、学校にいる間は常に構ってあげてたから、寂《さび》しさのあまりに、ってこともないだろうし」

「じゃ、じゃあ……本当に、あれが江奈《えな》ちゃんの本性《ほんしょう》だった、ってことなのか？」

頭の中で、これまでの江奈《えな》ちゃんとの思い出がフラッシュバックする。

好きな映画について楽しそうに語っていた江奈《えな》ちゃん。

三か月記念日のプレゼントを贈《おく》ってくれた江奈《えな》ちゃん。

いつか手編みのマフラーを編むと言ってくれた江奈《えな》ちゃん。

そんな、まるで地上に舞《ま》い降《お》りた天使みたいだった江奈《えな》ちゃんは。

（全部……本当の姿じゃなかった、っていうのか？）

急に足元の地面が音を立てて壊《こわ》れていくような感覚に襲《おそ》われて、俺はとうとう膝《ひざ》から地面に崩《くず》れ落《お》ちてしまった。

「え、ちょっ、颯太《そうた》？　大丈夫《だいじょうぶ》？」

「……怖《こわ》い」

「え？」

「……女の子って、怖《こわ》い」

「おおぅ……女性恐怖症《きょうふしょう》、一歩手前って感じだねコレは」

ふと気が付けば、いよいよポツリポツリと雨粒《あまつぶ》が降ってきた。

項垂《うなだ》れる先の白いアスファルトの地面が、徐々《じょじょ》に黒く塗《ぬ》りつぶされていく。

「降ってきちゃったか……颯太《そうた》、とりあえず駅まで行こうよ。もうすぐそこだから。ほら、ひとまず私の傘《かさ》に入って」

「あ、ああ……そう、だな……」

ポンポンと優《やさ》しく肩《かた》を叩《たた》いてくる水嶋《みずしま》の言葉に頷《うなず》いて、俺はヨロヨロと立ち上がる。

斜《なな》め前方の江奈《えな》ちゃんたちに目をやれば、二人はこれまた仲睦《むつ》まじそうに一本の傘《かさ》を分け合い、肩《かた》を寄せながら駅前広場へと向かっていた。

（ああ、そうか……もう、どうあがいても俺の手が届かない場所に行ってしまったんだ）

いよいよ泣き出してしまいそうな俺をさすがに見かねたらしい。

立ち上がった俺の肩《かた》を支えて歩きながら、水嶋《みずしま》が心配そうに顔を覗《のぞ》き込んでくる。

「颯太《そうた》。その、なんて言えばいいか……」

「……大丈夫《だいじょうぶ》、わかってる。むしろ、これではっきりして良かったんだよ。俺と付き合っていた頃《ころ》の江奈《えな》ちゃんはもう……どこにもいないんだって、さ」

もはや涙《なみだ》を流すのも通《とお》り越《こ》して、俺は乾《かわ》いた笑いを零《こぼ》しながら、せいぜいそんな強がりを言うことくらいしかできなかった。

「……帰ろう、水嶋《みずしま》」

「うん……ねぇ、颯太《そうた》。あんまり気を落とさずにね。颯太《そうた》の落ち込んだ顔を見るのは、私も辛《つら》いからさ」

「水嶋《みずしま》……」

「まぁ、颯太《そうた》から江奈《えな》ちゃんを奪《うば》った私が言うのもなんだけどね」

「……それもそうだな。お前が言うな、まったく」

俺を励《はげ》まそうとしてか、水嶋《みずしま》があえておどけた口調で揶揄《からか》ってくる。

正直、今はもう何も考えたくないくらい気が滅入《めい》っているからか、彼女のそんな些細《ささい》な心《こころ》遣《づか》いすらやけに胸に染《し》みて、俺はいよいよ目頭《めがしら》が熱くなるのを感じた。

しかし。

「……ん？　ねぇ、颯太《そうた》」

「うん？」

「あの二人、なんか様子が変じゃない？」

そんな水嶋《みずしま》の言葉に、俺はもう目を背《そむ》けたい気持ちを押し殺して、再び江奈《えな》ちゃんたちの方に顔を向ける。

二人は今、ちょうど駅前広場へと続く歩道橋を歩いているところだった。

しかし、歩道橋の中間ほどに差《さ》し掛《か》かった所で足を止めて、何やら言い合っている様子だ。

俺たちのいる場所からはその内容までは聞き取れないが、遠目から見た江奈《えな》ちゃんの表情は穏《おだ》やかではない。

先ほどまでとは打って変わって、険悪なムードが漂《ただよ》っているらしいことだけは窺《うかが》い知れた。

「な、なんだ？　急にどうしたんだ、江奈《えな》ちゃん？」

「あのお兄さんと喧嘩《けんか》にでもなったのかな？」

「ええ？　そんなことあるか？　さっきまであんなに仲良さそうだったのに……」

俺たちが首を捻《ひね》っている間にも、二人の言い争いはさらにエスカレートしていく。

というよりも、男の方が一方的に江奈《えな》ちゃんに何事かをまくし立て、江奈《えな》ちゃんの方は怯《おび》えた表情でそれをじっと耐《た》えているような雰囲気《ふんいき》だ。

そして。

(おいおい……ダメだろ、それは)

しまいには男が左手で江奈《えな》ちゃんの肩《かた》を摑《つか》み、空いたもう片方の手を大きく振《ふ》りかぶったところで、俺は頭が真っ白になってしまった。

もしも、あの男が本当に江奈《えな》ちゃんの新しい恋人《こいびと》なんだとしたら。

たとえ二人が喧嘩《けんか》をしようと、それはあの二人で解決するべき問題だ。いわんや、俺みたいな赤の他人がでしゃばるようなことじゃない。

だけど——それでも俺は、江奈《えな》ちゃんが怖《こわ》い思いや痛い思いをしようとしているのを黙《だま》って見ていられるほどには、潔《いさぎよ》い人間でもなかった。

(江奈《えな》ちゃんっ!)

ついさっきまで彼女から目を背《そむ》けようとしていたことも忘れて、だから、俺は思わず歩道橋への階段を駆《か》け上《あ》がろうと走りだす。

「待って」

そんな俺の腕《うで》を摑《つか》んで踏《ふ》みとどまらせたのは、水嶋《みずしま》だった。

「颯太《そうた》、何するつもり?」

「何って……お前も見ただろ!? あの野郎《やろう》、江奈《えな》ちゃんに手を上げようと!」

「だから? 割って入っていって、『江奈《えな》ちゃんに手を出すな』とでも言うつもり?」

「ああ」

「『助けて』って言われてもいないのに？」

言われて、俺はほんの一瞬《いっしゅん》言葉を詰《つ》まらせてしまう。

「触《さわ》らぬ神に祟《たた》りなし、じゃなかったの？」

「それは……」

自分の中の正義感に疑いもせず従って、望まれてもいない人助けをする。

そんなのは正義の味方でもヒーローでもなんでもなく、ただの自己満足野郎《やろう》であることを、俺はよくよく知っている。

水嶋《みずしま》の言う通り、だからこれは、俺自身がいつも嫌《きら》っていた「お節介《せっかい》」ってやつなんだろう。

（……それがどうした）

けど、今は俺のそんなちっぽけなポリシーなんてどうでもいい。

江奈《えな》ちゃんがピンチだと言うのなら、俺はいくらでもお節介野郎《せっかいやろう》になってやる。

「関係ない」

静止の声を振《ふ》り切《き》って階段を上ろうとすると、俺の腕《うで》を摑《つか》む水嶋《みずしま》の手に力が込《こ》められる。

それからゆっくりと息を吐《は》くと、水嶋《みずしま》は嚙《か》んで含《ふく》めるように俺を窘《たしな》めた。

「……ねえ、もういいじゃん。颯太《そうた》は誰《だれ》よりも優《やさ》しい人だから、放っておけないのかもしれないけど。江奈《えな》ちゃんはもう、私たちを置いて別の場所に行っちゃったんだよ？　ならもう颯太《そうた》がこれ以上、あの子を気にかけてあげる義理はないんじゃないの？」

肌《はだ》にポツポツと冷たいものが当たる感触《かんしょく》が広がっていく。

どうやら雨脚《あまあし》が強まってきたらしい。

時折通りかかる車のライトが、降りしきる無数の雨粒《あまつぶ》を照らし出した。

「それに……颯太《そうた》があのチャラ男さんから江奈《えな》ちゃんを助けてあげたとしても。それであの子が颯太《そうた》の元に戻《もど》ってくるわけじゃない。ここで飛び出しても颯太《そうた》には何の得もないどころか、余計みじめな思いをするだけかもしれないよ？」

それはきっと、水嶋《みずしま》なりに俺のことを案じて言ってくれた言葉なんだろう。

たしかに水嶋《みずしま》の言う通りだ。

ここで俺が飛び出して、それこそヒーローよろしく江奈《えな》ちゃんのことを救ったとしても。

彼女にとって所詮《しょせん》俺は元カレ。いや、もはや委員会が同じだけの「ただの同級生」だ。

俺に愛想《あいそ》を尽《つ》かしたからこそ水嶋《みずしま》に鞍替《くらが》えしたのであろう江奈《えな》ちゃんが、たかだか一度ピンチに駆《か》けつけた程度で、もう一度俺に振《ふ》り向《む》いてくれるなんてことはない。

現実ってやつはいつも、映画の中の世界ほど都合の良《い》いシナリオでは成り立っていないんだ。

得られるものは何もない。

むしろ、惨《みじ》めな自分にさらに追い打ちをかけるようなことになるだけかもしれない。

「それでも、行くの？」

限りなく「やめておきなよ」に近い、水嶋《みずしま》のその問いかけに。

「……行くよ」

けれど、俺はきっぱりと言い返した。

「義理とか、損得とか、そういうのじゃない。——俺が助けたいから、助けるんだ」

瞬間《しゅんかん》、水嶋《みずしま》の唇《くちびる》が僅《わず》かに引き結ばれる。

「…………やっぱりキミは、そうするんだね」

次には水嶋《みずしま》が何事かボソリと呟《つぶや》くが、それを気にする余裕《よゆう》は俺にはない。

引き留める彼女の腕《うで》をやんわりと押しのけると、俺は今度こそ階段を駆《か》け上《あ》がり、江奈《えな》ちゃんたちの前に躍《おど》り出《で》た。

「——ちょっと待ったぁ！」

※

「殴《なぐ》り合《あ》いがしたいなら、俺が相手になってやる！」

今まさに江奈《えな》ちゃんを殴《なぐ》ろうとしていたチャラ男の前に躍《おど》り出《で》て、驚《おどろ》く江奈《えな》ちゃんを背に庇《かば》い、俺は柄《がら》にもなくそんな啖呵《たんか》を切っていた。

だから、きっとそのままストリートファイトに突入《とつにゅう》するだろうと覚悟《かくご》していた、のだが。

「いきなり出てきてマジなんなんだよお前……ちっ、あ～めんどくせぇ」

ところがどっこい、さにあらず。

「キモいヒーロー気取り野郎《やろう》のせいですっかり萎《な》えちまったぜ。もういいわ、お前ら。好きにしやがれ」

思いのほかあっさりと引き下がったチャラ男はひどく面倒《めんどう》くさそうにそう言うなり、江奈《えな》ちゃんをほっぽり出してさっさと一人で帰ってしまったのだ。

「ええっ、と……とりあえず、事なきは得た、のかな？」

荒事《あらごと》にならずに済んだのは万々歳《ばんばんざい》だが、やけに引《ひ》き際《ぎわ》のいいチャラ男になんだかすっかり拍子抜《ひょうしぬ》けしてしまって、俺はポカンと奴《やっこ》さんの背中を見送るばかりだった。

なんだ、あいつ？　割って入った俺が言うのもなんだけど、急に現れた見知らぬ男に彼女を預けてさっさと帰っちまうとは、薄情《はくじょう》なやつもいたもんだ。

「……あの、佐久原《さくはら》くん？」

ほっと胸を撫《な》で下《お》ろしていた俺は、けれど背後から呼ばれてハッとする。

そうだ。江奈《えな》ちゃんを助けに飛び出してきたはいいけど、色々と説明をすっ飛ばしちゃってたんだよな。

「あ～、えっと……ごめん、里森《さともり》さん！　急に俺なんかがしゃしゃり出てきて、びっくりさせちゃったよね？」

「い、いえ……それより、どうして佐久原《さくはら》くんがここに?」

「それは、その……き、今日は、たまたま横須賀《よこすか》に用事があってさ! それで、帰り際《かえぎわ》に里森《さともり》さんが男の人と歩いてるのを見かけたから……ちょっと、気になって」

俺が咄嗟《とっさ》にでっち上げた経緯《けいい》に、それでも江奈《えな》ちゃんは「なるほど」と納得《なっとく》したようだった。

本当に素直《すなお》で良い子で……それだけに、危なっかしいんだよな。

「そしたら、里森《さともり》さんが殴《なぐ》られそうになってたから、つい放っておけなくて」

「そう、だったんですね」

「後をつけるようなことしてごめん! それに今だって、もしかしたら余計なお世話だったかもしれない……勝手なことばっかりして、ごめん。本当に」

俺は深々と頭を下げて、精一杯《せいいっぱい》の謝罪の言葉を江奈《えな》ちゃんに告げた。

触《さわ》らぬ神に祟《たた》りなし。

自分の正義感だけに従って誰《だれ》かを助けようとするのは、ヒーローではなくただのお節介野郎《せっかいやろう》。

そんなことは百も承知だったはずなのに、当の俺自身がその「お節介野郎《せっかいやろう》」になるなんて。

冷静になって思い返せば、まったく笑ってしまう話だ。

(……江奈《えな》ちゃん、呆《あき》れてるだろうな)

恐《おそ》る恐《おそ》る顔を上げて、俺は江奈《えな》ちゃんの二の句を待つ。

しかし、俺の心配とは裏腹に、江奈《えな》ちゃんの表情に非難や怒《いか》りの色はなかった。

「そんな……謝らないでください。佐久原《さくはら》くんが来てくれなければ、きっとひどいことになっていたと思いますから」

俺を責めるどころか、江奈《えな》ちゃんはそんな慈悲深《じひぶか》い言葉をかけてくれた。

さっき、水嶋《みずしま》は俺のことを何と言っていたか。誰《だれ》よりも優《やさ》しい人、だったか？

とんでもない。俺なんかよりも江奈《えな》ちゃんの方が、圧倒的《あっとうてき》にその評価に相応《ふさわ》しい。

こんな状況《じょうきょう》で言うのもなんだが、やっぱりマジで天使みたいな女の子だ。

いや、むしろ天使そのものと言ってもいいね。うん。

（ただ……だからこそ、分からない）

こんな優《やさ》しくて、謙虚《けんきょ》で、清廉《せいれん》潔白な女の子である江奈《えな》ちゃんが。

俺みたいな陰《いん》キャオタクはともかく、あのスパダリでカリスマなイケメン美少女モデルである水嶋《みずしま》まで差し置いて、だ。

あんな一山いくらみたいなチャラ男に浮気《うわき》をするなんてことが、本当にあるんだろうか？

（江奈《えな》ちゃんがそこまで節操がない性質だなんて、少なくとも俺は思えないんだけど）

そこまで考えたところで、俺はほとんど無意識のうちに口を開いていた。

「あ、あのさ里森《さともり》さん。それで……」

一体、あのチャラ男とはどういう関係なのか。いつどこで知り合って、どういう経緯《けいい》で今日一緒《いっしょ》に出掛《でか》けることになったのか。

よっぽどそう聞こうかとも思ったのだが。

「いや、ごめん……なんでもない」

現在の恋人《こいびと》である水嶋《みずしま》ならいざ知らず、もはや赤の他人に過ぎない俺がそれを聞くのはやっぱりお門違《かどちが》いな気がしたので、やめた。

「もうすぐそこだけど、せめて駅まで送るよ。ああ、もちろん迷惑《めいわく》じゃなければ、だけど」

仕切り直すように頭を振《ふ》って、俺は江奈《えな》ちゃんに提案する。

「いいんですか？　ですが佐久原《さくはら》くん、見たところ傘《かさ》をお持ちでないようですが……」

「あ～平気平気。俺はちょっとくらいなら濡《ぬ》れても大丈夫《だいじょうぶ》だから」

「いえ、そういうわけにも……あ、それなら」

髪《かみ》の先から水を滴《したた》らせながらさっさと歩き出そうとする俺に、江奈《えな》ちゃんが手に持っていた傘《かさ》を差し出してくる。

「これを、二人で使いませんか？　駅まで行くだけなら十分だと思います」

「えっ？」

そ、それってつまり、いわゆる相合傘《あいあいがさ》ってやつですか⁉

「い、いいの？」

「はい。私を送るために雨に濡《ぬ》れさせてしまうのも申し訳ありませんし」

「あ～……」

降ってわいた相合傘《あいあいがさ》イベントに若干《じゃっかん》喜んでしまったが、江奈《えな》ちゃんの方は特に意識していないご様子。あくまで人として常識的な判断をしただけ、という感じだ。

うん。分かってた。分かってはいたけど、やっぱりこの事務的な対応は寂《さび》しいです、はい。

「えっと……じゃあ、行こうか？」

「はい」

江奈《えな》ちゃんの傘《かさ》を俺がさし、そうして二人並んで歩き出す。

傘《かさ》のサイズが普通《ふつう》よりも小さめだったため、俺は江奈《えな》ちゃんの肩《かた》が濡《ぬ》れないように、かなり彼女寄りになるように傘《かさ》を傾《かたむ》けていた。

それでも、心なしか江奈《えな》ちゃんが俺の方へ距離《きょり》を詰《つ》めてきている気がしたのは、多分、俺の脳が見せた都合の良《い》い錯覚《さっかく》に違《ちが》いない。

そうして並んで歩き出した俺たちは、特に何を話すでもなくただただ黙《だま》って駅までの道のりを進んでいき。

ほどなくして駅に辿《たど》り着《つ》いたところで、別れの挨拶《あいさつ》をするためにようやく口を開いた。

「送っていただいて、ありがとうございます。それに、さっきのことも。今日は本当に助かりました」

「いやいや！　俺なんかホント、大したことはしてないしさ。とにかく里森《さともり》さんが無事で何よりだよ。はは……」

「…………」

「…………」

二言、三言交わしたところで、けれど俺たちの間には気まずい沈黙《ちんもく》が流れてしまう。

話したい事ならいっぱいある。今日は何をしに横須賀《よこすか》まで来たのか、とか、あのチャラ男は結局江奈《えな》ちゃんの何だったのか、とか。

だけど、残念ながらそのどれもが今の俺には知る資格がないことで、だから何も聞けないことが歯がゆかった。

こうして黙《だま》っているところを見ると、きっと江奈《えな》ちゃんも、今日のことについて俺に話すことは何もないと思っているんだろう。

「……それでは、そろそろ電車が来ますので」

「え？　あ、ああ、そうだね……」

やがて沈黙《ちんもく》を切《き》り裂《さ》いて、江奈《えな》ちゃんがペコリと頭を下げる。

どれだけ服装が変わっても、その楚々《そそ》として丁寧《ていねい》な所作は少しも変わっていない。

少なくとも、恋人《こいびと》をとっかえひっかえして遊んでいるような女の子のそれとは、俺はやっぱり思えなかった。

（本当に、今までの江奈《えな》ちゃんはウソだったのか？）

踵《きびす》を返《かえ》して駅の改札口へと向かっていく江奈《えな》ちゃん。

遠ざかっていく彼女の背を見つめながら、俺の脳裏《のうり》にふと過《よぎ》ったのは、いつかの屋上での出来事だった。

『私──信じています』

あの時、そう言って俺に口づけ──だったと思う──をしたのは、一体どういう意図でのことだったんだろうか。

何か俺に伝えたい、秘めた思いでもあるのだろうか。

はたまた、それすらも彼女の本当の姿ではなかったというのだろうか。

──江奈《えな》ちゃんの本心が知りたい。

今この瞬間《しゅんかん》ほど、そう強く感じたことはなくて。

「……あ、あのっ！　江奈《えな》ちゃん！」

気付いた時には、俺の口からは彼女の名前が飛び出していた。

振《ふ》り返《かえ》る江奈《えな》ちゃんに向けて、絞《しぼ》り出《だ》すように言葉を繋《つな》げようとして。

「あ、その……帰り道、気を付けて」

けれど、やはりそれすらももう俺には知る資格がないことだと思い直し、結局はそんな当《あ》たり障《さわ》りのないセリフしか出てこなかった。

肩《かた》を竦《すく》めて目を伏《ふ》せる俺を、江奈《えな》ちゃんはしばらくの間じっと見つめて。

「…………ごめんなさい」

最後に短くそれだけ言い残すと、足早に改札口の雑踏《ざっとう》の中へと消えて行ってしまった。

(ごめんなさい、か)

それが一体なにに対しての謝罪なのかも、今の俺には推測することすらできなかった。

ああ……俺ってやつはほんと、江奈《えな》ちゃんのことを何も分かってなかったんだな。

そりゃあ、フラれるのも当然って話か。

「あいつの言う通り……みじめな思いをするだけだったなぁ」

駅構内の天井《てんじょう》を力なく見上げながら、俺は自嘲《じちょう》した。

「……って、やべっ。そういえば、その水嶋《みずしま》のことをほったらかしだった」

咄嗟《とっさ》だったとはいえ、雨の中に「彼女」を置き去りにしたのはさすがにマズかったよな。

これじゃあ、俺もさっきのパリピ男のことをとやかく言えないじゃんか。

「まぁあいつ傘《かさ》持ってるし、心配ないと思うけど……うぉっ!?」

駅を出て水嶋《みずしま》の所まで戻《もど》ろうとした俺は、しかし、振《ふ》り返《かえ》った先の光景にギョッとする。

「……み、水嶋《みずしま》?」

いつの間に追いかけて来ていたのか、水嶋《みずしま》は俺の後ろ、ちょうど駅の屋根がある部分のすぐ外の辺りで立っていた。

しかし、どういうわけか今の彼女はさっきまで差していたはずの自分の傘《かさ》をすっかり丸めてしまい、手で持っているだけ。

必然、髪《かみ》の毛《け》から服から全身が雨でずぶ濡《ぬ》れになってしまっていたのだ。

「お、お前、何やってるんだ？　早く入れよ、風邪《かぜ》ひいちまうぞ？」

俺は慌《あわ》てて屋根の下に来るように手招きをするが、水嶋《みずしま》はただじっと黙《だま》って立《た》ち尽《つ》くしたまま動こうとしない。

濡《ぬ》れた前髪《まえがみ》で隠《かく》れてしまっているせいで表情もよく見えないし、無言なことも相まって、それがなんだか不気味だった。

「お、怒《おこ》ってるのか？　その、置いていったのは悪かったよ、ごめん。あの時は……」

きっと静止の声も聞かずに勝手に飛び出し、置き去りにしたことに腹を立てているんだろう。

そう考えた俺は、おそるおそる謝罪と弁解を口にしようとして。

――ガバッ。

「んんんんんんんっ⁉」

しかし、次に水嶋《みずしま》がとった行動は、俺を瞠目《どうもく》させるには十分すぎるものだった。

（な、な、な……⁉）

声を出すこともできず、俺はさながら金縛《かなしば》りにでもあったかのように身動きをとることができずにいた。

それもそのはず。だって水嶋《みずしま》は、いきなり俺の懐《ふところ》に飛び込んで抱《だ》き着《つ》いてきたかと思ったら、そのまま有無《うむ》を言わさず唇《くちびる》を重ねてきたんだから。

（こ、こいつ、いきなり何のつもりだ⁉）

慌《あわ》てて引きはがそうとするのだが、水嶋《みずしま》は全身全霊《ぜんしんぜんれい》の力で俺に密着し、絶対に離《はな》れようとしない。そしてその間も、決して口付けを止めようとはしなかった。

「……んっ……はぁう……じゅるっ……」

「んんっ……ちょ、待っ……むぐっ……！」

「ぇあ……ひゅむ……んはぁ……はむっ……」

いや、それはもう「口付け」とか「キス」とかいう生易しいものじゃない。

捕《と》らえた獲物《えもの》を貪《むさぼ》る捕食《ほしょく》者のように、骨の髄《ずい》までしゃぶり尽《つ》くそうとする獣《けもの》のように。

水嶋《みずしま》はただひたすらに俺の唇《くちびる》を舐《ねぶ》っていた。舐《ねぶ》り続けていた。

昼間に見せていた清楚《せいそ》清純な彼女の姿は、もはや見る影《かげ》もない。

（こいつ、舌までっ⁉）

降りしきる雨の音に交じって、水嶋《みずしま》の荒《あら》い息遣《いきづか》いと、お互《たが》いの粘膜《ねんまく》が艶《なま》めかしく擦《す》れ合《あ》う音が鼓膜《こまく》を刺激《しげき》する。

（ま、まずい……意識が……）

そうして、実に数十秒ほどにも渡《わた》って唇《くちびる》を重ね、いよいよ俺の理性も宇宙の彼方《かなた》にぶっ飛びそうになったところで。

「……ぷは」

ようやく拘束《こうそく》を解いた水嶋《みずしま》が、一歩、二歩と後ずさった。

濡《ぬ》れた前髪《まえがみ》をかきあげて、その向こうから現れたエメラルドの瞳《ひとみ》でじっと俺を見つめてくる。

真意はまったくわからない。

それでも、目の前の少女が何かただならぬ様子であることだけは確かだった。

「…………好き」

「え？」

「……好き、好き、好き好き好き好き好き。大好き。世界で一番キミのことが好き。本当は『好き』なんて二文字だけで表すことなんてできないくらい……私は、颯太《そうた》のことが好き」

「みず、しま……？」

飄々《ひょうひょう》としていて、こっちがどれだけ目を凝《こ》らそうとまるで本心を見せようとしない普段《ふだん》の彼女からは想像もできないほどに、むき出しの感情を見せてそう告げてくる水嶋《みずしま》。

「いつもキミのこと騙《だま》したり、罠《わな》にハメたり、嘘《うそ》を吐《つ》くこともあったから、信じてもらえないかもしれないけど……私、本気だよ？　本当に、颯太《そうた》のことが好きなんだ。心から」

穏《おだ》やかに微笑《ほほえ》み、けれどどこか縋《すが》るような目をして、水嶋《みずしま》がそう言ってくるものだから。

「急にどういうつもりなんだ」とか、「つまり何を言いたいんだ」とか、そんな茶々を入れる気も起きずに、俺はただただ茫然《ぼうぜん》と立《た》ち尽《つ》くすことしかできなかった。

「……あはは、ごめんね。急にこんなこと言われても、ワケ分からないよね」

やがて、少しだけいつもの調子に戻《もど》った水嶋《みずしま》が、再びツカツカと俺の方へ近づいてくる。

「でも……とにかく今は、伝えておきたかった。伝えておかなきゃいけないと思った。私が、どれだけ颯太《そうた》のことを想《おも》っているのか、ってことを」

「それは……」

正直、今は頭が混乱していて、ロクに考えもまとまらない。

それでも、ひとつだけはっきりとわかったことがあった。

いや……俺はもうきっと、いつかこいつが命がけで俺を庇《かば》ってくれた時から、薄々《うすうす》分かっていたんだろう。

ずっと誤魔化《ごまか》していたけれど。

ずっと目を逸《そ》らしていたけれど。

「颯太《そうた》、私はね——キミの彼女《ヒロイン》になりたいんだ」

俺の耳元に顔を近づけ、水嶋《みずしま》が囁《ささや》くように呟《つぶや》いたその言葉は、やっぱり紛《まぎ》れもなく彼女の本心なんだということを。

理由も、経緯《けいい》も、いまだにわからないけれど。

どうやらこの水嶋静乃《みずしましずの》という少女が本気で自分のことを好きであるらしいことだけは、筋金の入った捻《ひね》くれ者である俺でも、さすがに認めざるを得ないようだった。

「今日で『勝負』も終わりだね」

するりと俺の脇《わき》を通り過ぎた水嶋《みずしま》が、そのまま首だけをこちらに向けて改札口へ歩いていく。

「明日さ、待ってるから——答え、聞かせてね」

最後にそれだけ言い残し、水嶋《みずしま》は人ごみに紛《まぎ》れて煙《けむり》のように去ってしまった。

第六章　勝者は一人とは限らない

翌日の月曜日。

今日は五月末に行われる中間テスト、その一日目だ。

テスト自体は昼過ぎに終わるので午後はほぼ丸々フリーになるのだが、残念ながら中間テストは明後日《あさって》まで続く。

この後も学校に残って勉強したり、ファミレスやカフェで明日の対策を練ったり、という生徒がほとんどだろう。

「ふぅ、一日目終了《しゅうりょう》〜。颯太《そうた》、どう？　手応えのほどは」

クラスメイトたちがめいめいに教室を後にする中、樋口《ひぐち》が背伸《せの》びをしつつ尋《たず》ねてくる。

「え？　あ、うん……どうだろうな。お前は？」

「僕は英語がちょっと不安かも。最後の長文読解とか、半分くらいしか読めなかったしさ」

「あ〜、あれな。ムズかったよな」

なんて適当に相槌《あいづち》を打ってはいるが、正直俺は上の空だった。

中間テストなんぞ受けたい奴《やつ》だけ受けてろや、なんてヤンキー漫画《まんが》みたいなことを言うつもりは毛頭ないが。

俺にとってはむしろ、この後に控《ひか》えているイベントの方こそがよっぽど重要だった。

「……ふぅ」

「颯太《そうた》？　どうしたの、ため息なんてついちゃって。そういえば今日はなんだか朝からずっと難しい顔してるよね。大丈夫《だいじょうぶ》？　鳩《はと》サブレ、食べる？」

「いらない。あと、鳩《はと》サブレじゃなくて『鳩《はと》サブレー』だ、二度と間違《まち》えるんじゃねぇ」

「ええ、急に過激派県民になるじゃん……で、どうしたの？　なにか悩《なや》み事？」

「……まぁ、そんなところだ」

投げやりな答えを返し、俺は視線を窓の外へと戻《もど》す。

コの字型になっている本校舎東棟《とう》の二階。そこにある俺の教室からは、見上げれば反対側にある西棟《とう》の屋上のフェンスが見えた。

ちょうど一か月前、俺が人生で二回目の告白をされた場所。

俺と水嶋《みずしま》の「勝負」の一か月が始まった場所。

そして──今日、その「勝負」の決着がつく場所。

『一か月後、私はもう一度キミに告白をする』

そう言った時の、どこか一世一代の大博打《ばくち》にでも挑《いど》むかのようなあいつの真剣《しんけん》な顔は、不思議と今でもはっきり覚えている。

俺がその告白を受け入れたら、水嶋《みずしま》の勝ち。

あくまでもお試《ため》しだった「恋人《こいびと》」という肩書《かたがき》は正式なものとなる。この一か月にあいつと過ごしたような日々が、これからもずっと続いていくのだろう。

逆に、俺がその告白を断れば、俺の勝ち。

水嶋《みずしま》は俺の事をすっぱりと諦《あきら》め、もう付きまとったりすることはないという。この一か月にあいつと過ごしたような日々は、きっともう二度と訪《おとず》れることはないだろう。

(——俺は)

無意識のうちにポケットの中の拳《こぶし》を握《にぎ》りしめ、俺は目を閉じた。

(俺の答えは、もう決まってる)

決着の時は、もうすぐだ。

※

【十三時に、あの場所で】

樋口《ひぐち》と別れて教室を出たところで、水嶋《みずしま》からそんなシンプルなチャットが届いた。

「どこかは言わなくてもわかるよね？」というあいつの試《ため》すような笑顔《えがお》が目に浮《う》かぶようだ。

ふん、と鼻を鳴らし、俺は既読《きどく》だけしてスマホをポケットにしまう。

それから適当に時間を潰《つぶ》した俺は、やがて約束の時刻が近づいてきた頃《ころ》、いよいよ本校舎西棟《とう》の屋上へと続く階段下にやってきた。

約束の時間まではまだ十分ほどあるが、多分あいつはもう来ているんだろう。

薄暗《うすぐら》く、人気《ひとけ》のない階段の踊《おど》り場《ば》には、微《かす》かにキンモクセイの香りが漂《ただよ》っていた。

「……行くか」

深呼吸をして、俺は一段、また一段と階段を上っていく。

上る度《たび》に心臓の鼓動《こどう》が速くなるのを感じながら、やがてたどり着いた屋上への扉《とびら》に手をかけ、押し開けた。

「……っ」

ビュオッ、という一陣《いちじん》の風とともに、扉《とびら》の向こうから眩《まばゆ》い陽光が差し込んできて、俺は思わず目を細める。

やがて、視界を覆《おお》うホワイトアウトが徐々《じょじょ》におさまってきたところで。

「――待ってたよ、颯太《そうた》」

屋上の扉《とびら》に背を向けて立っていた水嶋《みずしま》が、くるりとこちらを振《ふ》り返《かえ》る。

後ろ手を組んで凜《りん》と立つ彼女のサラサラの髪《かみ》や、透《す》き通《とお》ったエメラルドの瞳《ひとみ》が、陽の光を受けてまるで宝石のように輝《かがや》いて見えた。

「……ああ。待たせたな」

一瞬《いっしゅん》目を奪《うば》われていた俺は、しかしすぐに我に返って扉《とびら》を閉める。

仕切りなおすように咳払《せきばら》いをして、水嶋《みずしま》の前へと歩み出た。

「今日、英語のテストあったでしょ？　どうだった？」

「……まぁ、いつもよりは手応えあった気がするよ。これもお前に連日、勉強見てもらったおかげかもな」

「はは、それは良かった。颯太《そうた》が留年なんてことになったら、寂《さび》しいもんね」

「あのな、俺だってさすがにそうならない程度には真面目にやるっての。お前は俺のことを何だと思ってるんだ」

ビシッと指を突《つ》きつけてやると、水嶋《みずしま》はさも当たり前のことのように言ってのけた。

「ヒーロー」

「は？」

「成績とか、愛想《あいそ》とか、あとついでに目付きとかも悪いけど。それでも、優《やさ》しくて、カッコよくて、びっくりするくらいお人好《ひとよ》しな……そんな、私のヒーローだと思ってるけど？」

「……そればっかりだな、お前は」

そんな当《あ》たり障《さわ》りのない会話を二度、三度と交《か》わしたところで、やがてどちらからともなく押し黙る。

聞こえてくるのは、そよ風が屋上を吹《ふ》き抜《ぬ》ける音や、木の葉が揺《ゆ》れる潮騒《しおさい》のような音だけだ。

そして。

「それじゃあ、さ」

しばし場を支配していた沈黙《ちんもく》を破り、水嶋《みずしま》がおもむろに切り出した。

「答え、聞かせてよ」

いつかと同じその言葉を口にする彼女に。

そうして俺は、人生で三度目の告白をされた。

「佐久原颯太《さくはらそうた》くん——私と、付き合ってください」

いつか俺に向けたような、あの獲物《えもの》を追《お》い詰《つ》める女豹《めひょう》みたいな目ではない。

俺を攻略《こうりゃく》するために権謀術数《けんぼうじゅっすう》を巡《めぐ》らせる、あの女狐《めぎつね》のような笑顔《えがお》ではない。

何を考えているのかわからない、あの霞《かすみ》のように飄々《ひょうひょう》とした態度ではない。

真剣《しんけん》な、ただただ真剣《しんけん》な表情で告げられた、その言葉に。

「……俺は」

だから俺も、真剣《しんけん》な言葉で返した。

「俺は、水嶋《みずしま》とは付き合えない」

かつてないほどの緊張《きんちょう》感の中、俺が絞《しぼ》り出《だ》すようにそう答えると。

「……理由を聞いてもいい？」

悲嘆《ひたん》にくれた表情を浮《う》かべるでも、「無理だったか〜」などとお茶を濁《にご》すでもなく。

たったいま俺に告白をしてきたその少女は、すこぶる落ち着いた態度でそう尋《たず》ねてきた。

「やっぱり……私が『宿敵』だから、かな？」

そう先回りする水嶋《みずしま》に。

「いや、それはもう関係ない」

俺はきっぱりとそう答えた。

「俺はもう、お前のことを『宿敵』だとか思ってない。つーか、ぶっちゃけ勝ちだの負けだのもどうでもいいんだよな、もう」

「へ？」

突然《とつぜん》身もふたもないことを言い出した俺に、さすがの水嶋《みずしま》もポカンとした表情だ。

そりゃそうだ。じゃあこの一か月は一体なんだったんだ、って話だもんな。

苦笑《くしょう》しつつ、俺は学生カバンに忍《しの》ばせていた缶《かん》コーヒーを二つ取り出して、片方を水嶋《みずしま》に放って渡《わた》す。

「ほれ」

「うわっ、とと」

「まぁ、話せばちょっと長くなるからさ。コーヒーでも飲みながら聞いてくれよ」

言って、俺は缶《かん》コーヒーのプルタブをカシュッ、と引き開ける。

戸惑《とまど》っていた水嶋《みずしま》も、やがて習うようにしてプルタブを開けた。

「……屋上で缶《かん》コーヒーって、ちょっとカッコつけすぎじゃない？　映画やドラマじゃあるまいし」

「いいだろ別に。一度やってみたかったんだよ、こういうの」

「ふ〜ん……まぁ、私も嫌《きら》いじゃないけどさ。こういうの」

水嶋《みずしま》の茶々を受け流し、俺はフェンスの向こうに広がる校庭を見下ろした。

「前にお前に告白された時も言ったけどさ。俺、最初は絶対に揶揄《からか》われてるだけだと思ってたんだよ」

だってそうだろ？

今まで一度も喋《しゃべ》ったことがない初対面同然の、しかも誰《だれ》もが憧《あこが》れるイケメン美少女で人気モデルなカリスマＪＫの水嶋静乃《みずしましずの》が、だ。

俺みたいな陰《いん》キャラでインドアな映画オタクのことが好きだなんて、そんな都合の良《い》いことあるわけないだろ？

「それこそ、映画やドラマじゃあるまいしな」

ましてやこいつは、俺の彼女を奪《うば》っておきながら、なぜかその彼女そっちのけで俺につきまとって来やがったんだ。

普通《ふつう》だったら、血だらけの傷口に嬉々《きき》として塩を塗《ぬ》って追い打ちをかけるが如《ごと》き、悪魔の所業としか思えない。

恋人《こいびと》を奪《うば》われてみじめに肩《かた》を落とす俺に後ろ指を指し、嘲笑《あざわら》い、リア充陽《じゅう》キャの仲間たちと「あれは傑作《けっさく》だった」とネタにする。

そんな、反吐《へど》が出るようなタチの悪い嫌《いや》がらせをされているに違《ちが》いないと思っていた。

『勝負』が始まってからも、俺は腹の中ではお前のことをあくまでも宿敵としか思っていなかったんだ。一か月経《た》って、もし俺がお前の告白を受け入れたら、例えばそこの花壇《かだん》の物陰《ものかげ》あたりからでもお前のお仲間が出てきてさ。『ドッキリ大成功〜!』、『こいつ彼女を奪《うば》った張本人に惚《ほ》れてやんのプ〜クスクス!』てな具合で、笑いものにされるのがオチだとすら思ってたよ」

「えぇ……そんな酷《ひど》いこと、考えたこともなかったけど」

「まぁ、これは極端《きょくたん》な例え話だけどな」

とにかく、だから。

たとえ仮とはいえ恋人《こいびと》同士になろうとも、いくらこいつが俺に好意をアピールしようとも。

それらは全て俺をハメるためのトラップで、こいつが俺に言う「好き」という言葉は、所詮《しょせん》は口先だけのものに過ぎないと。

俺は結局、心のどこかではそう決めつけていたのだ。

だけど。

「覚えてるか?　お前に誘《さそ》われてブライダルモデルのバイトをしたあの日の事。帰りしなに、お前をつけ狙《ねら》っていたストーカー男とひと悶着《もんちゃく》あっただろ?」

「そりゃあ忘れようったってそうそう忘れられないでしょ、あんな事件。それが何？」

「あの時な、俺がナイフで切られそうになって、そこにお前が割って入って来て。危《あや》うくモデル生命に関わる大怪我《おおけが》を負うかもしれなかったのに、それでも『好きだから』なんて理由で俺を庇《かば》ったお前を見てさ……実のところ、思い知らされた気がしたんだ」

理由はわからない。

だけど、無理やり恋人《こいびと》を奪《うば》ってまで、そして文字通り身を挺《てい》して守ろうとしてまで。それほどまでに、水嶋《みずしま》が本当に本気で俺のことを好きだと思ってくれていたんだということだけは、人一倍ひねくれている俺にも痛いほどわかった。

あいつが俺に向けていた好意の数々は、全部まぎれもない本心だったんだと思い知った。

それなのに、俺はその純粋《じゅんすい》な好意を頭から否定して、曲解して、穿《うが》った目で見ることしかしなかった。思い返してみれば、水嶋《みずしま》の本気の思いに、俺は本気で向き合っていなかった。

そんな自分が、どうしようもなく嫌《いや》な奴《やつ》に思えて仕方なかった。

本気の思いには、こっちも本気で向き合わなければ、フェアじゃない。

「だから俺は、もうお前を『宿敵』とは思わない。俺にとってお前は、酔狂《すいきょう》にもこんな冴《さ》えない男のことを本気で好いてくれている、ただの一人の女の子だ」

不意に「女の子」と言われたことに驚《おどろ》いたのか、水嶋《みずしま》が風に流れた髪《かみ》を耳にかけながら俯《うつむ》く。

日光に照らされて体温が上がっているからか、その頰《ほお》は少し赤らんでいるようにも見えた。

「人を馬鹿にしていたのは、俺の方だ。今までお前の告白を真面目にとりあってこなかったこと、悪いと思ってる。ごめん、水嶋《みずしま》」

「颯太《そうた》……」

「でも、だから俺も、真剣《しんけん》にお前の告白に向き合うことにした。その上で……俺はやっぱり、水嶋《みずしま》とは付き合えない」

そこで一旦《いったん》言葉を切り、俺は缶《かん》コーヒーの残りを一気に飲み干す。

それから照《て》れ臭《くさ》さを誤魔化《ごまか》すようにガシガシと頭を掻《か》いた。

「あ〜、その、なんだ……白状すると、振《ふ》り返《かえ》ってみれば正直、悪くないと思った。お前と過ごしたこの一か月は」

家族以外の誰《だれ》かと服を買いに行ったり、自分の部屋に妹以外の女子をあげたり、この一か月は俺にとって初めてのことだらけだった。

ブライダルモデルの現場でバイトするなんてことも、多分こいつと出会ってなきゃ一生体験できなかっただろうな。

「振《ふ》り回《まわ》されることもいっぱいあったけどさ。それでも新鮮《しんせん》なことばかりで、良くも悪くも退《たい》屈《くつ》するヒマもなかったよ。お前と一緒《いっしょ》にいればこの先もずっとそんな毎日を過ごせるのかな、なんて考えると、それもまぁ悪くないかもなって思う……だけど」

俺はポケットからスマホを取り出し、カメラロールの「お気に入り」に登録されている写真一覧をざっと眺《なが》める。

我ながら、未練がましいとは思うけど……俺が江奈《えな》ちゃんと過ごした三か月の間に積み重ねた思い出の数々が、そこにはまだ残っていた。

「俺は……やっぱりまだ、江奈《えな》ちゃんのことを嫌《きら》いになれないんだ」

「お気に入り」の写真一覧をスクロールし、俺は適当な一枚を選んで表示させる。

場所はどこかの喫茶店《きっさてん》だろうか。向かい合って座っている俺たちが、斜《なな》め上からのアングルのカメラに向かって笑顔《えがお》を向けていた。

自撮《じど》りなんてあんまりしたことがなかったから、カメラを持っている俺の顔はちょっと見切れてしまっている。

「前にお前が言った通り、たしかに江奈《えな》ちゃんは尻軽《しりがる》女かもしれない。俺が不甲斐《ふがい》なかったとはいえ、あっさり俺を裏切ってお前に靡《なび》いたかもしれない。だから、今さら俺が江奈《えな》ちゃんに何の義理立てをする必要もないのかもしれない。もう知るか、そっちがそんな好き勝手するなら俺だってそうするぜ、って……いっそ、そんな風に思えたら楽なんだろうけど」

でも、こんな仕打ちを受けてもなお、俺はまだ彼女を恨《うら》むことなんてできそうになかった。

だって、俺が江奈《えな》ちゃんと過ごしたあの数か月は本当に楽しかったんだ。

放課後は喫茶店《きっさてん》で好きな作品について語り合って、休日には一緒《いっしょ》に映画を見に行ったり、たまに家に遊びに行ったり。

はたから見れば刺激的《しげき》とは言えないかもしれないけど、そんな穏《おだ》やかで温かい日々が、どれだけ俺の灰色だった青春を色づかせてくれたことか。

たとえ江奈《えな》ちゃんが本心でどう思っていたとしても。少なくとも俺にとっては、あの数か月がこれまでの人生で一番幸せな時間だったという事実は変わらない。

「もし、仮に俺がお前と付き合うことになってもさ……きっと上手《うま》くいかないよ。だって俺の心の中にはまだ、江奈《えな》ちゃんがいるんだから。あの頃《ころ》のことを全部忘れて、水嶋《みずしま》、お前のことだけ考えていられる自信が……俺にはまだ無い」

俺の言葉を、水嶋《みずしま》は黙《だま》って聞き続けている。

プルタブが開いた缶《かん》コーヒーには、まだ一口も口をつけていない。

「お前の気持ちは嬉《うれ》しいよ。もしこれが俺の人生で初めてされた告白だったなら、きっと二つ返事でＯＫしてた。でも、ごめん。だから俺は、水嶋《みずしま》と恋人《こいびと》になることはできない。……これが、お前の告白に対する俺の答えだ」

「……そっか。うん……そっか」

とうとう観念したようにそう呟《つぶや》くと、水嶋《みずしま》はそれまで口をつけていなかった缶《かん》コーヒーをグイッとあおった。

そのままゴクゴクと飲み干して、「プハァッ」と大きく息を吐《は》く。

「はぁ～あ！　ほんと、颯太《そうた》って変なところでバカが付くほど真面目だよね。顔に似合わず」

「……へいへい、どうせ悪人面《あくにんづら》だよ悪かったな」

俺が言い返すと、水嶋《みずしま》がクスリと笑う。

水嶋《みずしま》が笑うから、俺もつられて笑ってしまった。

あえて勝ち負けで言うとしたら。

きっと俺は、試合に勝って勝負に負けた、といったところだろう。

だって……俺はいつの間にか、もう胸を張ってこいつのことを「好きになるなんてありえない」とは言えなくなってしまっているんだから。

「う～ん、そっかぁ」

猫《ねこ》みたいにググッと伸《の》びをして、水嶋《みずしま》がため息交じりに呟《つぶや》いた。

「じゃあ、要するに告白の返事は『NO』ってことね」

「ああ……そういうことになるな」

申し訳なさげにそう言って、俺は水嶋《みずしま》の次の言葉を待つ。

――しかし。

「なら」

不意にいつもの飄々《ひょうひょう》とした態度に戻《もど》っていた水嶋《みずしま》が次に放ったセリフに、俺は天地がひっくり返ったかのような衝撃《しょうげき》を受けることとなった。

「この『勝負』はキミの勝ちだね――江奈《えな》ちゃん？」

……………は？

江奈《えな》ちゃん？　なんでここで、江奈《えな》ちゃんの名前が出てくるんだ？

「おい。それって、どういう……？」

と、俺が口を開くのもつかの間。

水嶋《みずしま》の背後、屋上庭園の植《う》え込みの陰《かげ》から、何者かが姿を現す。

「ふぇ⁉」

瞬間《しゅんかん》、俺は自分でも笑ってしまうくらいに素《す》っ頓狂《とんきょう》な声をあげてしまった。

なぜかって？

だって、植《う》え込みの陰《かげ》から出てきたその人物は……。

「さ、さ、さ……」

肩口《かたぐち》あたりまで伸《の》びた、濡《ぬ》れ羽色《ばいろ》の髪《かみ》。いつも片方の目が隠《かく》れがちになるその長い前髪《まえがみ》の向こうには、少しあどけなさを残しつつも目鼻立ち整った可憐《かれん》な顔がのぞいている。

大和撫子《やまとなでしこ》然として楚々《そそ》とした雰囲気《ふんいき》が印象的な、俺の人生で初めての彼女。

「……里森《さともり》、さん？」

里森江奈《さともりえな》ちゃん、その人だったのだから。

「こ、こんにち、は……」

「なん、で……？」

なんで江奈《えな》ちゃんがこんなところに⁉

それに、水嶋《みずしま》の言う「キミの勝ち」って、どういうことなんだ？

あまりの急展開に脳の情報処理が追い付かない。

突然《とつぜん》現れた江奈《えな》ちゃんと、訳知り顔で腕《うで》を組む水嶋《みずしま》とを交互《こうご》に見やりながら、俺は馬鹿みたいに口をあけて突《つ》っ立《た》っていることしかできずにいた。

「あ〜あ。これでも結構自信はあったんだけどなぁ……やっぱりポッと出の私なんかじゃ、キミたちの間に入り込むなんて無理な話だったってことかな」

さっきまでのシリアスな態度が嘘《うそ》みたいに、水嶋《みずしま》は悪戯《いたずら》が失敗した子供みたいな口調でそう言って肩《かた》をすくめた。

「お、おい、どういうことだよ水嶋《みずしま》？　里森《さともり》さんの勝ちだとか、入り込《こ》むだとか……一体なんの話をしてるんだ？」

「ああ。それはね」

俺が詰《つ》め寄《よ》ると、水嶋《みずしま》が江奈《えな》ちゃんに目配せをする。

それにコクリと頷《うなず》き返すと、江奈《えな》ちゃんはおずおずと俺の前まで歩み寄って来た。

と、思ったら。

「――ごめんなさい、颯太《そうた》くん！」

ブォン、という音が聞こえてきそうな勢いで、江奈《えな》ちゃんが深々と頭を下げてくる。

「私……私、本当は水嶋《みずしま》さんと付き合ってなんかいないんです！」

人間ってのは、本当にびっくりすると、もはや叫《さけ》び声《ごえ》すらもあげられなくなるらしい。

「……っ⁉」

衝撃《しょうげき》の事実の連続に、俺は思わずガシャン、と屋上フェンスに寄りかかり、そのままズルズルと尻《しり》もちをついてしまった。

「そ、颯太《そうた》くん⁉　だ、大丈夫《だいじょうぶ》ですか⁉」

慌《あわ》てた様子で江奈《えな》ちゃんが駆《か》け寄《よ》ってきて、俺の隣《となり》にしゃがみこんで肩《かた》を支えてくれる。

「あ、ああ……大丈夫《だいじょうぶ》。ちょっと、腰《こし》が抜《ぬ》けちゃって……」

心配そうに顔を覗《のぞ》き込んでくる江奈《えな》ちゃんに、俺は辛《かろ》うじて頷《うなず》き返した。

いつの間にか、俺の苗字《みようじ》ではなく名前で呼びかけてくれている江奈《えな》ちゃん。

思えば彼女にこんな風に呼んでもらえるのも久しぶりで、なんだか懐《なつ》かしい気分になる。

「そ、それより……どういうことなの？」

江奈《えな》ちゃんは水嶋《みずしま》と付き合っていなかった。

そんなカミングアウトに、俺は喜んだり安堵《あんど》したりするよりもまず困惑《こんわく》してしまっていた。

「里森《さともり》さん……いや、江奈《えな》ちゃん、言ってたよね？　他に好きな人ができた、って」

「そんな人、いません」

「俺に、愛想《あいそ》を尽《つ》かしたんじゃ……？」

「そんなこと、あるわけないです」

「『私のことはすっぱり諦《あきら》めて』って……」

フルフルと首を横に振り、江奈《えな》ちゃんは脱力《だつりょく》していた俺の右手をぎゅっと両手で握《にぎ》りしめた。

それから心底申し訳なさそうに眉根《まゆね》を寄せて、ポツポツと語り始める。

「嘘《うそ》、だったんです。私が颯太《そうた》くんを捨てて水嶋《みずしま》さんを選んだっていうのも、水嶋《みずしま》さんが颯太《そうた》くんから私を奪《うば》ったっていうのも……全部、嘘《うそ》なんです」

「う、そ……？」

江奈《えな》ちゃんの言葉を受けて、俺は傍《かたわ》らに立っていた水嶋《みずしま》の顔を見上げる。

そうなのか、と俺が無言で問いかけると、水嶋《みずしま》もコクリと首肯《しゅこう》した。

「颯太《そうた》にそう思わせるように、この一か月ずっと、私たちで一芝居《ひとしばい》うってたってこと」

「って、ことは……お前と江奈《えな》ちゃんは、最初っから……？」

「うん。グルだった」

まるで、コンゲームものの映画の終盤《しゅうばん》で大どんでん返しを見せられた時のような気分だった。

軽い放心状態になってしまい、俺は昼下がりの空をポカンと見上げる。

そうか……そう、だったのか。

「スゥウウウウ…………はぁ〜〜〜」

一度大きく息を吸い込み、胸《むね》の奥に溜《た》まっていたモヤモヤを吐《は》き出《だ》すように息を吐《は》く。

二度、三度とそれを繰《く》り返《かえ》すうちに、やがて俺の思考も徐々《じょじょ》に平常に戻《もど》っていった。

「落ち着いた？　颯太《そうた》」

「……ああ。正直、まだ色々と飲み込み切れていない部分もあるけど」

へたり込んでいた体を持ち上げ、再び立ち上がる。

言いたい事や聞きたいことはいくらでもあったが、俺はとりあえず、そもそもにして最大の疑問をぶつけることにした。

「どうして、こんなことを？」

江奈《えな》ちゃんは俺を裏切ってなんかいないし、水嶋《みずしま》は俺から恋人《こいびと》を奪《うば》ってなんかいない。今のこの状況《じょうきょう》を見れば、たしかにそれは本当なんだろうということはわかる。

わからないのは、なぜ二人が共謀《きょうぼう》して、そんな盛大《せいだい》なドッキリをしかけたのかということだ。

「単なるイタズラ……ってわけじゃないよな？　どう考えても」

もしそうだとしたら、それはそれでびっくりどころの騒《さわ》ぎじゃないんだが。ハリウッド映画も顔負けのビッグスケールなイタズラだ。

「それは……」

「それについては私から説明するよ。なにしろ『黒幕』は私だからね」

江奈《えな》ちゃんが口を開くのを遮《さえぎ》るように、水嶋《みずしま》が一歩前に出る。

「江奈《えな》ちゃんは、颯太《そうた》の愛を確かめたかったんだよ」

「俺の、愛……？」

俺が聞き返すと、水嶋《みずしま》は頷《うなず》き、江奈《えな》ちゃんは気恥《きは》ずかしそうに顔をそむける。

「──あるところに、子供のころから自分に自信が持てないお姫《ひめ》様がいました」

俺と江奈《えな》ちゃんに背を向けた水嶋《みずしま》が、おとぎ話でもするように滔々《とうとう》と語り始めた。

「お姫《ひめ》様はいつも勉強や習い事に追われていて、遊ぶヒマなんてありません。流行の話題や娯《ご》楽《らく》にも触《ふ》れる機会がなく、同じ年ごろの子たちからも孤立《こりつ》してしまいます。『自分はなんてつまらない女の子なんだろう』──お姫《ひめ》様は、ますます自分に自信を無くしていってしまいました」

もはや聞きなれた水嶋《みずしま》のハスキーボイスが、屋上を吹《ふ》き抜《ぬ》ける風に乗って俺の耳に流れ込んでくる。

「そんな時、お姫《ひめ》様は一人の男の子と出会います。偶然《ぐうぜん》にも共通の趣味《しゅみ》を持っていたその男の子は、お姫《ひめ》様にとっては初めての『仲間』ともいえる存在でした。つまらない自分と過ごす時間を『楽しい』と言ってくれた男の子に、やがてお姫《ひめ》様は段々と心惹《ひ》かれていきます。そしてついに、二人は晴れて恋人同士《こいびと》となったのです」

それは、いつだったか江奈《えな》ちゃんが俺に打ち明けてくれた身の上話と同じだった。

私はつまらない人間です――思い返せば、たしかに江奈《えな》ちゃんは時々そんな風なことを言っては、不安そうに俯《うつむ》くことが幾度《いくど》かあった。

その度に俺は、そんなことない、江奈《えな》ちゃんと一緒《いっしょ》にいると楽しい、と励《はげ》ましていたっけ。

「しかし――それでもやっぱり、お姫様《ひめ》はどうしても自分に自信を持ち切れずにいました。

『自分なんかが恋人《こいびと》なんて、本当は彼も嫌《いや》なんじゃないか』、『彼に好きでいてもらえるほどの魅力《みりょく》が、本当に自分なんかにあるのだろうか』。男の子と過ごす日々が楽しければ楽しいものであるほど、お姫様《ひめ》はそんな不安に押しつぶされそうになっていきました」

そこまで話したところで、水嶋《みずしま》がくるりと俺たちに向き直る。

それから慣れた様子でウィンクをしてみせながら、鼻先に自分の人差し指をあてがった。

「そんなある日のことです。お姫様《ひめ》の前に、悪戯《いたずら》好きのわる〜い魔女《まじょ》が現れて、彼女にこう囁《ささや》きました――『彼の愛が本物かどうか確かめたくはないか？』、と」

「魔女《まじょ》……ってのは、お前のことか？」

「そうそう。ああ、どっちかって言ったら『悪魔《あくま》』かな？　まぁ、どっちでもいいか」

とにかく、と言って水嶋《みずしま》は人差し指をピンと立てた。

「江奈《えな》ちゃんからそんな話を聞いた魔女《私》は、だから唆《そそのか》してみたわけだよ。一度、江奈《えな》ちゃんが颯太《そうた》を袖《そで》にして裏切るフリをした後に、今度は私が颯太《そうた》に言い寄るのはどう、ってさ。それで颯太《そうた》が私の誘惑《ゆうわく》に負けちゃったら、江奈《えな》ちゃんへの愛はその程度のものだったってこと。でも逆に、それでも颯太《そうた》が私の誘惑《ゆうわく》に屈《くつ》しなかったら、颯太《そうた》の江奈《えな》ちゃんへの愛は本物だったことが証明されるでしょ？」

「……そういうことか」

思い返せば、たしかに色々と不自然な点を感じていないわけではなかった。

もし江奈《えな》ちゃんと水嶋《みずしま》が本当に付き合っていたとしたら、江奈《えな》ちゃんがあまりにもドライすぎるのだ。

だって、恋人《こいびと》なんだから普通《ふつう》は休日や放課後に一緒《いっしょ》に過ごしたいと思うだろ？　なのに、いくら相手が多忙《たぼう》な人気モデルだからって、休日も放課後もデートできないのを良しとしておくなんておかしな話だ。

それに、大した変装をするでもなく堂々と浮気相手《おれ》と街中を歩き回る水嶋《みずしま》も、考えてみればあまりに無防備が過ぎる。

本気で江奈《えな》ちゃんにバレたくないなら、本人やその知り合いと出くわしてしまう可能性も考えて、せめてサングラスやマスクで人相を隠《かく》すくらいのことをしてもいいはずだった。

だがそんな疑問も、水嶋《みずしま》と江奈《えな》ちゃんが最初からグルだったというならすべて納得《なっとく》だ。

「そうそう、昨日江奈《えな》ちゃんが男の人と歩いていたのも、ただの演技だから。あの場でちょうど鉢合《はちあ》わせるように、二人で前日に打ち合わせしてたんだ。ちなみに、相手役にはうちの事務所の新人俳優さんに協力してもらいました～」

「なっ……あれも仕込みだったのか？」

「そうだよ。江奈《えな》ちゃんの本性《ほんしょう》が恋人《こいびと》をとっかえひっかえするような女の子かもしれない、って所を見せて、それでも颯太《そうた》が江奈《えな》ちゃんを助けようとするか……江奈《えな》ちゃんへの思いが揺《ゆ》らがないかを見たくてさ。私が一計を案じたのだよ」

ちょっとやりすぎだったかもだけどね、と続けて、水嶋《みずしま》はバツが悪そうに舌を出した。

諸々《もろもろ》の種明かしをひとしきり聞いて、俺はいま一度深い深いため息をついて肩《かた》を竦《すく》める。

「要するに……俺はずっと試《ため》されていたわけだ。彼女にフラれたらすぐに次の女の子に鼻を伸《の》ばすようなクズ男か、それとも本気で彼女のことを想《おも》っていた男か、を」

「今まで騙《だま》していて……本当にごめんなさい。フリだったとはいえ、私の身勝手な理由で颯太《そうた》くんを試《ため》すようなことをして……何も知らないままいきなりこんなことをされたら、きっと颯《そう》太《た》くんをとても傷付けることになるって、わかっていたのに……」

「江奈《えな》ちゃん……」

たしかに、江奈《えな》ちゃんに裏切られたと知った時、俺は心底落ち込んだ。ショックだったし、傷付きもした。

俺を試《ため》すためだったとはいえ、江奈《えな》ちゃんが取った手段は、世間一般《いっぱん》からすればあまり褒《ほ》められたものではないかもしれない。他にいくらでもやり方があったのかもしれない。

だけど……目の前で今にも泣きだしそうに声を震《ふる》わせて頭を下げる彼女を責めることは、少なくとも俺にはとてもできそうになかった。

「いや、いいんだ。江奈《えな》ちゃんが俺を裏切ったわけじゃないってわかっただけで、十分だよ。むしろ、俺の方こそごめん。まさか江奈《えな》ちゃんをそこまで不安にさせていたなんて……」

「そんなっ！　颯太《そうた》くんは、何も悪くないです……！」

江奈《えな》ちゃんはイヤイヤをする子供みたいに頭を振《ふ》って、必死に俺の言葉を否定した。そんな彼女の姿に、俺は思わず苦笑《くしょう》する。

ちょっと引っ込み思案《じあん》でネガティブなところもあるけど、本当は人を騙《だま》すようなことなんて人一倍苦手な、とても穏《おだ》やかで心優《やさ》しい女の子。

やっぱり、江奈《えな》ちゃんは江奈《えな》ちゃんだ。

「え〜と。どうやら誤解も解けて、無事にお互《たが》いの想《おも》いも確かめ合えたみたいだね」

コホン、という咳払《せきばら》いに顔を上げると、気付けば水嶋《みずしま》は屋上から校舎内へと入る扉《とびら》に手をかけていた。

「改めて、この試練《ゲーム》は君たち二人の勝ちだ。おめでとう。そういうわけで、敗者の悪役《ヴィラン》はクールに去るとするよ」

「えっ？　ちょ、おいっ！」

「約束通り、私はもう金輪際、颯太《そうた》に付きまとったりはしないから安心して。あとは愛し合う二人でごゆっくり、ってね」

「おいってば！　待てよ、水嶋《みずしま》！」

早々に立ち去ろうとする水嶋《みずしま》を、けれど俺は慌《あわ》てて呼び止めた。

「……嘘《うそ》、だったのか？」

俺の問いに、水嶋《みずしま》の肩《かた》がわずかに跳《は》ねた。

しかし、それでもいつもの飄々《ひょうひょう》とした態度は崩《くず》さない。

「どれのことを言ってるのかな？」

「全部だ。この一か月間のお前の言動は……全部、嘘《うそ》だったって言うのか？」

俺の再度の問いかけに、水嶋《みずしま》はくるりと背を向ける。

屋上の扉《とびら》に顔を向けたまま、しばしの沈黙《ちんもく》を保って。

「――そうだよ」

やがて、振《ふ》り返《かえ》りもせずにそう言ってのけた。

「これまで一緒《いっしょ》に楽しくデートしたのも、手を繋《つな》いだのも、抱《だ》きしめたのも……『好き』って、言ったことも――全部、演技だった」

「そんなっ⁉」

切り捨てるような水嶋《みずしま》の答えに、思わずといった口調で声をあげたのは江奈《えな》ちゃんだった。

「だって……だって、静乃《しずの》ちゃんは！」

「江奈《えな》ちゃん」

しかし、何事かを言いかけた江奈《えな》ちゃんの言葉を、水嶋《みずしま》が珍《めずら》しく強い語気で遮《さえぎ》った。

それから、やはりこちらを振《ふ》り返《かえ》ることなく、フルフルと首を横に振《ふ》る。

背を向けられていても感じる水嶋《みずしま》の無言のプレッシャーに気圧《けお》されたのか、江奈《えな》ちゃんもそれっきり口を噤《つぐ》んでしまった。

（な、なんだ？　今の意味深なやり取りは……？）

話が読めずに立《た》ち尽《つ》くしているうちに、今度こそ水嶋《みずしま》は屋上を後にしようと扉《とびら》を開けた。

「それじゃあね、江奈《えな》ちゃん。これからも彼氏《かれし》と仲良くね。ああ、そうそう。それから……この一か月、なかなか楽しかったよ。キミとの恋人《こいびと》ごっこ」

せせら笑うような口調で俺にそう言うと、水嶋《みずしま》は日の当たる明るい屋上から、薄暗《うすぐら》い校舎の中へと歩を進めて。

「じゃ、さようなら――『元』彼氏《かれし》くん」

そんな他人行儀《たにんぎょうぎ》な挨拶《あいさつ》だけを残し、扉《とびら》の向こうへと消えてしまった。

「静乃《しずの》、ちゃん……」

慌《あわ》てて後を追いかけようとして一歩踏《ふ》み出《だ》した江奈《えな》ちゃんは、けれど先ほどの突《つ》き放《はな》したような水嶋《みずしま》の態度を思い起こしたのか、それ以上は先に進めずにいた。

「そんな……そんなの、ダメだよ、静乃《しずの》ちゃん……」

「えっ、と……江奈《えな》ちゃん、どういうこと？　それに、『静乃《しずの》ちゃん』って……」

いよいよ怪訝《けげん》に思った俺は、立《た》ち尽《つ》くす江奈《えな》ちゃんにそう尋《たず》ねる。

ゆっくりと俺の方に向き直った江奈《えな》ちゃんは、何事かを俺に打ち明けようとして、しかし言葉を詰《つ》まらせて俯《うつむ》いてしまう。

そんなことを何度か繰《く》り返《かえ》して、それでも最終的には、江奈《えな》ちゃんは何かしらの覚悟《かくご》を決めたような決然とした表情で切り出した。

「私……颯太《そうた》くんに、大事な話があるんです」

改まった態度でそう言われて、俺は思わず背筋を伸《の》ばす。

「大事な、話？」

「はい。颯太《そうた》くん、さっき水嶋《みずしま》さん……静乃《しずの》ちゃんに、聞きましたよね？　この一か月のことは全部嘘《うそ》だったのか、って」

少し言葉を詰《つ》まらせながら、江奈《えな》ちゃんがそう聞いてくる。

「颯太《そうた》くんは、嘘《うそ》だと思いますか？」

「え？」

眉《まゆ》を顰《ひそ》めた俺に、江奈《えな》ちゃんは自分のスマホでチャットアプリの画面を表示させて見せる。

そこには、水嶋《みずしま》から江奈《えな》ちゃんに送られたものと思われるメッセージがずらりと並んでいた。

中には、あいつが撮影《さつえい》したらしい俺とのツーショット写真なんかも添《そ》えられている。

「これって……」

「この一か月、静乃《しずの》ちゃんは颯太《そうた》くんとどう過ごしたかを、こうしてこまめに私に教えてくれていたんです。どこへ行って、何をしたのか……きっと、静乃《しずの》ちゃんなりに私を不安にさせない為《ため》、だったんだと思います」

「それはまた……律儀《りちぎ》というかなんというか」

「はい。だから私は、この一か月の間に二人がどんな風に過ごしていたのかはおおよそ知っています。その上で、もう一度聞きます。颯太《そうた》くんは……静乃《しずの》ちゃんの言う通り、全部が演技だったと思いますか？」

聞かれて、俺は答えに困ってしまう。

最初のうちは、俺もたしかに疑っていた。

あいつのすることは全部演技なんだと。あいつの言葉は全て嘘《うそ》なんだと。

だけど、あのストーカー事件をきっかけに、それは俺の間違《まちが》いだったと気付いた。

演技でも嘘《うそ》でもない。あいつはどこまでも本気だったって。

本気で俺のことが好きで、本気で俺と恋人《こいびと》になろうとしてたんだって。

ようやくそれがわかった――はずだったのに。

「……わからない」

にわかに自信がなくなってしまい、俺はそんな弱音を口にする。

短い間だったけど、一緒《いっしょ》に過ごしていくうちに、あいつのことを少しは理解できたような気がしていた。

でも、俺にはもう、水嶋《みずしま》が本当は何を考えているのかがわからない。

「ううん。本気でしたよ、静乃《しずの》ちゃんは」

「え……？」

しかし、江奈《えな》ちゃんは俺のそんな弱音を一蹴《いっしゅう》した。

「……どうして、そう言い切れるの？」

「だって……静乃《しずの》ちゃんは、小学生の時から颯太《そうた》くんのことが好きだったんだから」

「…………え？」

今日はもう、これ以上驚《おどろ》くようなことはないと思っていたのだが。

江奈《えな》ちゃんが出《だ》し抜《ぬ》けに明かしたその事実に、俺は今日何度目ともしれない啞然《あぜん》とした表情を浮《う》かべていた。

「ど……どういう、ことなんだ？」

水嶋《みずしま》が？　小学生の時から俺のことが好き？

そんなバカな。だって、俺とあいつはつい一か月前に出会ったばかりなんだぞ？

それなのに、なんであいつが小学生の時から俺を知ってるっていうんだ？

と、というか……なんで江奈《えな》ちゃんがそんなことを知ってるんだ？

「……私、本当は高校生になってから静乃《しずの》ちゃんと知り合ったわけじゃありません。私たち、昔同じ小学校に通っていたんです。中学校は、別々になっちゃったけど……でも、静乃《しずの》ちゃんが外部進学でこの学校に来て、再会したんです。『静乃《しずの》ちゃん』っていうのも、小学生の頃《ころ》からの呼び方なんです」

「えっ……じ、じゃあ、つまり二人は『幼馴染《おさななじ》み』だった、ってこと⁉」

江奈《えな》ちゃんがコクリと頷《うなず》いてみせる。

知らなかった。まさか、江奈《えな》ちゃんと水嶋《みずしま》にそんな繋《つな》がりがあったなんて。

「いつも一人ぼっちだった私にも、唯一《ゆいいつ》気さくに接してくれたのが静乃《しずの》ちゃんでした。放課後に一緒《いっしょ》に遊んだりすることはできなかったけど、学校ではほとんどいつも一緒《いっしょ》にいました」

「……そうだったんだ」

てっきり、一か月前に同じ特進クラスになったことで仲良くなったんだとばかり思ってた。

水嶋《みずしま》だって「知り合って一か月」とか言って、全然そんな素振《そぶ》りを見せなかったのに。

「お昼休みなんかには、二人で色んな話をしました。好きな音楽の話とか、将来の夢の話とか

……初恋《はつこい》の話、とか」

「初恋《はつこい》？」

「はい。それで私、静乃《しずの》ちゃんから聞いたんです。どこの学校なのかもわからないし、名前も

ほとんど知らないけど……好きな男の子ができたんだ、って。その男の子が誰《だれ》だったのか……私は静乃《しずの》ちゃんと再会して、ようやく知ることになりましたけど」

そこで一度言葉を切り、江奈《えな》ちゃんは一瞬《いっしゅん》ちらりと屋上の扉《とびら》に視線を走らせると。

「静乃《しずの》ちゃんには『黙《だま》ってて』と言われていたんですけど……やっぱり私、このまま『勝負』を終わらせるのはフェアじゃないと思うから」

それから意を決したように打ち明けた。

「だから聞いてほしいんです、颯太《そうた》くん。――静乃《しずの》ちゃんの、初恋《はつこい》の話を」

幕間《まくあい》　水嶋《みずしま》静乃《しずの》の初恋《はつこい》

小学生の頃《ころ》のあだ名は、「水嶋《みずしま》くん」だった。

同い年の男子より背も高かったし、足も速かったし、休み時間や放課後は外を走り回っていたから、いつもズボンを履《は》いていたし。

おまけに男子たちに交じって遊ぶことも多かったから、一人称《いちにんしょう》は「僕」。我ながら、これじゃあ男の子扱《あつか》いされても無理はないなと思う。

実際、当時はまだ今みたいに女の子らしい体型でもなかったから、初めて会う人には本当に男の子だと勘違《かんちが》いされることもしょっちゅうだった。

でも、別にそれを嫌《いや》だと思ったことはない。

もちろん「かわいい」って言われるのが一番嬉《うれ》しいけど、「かっこいい」って言われるのも私は好きだったたから。

「ねーねー水嶋《みずしま》くん！　学校終わったら私たちと一緒《いっしょ》に帰らない？」

「ダメダメ！　水嶋《みずしま》くんは俺たちと公園でサッカーすんの！」

「ちょっと男子！　なんでアンタたちが勝手にそんなこと決めてるのよ！」

「へ〜んだ！　水嶋《みずしま》くんも女子たちと一緒《いっしょ》より、俺らと一緒《いっしょ》の方が楽しいよね？」

自慢《じまん》するつもりはないけれど、多分、私はいわゆる「学校の人気者」だったんだろう。放課後ともなれば他クラスも含《ふく》めてあちこちのグループからお誘《さそ》いの声が掛《か》かり、常に誰《だれ》かしらと一緒《いっしょ》に過ごしていた。

ただ、小学生というのはやたらと「男子」と「女子」を区別したがる年ごろだからか、私をどっち側に引き込むかでしばしば諍《いさか》いが起きるのには困ったものだった。

男の子たちと遊べば女の子たちが怒《おこ》るし、女の子たちと過ごせば男の子たちが拗《す》ねるしで、どうにか喧嘩《けんか》にならないように立ち回るのが大変だった。

「静乃《しずの》ちゃんは、すごいね。あんなに沢山《たくさん》のお友達がいるなんて」

だから、なんだろう。

私にとってお昼休みに江奈《えな》ちゃんと過ごす時間は、楽しくも気苦労の絶えない日々の中で、唯一《ゆいいつ》リラックスできる時間だった。

江奈《えな》ちゃんとは、小学三年生の時からずっと同じクラスだった。皆《みんな》が私の事を「水嶋《みずしま》くん」と呼ぶ一方で、江奈《えな》ちゃんだけは「静乃《しずの》ちゃん」と呼んでくれた。

皆《みんな》が私の外面を見ている中で、彼女だけはちゃんと私自身を見てくれているような気がした。江奈《えな》ちゃんの前でだけは自然体でいられたから、それが嬉《うれ》しくてよく一緒《いっしょ》に話すようになったのかもしれない。

「静乃《しずの》ちゃん、美人だし大人っぽいし、人気になるのもわかるよ。それに比べて私は、地味だし、友達も全然いないし……」

「そんなことないって。僕は江奈《えな》ちゃんのこと、可愛《かわい》いと思うな。多分このクラスの中にも何人かいると思うよ。江奈《えな》ちゃんのこと好きな男の子」

「えぇ⁉　い、いないよ、そんな人……！　そ、そういう静乃《しずの》ちゃんこそ、聞いたよ。今まで何度か、その……告白、みたいなこと、されたって」

「あ〜……」

たしかに、それまでに何度か告白、というか「好き」だと言われたことはあった。といっても、全部女の子から言われたんだけど。

「静乃《しずの》ちゃんは好きな人とか、いないの？」

「今はいないかなぁ。な〜んて、今までもいたことないんだけどさ」

正直、その時の私は「好き」とか「恋《こい》」とかをよくわかっていなかった。

人並みに少女漫画《まんが》とかも読んでいたけれど、それはあくまでもフィクションの話で、実際に自分が漫画《まんが》のヒロインみたいに誰《だれ》かに恋をしたりする姿は、いまいち想像できなかった。

「そう、なんだ……でも、もし静乃《しずの》ちゃんに好きな人ができるとしたら、きっと静乃《しずの》ちゃんに負けないくらいカッコよくて、頭も良くて、王子様みたいな人なんだろうね」

「え〜、どうだろ？　わかんないや」

我ながら、ちょっと色恋沙汰《いろこいざた》に興味がなさすぎたなとは思う。

それでもやっぱり、私が一人の女の子として誰《だれ》かを好きになることなんて、きっともっとずっと未来の話だと思っていた。

だけど、私たちが小学四年生になったある日のこと。

その後の私の人生を大きく変える、運命的な出会いがあったのだ。

※

それは、小学四年の夏休みが終わり、厳しい暑さもおさまって過ごしやすい季節になったころのこと。

私たちの学校では、毎年恒例《こうれい》の校外遠足が行われる時期を迎《むか》えていた。

場所は、市内の小高い丘《おか》の上にある森林公園。元々は競馬場だった土地を整備したという広い公園内には、大きな芝生《しばふ》の広場や池があったり、馬に関する博物館なんかもあったりした。

「は～い、皆《みな》さん！　それでは今から一時間ほど自由時間にしたいと思います。公園内であればどこに行ってもいいですが、くれぐれも危ないことはしないように。何かあれば見回りをしている先生に連絡《れんらく》してくださいね～！」

午前中に博物館の見学をして、それからお弁当を食べたあとは、いよいよ皆《みんな》がお待ちかねだった自由時間だ。

「なぁなぁ水嶋《みずしま》くん！　俺らと一緒《いっしょ》にケイドロやろうぜ！」

「はぁ？　何言ってんの、水嶋《みずしま》くんは私たちと一緒《いっしょ》に遊ぶの！」

「そんなのいつ誰《だれ》が決めたんですかぁ？　何時何分何秒地球が何回まわった時〜？」

「うわ、ウザ……ほんと男子って子供だよね！」

　案の定、みんな私と一緒《いっしょ》に自由時間を過ごしたがって言い争いになってしまったけど、最終的にはそれぞれのリーダー格の男女数人と一緒《いっしょ》に行動することに落ち着いた。

　本当は江奈《えな》ちゃんと二人でお散歩でもできれば一番気が楽だった。けど残念ながらその日、江《え》奈《な》ちゃんは風邪《かぜ》を引いてお休みだったので仕方ない。

「よ〜し、それじゃ俺からいくぞ〜！」

　そんなわけで、男子と女子両方のやりたいことを踏《ふ》まえた上で、私たちは折衷《せっちゅう》案としてボール遊びをすることになった。

　ルールは簡単で、皆《みな》で円を作るようにして立ち、ボールを地面に落とさないように手や足で打ち上げ続けるというものだ。

　ボールが地面に落ちてしまったら直前に触《さわ》っていた人が失格となり、円から抜《ぬ》ける。それを最後の一人になるまで続けるのだ。

「えいっ」

「ほっ！」

「よいしょ！」

みんな最初は順調にボールを打ち上げていたのだが、やがて疲《つか》れてきてしまって、一人、また一人と脱落《だつらく》していく。

そして、最後に残ったのは男子のうちの一人と私の二人だった。

「よっしゃ。水嶋《みずしま》くんと一騎《いっき》打《う》ちだぜ」

「ふふ、負けないよ」

「じゃあいくぞ！　おりゃ……あ、やべっ」

「ちょっと！　どこ投げてんのよ！」

しかし、相手の男子が力加減を誤って思いっきり打ち上げてしまったボールは、そのままあさっての方向に飛んでいき。

「……うおっ⁉」

不運にも、近くのベンチに座っていたおじさんの頭に当たってしまった。

「──おいっ！　何しやがんだ、このクソガキどもがァ‼」

シワだらけのスーツを着崩《くず》してベンチに座っていたそのおじさんは、缶《かん》ビールを飲みながら私たちに怒鳴《どな》り散《ち》らした。

よく見れば、ベンチの下には空いたビールの缶《かん》がいくつも転がっていた。

「ヒック……おい！　このボール投げたのはどいつだ、あぁ？　誰《だれ》が投げたんだよぉ⁉」

ボールを引《ひ》っ摑《つか》んでベンチから立ち上がったおじさんは、焦点《しょうてん》のぶれた目で私たちを睨《にら》みつけ、フラフラとおぼつかない足取りで近づいてきた。

おじさんは相当酔《よ》っぱらっていたみたいで、酒臭《さけくさ》い匂《にお》いがツンと鼻についた。

「ひっ⁉」

「だ、誰《だれ》って……」

おじさんの剣幕《けんまく》にみんな震《ふる》えあがってしまい、まともに声すらも出せない状態。

ボールを打ち上げてしまった張本人の男子にいたっては、顔面蒼白《そうはく》といった様子で立《た》ち尽《つ》くしてしまっていた。

「誰《だれ》が投げたんだ、って聞いてんだよぉぉ‼」

バーン！

しびれを切らしたらしいおじさんが、持っていたボールを思いっきり地面に叩《たた》きつけた。派手にバウンドしたボールは宙を舞《ま》い、そのまま転がっていってしまう。

いよいよ恐怖《きょうふ》もピークに達した皆《みんな》の視線は、自然とボールを打ち上げた男子に集まっていた。

「んんン？　……お前かぁ？　クソガキこら、お前が投げたんか？　あぁ⁉」

おじさんに凄《すご》まれた男子は、もう目に涙《なみだ》さえ浮《う》かべてしまっていた。

このままでは彼がおじさんにどんなに手酷《てひど》くどやされるかわからない。

そう思った私は、気付けばその男子を庇《かば》うようにして一歩前へ出ていた。

「……僕です。僕がボールを投げちゃったんです。ごめんなさい」

ボールを投げた男子含《ふく》め、グループの皆《みんな》が驚《おどろ》いた顔で私を見る。

そんな皆《みんな》を尻目《しりめ》に、私は真正面からおじさんと対峙《たいじ》した。

「遊んでいるうちに、間違《まちが》ってボールを高く飛ばしちゃったんです。おじさんに当てちゃったことは謝ります。でも、わざとじゃないんです」

いくら酔《よ》っぱらっているとはいえ、相手は大の大人だ。

こっちが誠実な態度を見せてきちんと謝罪すれば、多少怒鳴《どな》られはするかもしれないけど、それでこの場は収まるだろう。

幼かった私はそんな風に考えていた……のだが。

「そうか……お前が投げたんかぁ!!」

それからすぐに、世の中はそう単純にはできていないことを思い知った。

「うぐっ!?」

こちらの弁明にはまるで耳を貸さず、おじさんは出《だ》し抜《ぬ》けに私の胸倉《むなぐら》を摑《つか》んで持ち上げた。

背が高いといっても、それはあくまでも小学生にしては、の話。

当然、私は地面から足を浮《う》かせ、宙ぶらりんの状態になってしまう。

「『ごめん』で済んだらなぁ！　クソ高い税金払《はら》ってまで警察を働かせてる意味がねぇだろ！」

「うっ……」

「くそっ！　くそおっ！　どいつもこいつも俺を馬鹿にしやがって！　俺だってなぁ、好きで平日の真昼間にこんな公園で時間潰《つぶ》してるわけじゃねぇんだよぅ！」

わけのわからない愚痴《ぐち》をまき散らし、おじさんは持ち上げた私をブンブンと前後に揺《ゆ》らす。

「ご、ごめんな、さ……」

「だ～か～ら～ぁ！　ごめんで済んだら警察要《い》らねぇっつってんだろぉ！　ガキだからってなぁ、何したって許されると思ったら大間違《まちが》いなんだよっ！」

必死に謝ろうとしても、おじさんはますます激昂《げきこう》するばかりだ。

私はこの時ほど、「話の通じない相手」というのがどれほど恐《おそ》ろしいのかを思い知ったことはなかった。

まるで理性のない野生の猛獣《もうじゅう》を相手にしているようで、さすがに恐怖《きょうふ》を感じずにはいられなかった。

「う、うわぁぁぁぁ!?」

「きゃぁぁぁぁ!?」

ついに我慢《がまん》の限界だったらしい。

血走った目で当たり散らすおじさんに恐《おそ》れをなして、その場にいた私以外のクラスメイトたちは皆《みんな》さっさと逃《に》げ出《だ》してしまった。

「あっ……」

当然、取り残された私はおじさんの怒《いか》りをたった一人で受け止めなくてはいけなくなり。

「俺を……俺をバカにすんじゃやねぇぇぇぇ！」

次には大きく拳《こぶし》を振《ふ》り上《あ》げたおじさんを、私は恐怖《きょうふ》で悲鳴もあげられないまま、ただただ見ていることしかできなかった。

「――ちょっと待ったぁ！」

私が殴《なぐ》り飛《と》ばされる寸前、しかし、急にどこからか誰《だれ》かのそんな声がこだまして。

「食らえ必殺！《アデリードロップ》!!」

「ぐへぇ!?」

次の瞬間《しゅんかん》、派手に地面に吹《ふ》っ飛《と》ばされてうめき声をあげたのは、おじさんの方だった。

胸倉《むなぐら》を掴《つか》んでいたおじさんの腕《うで》から解放され、私は地面に尻《しり》もちをつく。

「いっ……つつ」

「おい、早く立て！」

座り込む私にそう言って手を差《さ》し伸《の》べてくれたのは、たった今おじさんをドロップキックで吹《ふ》っ飛《と》ばした、見知らぬ男の子だった。

「逃《に》げるぞ！」

「え、あ……う、うんっ」

訳もわからないまま、それでも私は男の子の手を取って立ち上がり、そのまま彼と一緒《いっしょ》に一目散にその場を後にした。

※

そうしてしばらく走り続け、私たちはやがて人気《ひとけ》の少ない静かな雑木林までやって来た。

「……ふぅ。ここまでくればあのオッサンも追いかけてこないだろ」

「はぁ、はぁ……あ、ありがとう。助けてくれて……」

私が息も絶え絶えにお礼を言うと、男の子はこちらを振《ふ》り向《む》いてニッ、と白い歯を見せた。

「気にするな。ヒーローとして当然のことをしたまでだからな！」

朗《ほが》らかな笑顔《えがお》でそう言って、サムズアップでカッコつける男の子。

少しクセのある黒髪《くろかみ》にやや三白眼気味の目つきが印象的だった。

「……ヒーロー？」

「おう！　ちなみにさっきのはあれな、『南極超人《ちょうじん》ペンギンナイト』のキック系の必殺技《わざ》な！」

「ペンギン……なに、それ？」

「なにって、ペンギンナイトだよ。お前知らないの？　テレビで毎週やってるじゃん。いま俺が一番推《お》してるヒーローだ！　このあいだヒーローショーも見に行ったしな！」

　ぽかんとする私を置いてけぼりにして、男の子は立て板に水のごとく「ペンギンナイト」とやらについてアツく語り始めた。

　ついさっき私の窮《きゅう》地《ち》を颯《さっ》爽《そう》と救ってくれた男の子の、打って変わって無邪気《むじゃき》な様子を目にして、思わずクスリと笑ってしまう。

「あ！　お前、いま俺のこと『子供っぽい』とか思っただろ！」

「ごめん、ごめん。そんなこと思ってないよ。でも、ペンギンでヒーローって面白《おもしろ》いね。あんまり強くなさそうな名前だけど」

「へへん、これだからシロウトは困るよ。知ってるか？　ペンギンのパンチはな、人間の骨を折るくらいのパワーがあるんだぜ？　そしてペンギンナイトの《エンペラーパンチ》の威力《いりょく》はその百倍だ！　弱いわけないっつーの！」

　シュッ、シュッ、と虚空《こくう》に拳《こぶし》を突《つ》き出《だ》してステップを踏《ふ》んでいた男の子は、それからガサガサと雑木林をかき分けて歩き出す。

「さてと、そんじゃ芝生《しばふ》広場まで一緒《いっしょ》に行くか。またあのオッサンが来るかも知れないからな。俺がお前をゴエイしてやるぜ」

「う、うん……あれ？」

　私もその後に続こうとして、けれどペタンと地面に座り込んでしまった。

「おい？　どうした、ケガしてんのか？」

「い、いや……なんか、安心したら、腰《こし》、ぬけちゃったみたいで……」

立ち上がろうとしても、うまく力が入らない。

一向に言うことを聞いてくれない自分の体に、思わず乾《かわ》いた笑いがこみ上げた。

「は、はは……ごめん。ちょっと休めば、歩けると思うから」

「そうか。んじゃあ、それまで俺も待っててやるよ」

「ありがとう。正直ひとりだと心細かったから、たすか……っ⁉」

そこまで言いかけて、私はブルブルと身震《みぶる》いする。

外で過ごしやすいとはいえ、さすがに肌寒《はだざむ》くなってきている季節。冷たい土の地面に座り込んでしまったことも災《わざわ》いしてか、急激にトイレに行きたくなってしまったのだ。

「あ、あの……」

「うん？　どうした？　もう歩けるか？」

「いや、そうじゃなくて……僕、トイレ行きたくなっちゃって……」

「トイレ？　トイレならすぐそこの道を行けば……って、そうか。お前いま立てないんだっけ」

「う、うん」

必死に尿意《にょうい》を我慢《がまん》しながらコクコクと頷《うなず》くと、男の子は「しょうがねーな」と言って私のそばにしゃがみこんだ。

「ほら、肩《かた》貸してやるから」

「え？」

「いいから摑《つか》まれって。漏《も》らしても知らないぞ」

促《うなが》されて、私はおずおずと男の子の肩《かた》に手を回した。

私が体を預けたのを確認《かくにん》して、男の子も私の肩《かた》に手を回して立ち上がる。

「うおっ、お前なかなか背高いな。まあいいや、それじゃトイレまでレッツゴー！」

「ありがとう。……ごめんね、僕、助けてもらってばっかりで……」

肩《かた》を貸してもらってなんとか歩みを進めながら、私は申し訳ない気持ちでいっぱいだった。

どちらかと言えば、今まで誰《だれ》かの世話を焼いたり助けたりするのは私の方だった。

喧嘩《けんか》している子たちがいたら仲裁《ちゆうさい》に入ったり、泣いている子がいれば話を聞いて慰《なぐさ》めたり。

なまじ大人っぽい雰囲気《ふんいき》だったからか、悩《なや》み事を相談されることも多かった。

だから、こんな風に誰《だれ》かに、しかも同年代の男の子に世話を焼いてもらうなんて初めてのことで、なんだか新鮮《しんせん》だった。

「しっかし、お前も変わってるよなぁ」

トイレまでの道すがら、不意に男の子がそんなことを言ってきた。

キミだってかなり変わってると思うけど、という言葉はぐっと飲み込んで、私は聞き返す。

「変わってるって、どういうところが？」

「だってお前、女子なのに自分のこと『僕』とか言ってるしさ」

「えっ……？」

正直、びっくりした。

私はその時まで自分のことを女子だと言ったことはなかったし、服装だってシャツにズボンという中性的なものだ。

当時は今みたいに体の凹凸《おうとつ》が目立つわけでもなかったし、髪型《かみがた》もショートヘアー。だから、初めて会う人には大抵《たいてい》男の子だと思われていた。

なのに、彼は少しも迷う素振《そぶ》りを見せずに、私を女の子だと見抜《みぬ》いたのだ。

「なんで……僕が女の子だってわかったの？」

不思議に思った私がそう聞いてみると、帰ってきた答えはごくシンプルなものだった。

「はぁ？　そんなの見りゃわかるじゃん」

さも当たり前のことみたいに、男の子はあっけらかんとそう言った。

「……………ふふ、ふふふっ」

「な、なんだよ。俺なんか変なこと言ったか？」

「ううん。変じゃや、ないよ」

「かっこいい」って言われるのは嫌《きら》いじゃない。

男の子みたいに扱《あつか》われるのも不快に思ったことはない。

だけど、やっぱり心のどこかでは望んでいたのかもしれない。ごく自然に、女の子として扱《あつか》ってもらえることを。

一目見ただけで自分のそんな「本音」を見抜《みぬ》いてくれたような気がして、だから、それがなんだかとても嬉《うれ》しかったのだ。

「さて、と。着いたぞ。さすがに中には一人で行ってくれな？」

「うん、ありがとう」

そうこうしている内に、木々に囲まれるようにして建つ芝生《しばふ》広場近くの公衆トイレまでたどり着いた。

その頃《ころ》には体も動くようになっていて、私は落ち葉を踏《ふ》みしめながらトイレへと向かう。

「あの……僕が入ってる間なんだけど……」

それでも、やっぱりまだ一人になるのは心細くて、私は恐《おそ》る恐《おそ》る男の子のほうを振《ふ》り返《かえ》る。

一瞬《いっしゅん》きょとんとした顔を見せた男の子は、けれどすぐに私の言わんとしていることを察したのか鷹揚《おうよう》に頷《うなず》いて見せた。

「わかった、わかった。お前が出てくるまでここで待っててやるから」

「う、うん。待っててね？　……勝手にどこか行かないでね？　絶対だよ？」

「行かないっての。ほら、早く行ってこい」

男の子に念を押して、私は女子トイレへと入る。

トイレは仕切りによって外からは見えないようになっているけど、壁《かべ》と屋根の間に隙間《すきま》があるので、声や音は丸聞こえだ。

「ねぇ、そこにいる？」

「おう。いるぞ」

「……ねぇ、待っててくれてる？」

「待ってる、待ってる」

「………ねぇ、まだいてくれてるよね？」

「だからいるっつーの！」

なんてやり取りを何回か繰《く》り返《かえ》しながら、無事に用を足した私は公衆トイレの外へ出た。

男の子はトイレ近くの木に腕《うで》を組んで寄りかかり、少し呆《あき》れた顔を浮《う》かべていた。

「お前なー、何回『そこにいる？』って聞くんだよ？」

「ごめん、ごめん。……でも、待っててくれてありがとう」

「まぁいいけどなー」

そう言って、男の子はすぐ目の前の芝生《しばふ》広場を指差した。

「ここまで来れば、あとはもう一人でも大丈夫《だいじょうぶ》だろ？　大人もいっぱいいるしな。俺もそろそろ戻《もど》らないといけないから、ここでバイバイだな」

「えっ？　う、うん……」

そう頷《うなず》いたものの、これでお別れだと思うと、なんだか妙《みょう》に寂《さび》しさを覚える自分がいた。

怪我《けが》なんかしていないはずなのに、不思議と胸の辺りが痛む。

もう少しだけ、彼と一緒《いっしょ》にいたい――。

もっと彼のことを知りたい――。

そんな気持ちを抱《いだ》いたのは、生まれて初めてのことで。

「じゃーな！　もう変なオッサンに絡《から》まれたりするなよ！」

「あっ……ま、待って！」

だから、走り去ろうとした彼の背中に向かって、気付けば声をかけていた。

「今日は本当にありがとう！　それで、その……また、今日みたいに――」

「お～い、颯太《そうた》～！　どこにいるの～？」

と、私の言葉を遮《さえぎ》るようにして、誰《だれ》かが誰《だれ》かを呼ぶ声が聞こえてきた。

「やべ、樋口《ひぐち》が呼んでる！　さすがにもう戻《もど》らないと先生に怒《おこ》られるな」

「ね、ねぇ！」

「うん？　なんだよ、俺もう行かないとなんだけど」

足踏《あしぶ》みをしながら振《ふ》り返《かえ》る男の子に、私は咄嗟《とっさ》に問いかけた。

「また、どこかで会えるかなっ？」

精一杯《せいいっぱい》の勇気を出した私の言葉に、男の子は一瞬《いっしゅん》驚《おどろ》いた表情を浮《う》かべると。

「――フッ」

それから不敵に笑ったかと思えば、ポケットの中から取り出した何かを私に向かって放り投げた。

「わわっ、と。これって……笛？」

手に取ったそれを見てみると、小さなホイッスルだった。側面には、水色を基調としたコスチュームとペンギンっぽいマスクに身を包んだキャラクターのイラストが描《えが》かれている。

「そいつは『Pホイッスル』だ。また今日みたいに困ったことがあれば、それを空に向かって思いっきり吹《ふ》け！　そいつの音が届く範囲《はんい》に俺がいたら、駆《か》けつけてやる！　そうしたらまた会えるだろ？」

ニッと白い歯を見せて、太陽みたいに眩《まぶ》しい笑顔《えがお》を浮《う》かべた彼は。

「では、さらばだ少女よ！　縁《えん》があったらまた会おう！」

最後の最後までヒーロー気取りのセリフを口にして、今度こそ振《ふ》り返《かえ》ることなく走っていってしまった。

後に残された私は、不思議な胸の痛みがどんどん増していくのを感じながら。

「……ソータくん、か」

彼の背中が見えなくなるまで、手のひらの中のホイッスルをギュッと握《にぎ》りしめていた。

※

「……つまり、好きな人ができた、ってこと？」

「うん……多分、そう」

遠足から一週間ほどが経《た》ったある日のお昼休み。

私はあの日起きた出来事と、自分が抱《いだ》いた初めての「感情」についてを、かいつまんで江奈《えな》ちゃんに打ち明けた。

「それって、どこの学校の子だったの？」

「わからない。でも、その子は僕が困っていたところを助けてくれたんだ。『ヒーローとして当然のことをしたまでだ』なんて言ってさ」

「ヒーロー？」

「……そうだね。僕にとっては、間違《まちが》いなくヒーローだった」

実際にその現場を見ていない江奈《えな》ちゃんには、あまり想像がつかないようだったけれど。

それでも江奈《えな》ちゃんは「よかったね」と言ってくれた。

「静乃《しずの》ちゃんに好きな人ができたのは、なんだか嬉《うれ》しいな。私、応援《おうえん》するよ。静乃《しずの》ちゃんがいつかまたその男の子と会えますようにって、お祈《いの》りしておくね」

「ありがと。なら僕も、早く江奈《えな》ちゃんにも好きな人ができますように、ってお祈《いの》りしとくね」

「え、えぇ？　わわ、私はいいよ〜！」

にわかに顔を赤らめてブンブンと首を振《ふ》る江奈《えな》ちゃん。

微笑《ほほえ》ましい親友の姿に私もクスクスと笑って肩《かた》を揺《ゆ》らした。

恋《こい》をすると人は変わる、なんてよく言うけれど。

ともかくそれからの私はと言えば、まさにその良《い》い例だったと思う。

「なぁなぁ水嶋《みずしま》くん！　放課後にみんなで市民体育館行くんだけど、水嶋《みずしま》くんも来るよな？」

「あ〜……ごめんね。私、今日は用事があるから。また今度ね」

「えっ!?　お、おう……そう、なんだ？」

好きな人ができたことで、曖昧《あいまい》にしていた自分の中の「女の子らしさ」みたいなものを、子供なりに磨《みが》こうとしたんだと思う。

だから私は、まず自分のことを「僕」ではなく「私」と呼んでみることから始めてみた。

もちろん、最初はなんだか照《て》れ臭《くさ》かったし、クラスメイトの皆《みんな》も驚《おどろ》いたような態度だった。

それでも思いのほかすんなりと定着し、数日も経《た》てばまたいつも通りの日常に戻《もど》っていた。

まぁ、考えてみれば女の子の私が自分のことを「私」と言っても何も不自然なことはないし、当然といえば当然だったかもしれない。

さすがに学校にまで着ていく勇気はなかったけど、休みの日には目いっぱい女の子らしい服を着て出かけてみたり、他にも料理やお菓子《かし》作りの初歩的な練習をしてみたりもした。

そうして、ささやかながらも女子力向上に精を出す日々が過ぎていき。

「ごめんなさい、静乃《しずの》ちゃん。本当は、中学校でも一緒《いっしょ》だったらよかったんだけど……」

「そんな顔しないでよ、江奈《えな》ちゃん。もう二度と会えなくなるわけでもないんだし」

気付けば私たちは、あっという間に小学校を卒業する時期を迎《むか》えていた。

「そうだけど……じゃあせめて、私の一番のお気に入りの『ペロペロさん』、あげる。そうすれば、静乃《しずの》ちゃんも私のこと、覚えていてくれるだろうし」

「これ、江奈《えな》ちゃんが集めてるストラップでしょ？　大事にしてたのにいいの？　私、一度貰《もら》ったものはよっぽどじゃないと返さないよ？」

「あぅ……や、やっぱりこれじゃなくて、別のものを……」

「いいって。違《ちが》う学校って言っても、同じ市内なんだからさ。会おうと思えばいつでも会えるし、スマホで連絡《れんらく》も取れるし、江奈《えな》ちゃんのこと忘れる暇《ひま》なんてないよ。だから、ね？」

両親の言いつけで人一倍勉強して中学受験に臨《のぞ》んでいたという江奈《えな》ちゃんは、結局は第一志望だった聖エルサ女学院ではなく、市内の別の私立に行くことになったらしかった。

「……うん、そうだね。中学生になっても、高校生になっても、また仲良くしてくれる？」

「もちろん。親友だもんね」

一方の私は、これまた親の言いつけで聖エルサ女学院へと進学することになっていた。

『静乃《しずの》、あなたにはこれからうちの事務所所属のモデルとして働いてもらうつもりです。今のうちから業界や現場の雰囲気《ふんいき》に慣れておきなさい。いいわね？』

加えて、当時設立したばかりの芸能事務所でさっそく敏腕《びんわん》社長として腕《うで》を鳴らしていたお母さんの意向で、私は進学と共にモデルの卵として活動することも決まっていた。

半ば無理やり決められていたから、たしかに驚《おどろ》いた部分もある。けれど、これもちょうどいい機会だと思うことにした。

いつかまたあの勇敢《ゆうかん》なヒーローと再会した時、彼が振《ふ》り向《む》いてくれるような素敵《すてき》な女の子になっていたい。モデルとしての活動を続けていけば、その願いに大きく近づけると思った。

それに、私が有名になれば、彼もすぐに私のことを見つけてくれると思ったから。

そして彼ともう一度会うことができた、その時には。

その時こそ彼に、私のこの想《おも》いを――。

(待っててね、ソータくん)

いざモデルとしての活動を始めてみたら、今の「Ｓｉｚｕ」へと繋《つな》がるボーイッシュなスタイルがウケてしまったのは、ちょっと誤算だったけれど。

それでも、いつか彼の隣《となり》に立つことができるヒロインになるために、私はこれからの青春を捧《ささ》げようと決めたのだ。

──なのに。

【静乃《しずの》ちゃん。私ね、恋人《こいびと》ができたんです】

これを運命のイタズラと言わずしてなんと言うのだろうか。

学業にモデル活動にと忙《いそが》しい中学時代もいよいよ終わりを迎《むか》えようとしていた、中学三年生のある冬の日。

江奈《えな》ちゃんから届いたそんなメッセージに添《そ》えられていた一枚の写真に、私は目の前が真っ暗になってしまった。

【同じ学校の佐久原颯太《さくはらそうた》くん。今度、静乃《しずの》ちゃんにも紹介《しょうかい》しますね】

送られてきたのは、江奈《えな》ちゃんと「恋人《こいびと》」とのツーショットだった。

すっかり体つきも大人になって、なんだか昔のような太陽みたいに明るいオーラはなくなってしまっていたけれど。

少しクセのある黒髪《くろかみ》に、ちょっと怖《こわ》いけどどことなく愛嬌《あいきょう》を感じられる三白眼気味の目つきは、あの頃《ころ》とちっとも変わっていない。

「…………ソータくん？」

間違《まちが》いない。

江奈《えな》ちゃんの隣《となり》で幸せそうな顔をして笑っていたその男の子は、私が再び会う日を夢にまで見ていた、私のヒーローだった。

（なんで……なんで、なんで、なんで、なんでなんでなんでなんで？）

「……なんでよ」

どうして、よりにもよって江奈《えな》ちゃんが選んだのが彼なのか。

江奈《えな》ちゃんは、彼が私の「好きな男の子」であることは知らない。

だから、とても受け入れがたいことだけれど、二人は私のまったく知らない場所で出会い、私とはまるで関係ない経緯《けいい》で、偶然《ぐうぜん》にも恋人《こいびと》同士になったのだ。

「……こんなの、あんまりだよ」

頭がどうにかなりそうだった。

彼は何も悪くない。そして、江奈《えな》ちゃんも何も悪くない。

それなのに、私は初恋《はつこい》の男の子と親友にいっぺんに裏切られたような気がして、ただただ愕《がく》然《ぜん》とするしかなかった。

「……ダメ」

だけど、それで彼を諦《あきら》めることができるほど、親友のために涙《なみだ》を呑《の》んで身を引くほど。

私は、潔《いさぎよ》い人間ではなかったらしい。

「ソータくんは……私のヒーローなんだから」

自分がこれほど執着心《しゅうちゃくしん》の強い女の子だったことに自分でも驚《おどろ》きながら、気付いた時には私は女学院の制服を脱《ぬ》ぎ捨《す》てていた。

もう遅《おそ》いかもしれないけれど。もう自分にはどうしようもできないかもしれないけれど。

それでも、とにかく少しでも彼の近くに行かなければと思った。

だから。

「お母さん。私――女学院の高等部に行くの、やめる」

今までなんだかんだ親の言いなりに生きてきた私にとって。

きっとそれが、人生で初めてのワガママだった。

第七章　どいつもこいつも嘘《うそ》つきだ

五月も終わりに差《さ》し掛《か》かり、いよいよ外の空気も蒸《む》し暑《あつ》くなってきた。

本来であればこんな日はさっさと家に帰り、エアコンの除湿《じょしつ》機能の恩恵《おんけい》を盛大《せいだい》に受けつつ映画鑑賞《かんしょう》などと洒落《しゃれ》込みたいところなのだが。

「はぁ、はぁ……っ！　だから……俺は典型的なインドア派だって言ってるだろうにっ！」

そんな理想とは裏腹に俺は今、額にじわりと汗《あせ》を滲《にじ》ませながら、ひたすら昼下がりの市内を走り回っていた。

「ぜぇ……はぁ……あの女狐《めぎつね》め……！」

何が「恋人《こいびと》ごっこ」だ。

何が「全部演技だった」だ。

最後の最後の最後まで、クールでキザなイケメン美少女を気取りやがって。

こんな後味の悪い「勝利」で俺が喜ぶとでも思ったら、とんだ大間違《まちが》いだぞ。

「くそ――どこにいるんだ、水嶋《みずしま》っ！」

※

——時は数十分前に遡《さかのぼ》り。

「まさか……あの時の、あいつが⁉」

江奈《えな》ちゃんの口から語られた、水嶋《みずしま》の「初恋《はつこい》」の話。

その一部始終を聞いた俺の脳裏《のうり》には、今まで記憶《きおく》の引き出しにしまわれていた小学生時代の思い出がにわかに蘇《よみがえ》っていた。

そうだ。たしかに俺は小四の時の遠足で、あの森林公園に行っている。

あの時は樋口《ひぐち》と二人で公園内を探検していて、でも途中《とちゅう》から樋口《ひぐち》が年上のお姉さんたちに囲まれてしまって、蚊帳《かや》の外に追い出されて退屈《たいくつ》だった俺は一人で遊びまわっていたんだ。

そうしたら雑木林の向こうで誰《だれ》かが怒鳴《どな》る声が聞こえてきて、木陰《こかげ》から覗《のぞ》いてみればびっくりだ。俺と同い年くらいの女の子が、酔《よ》っ払《ぱら》いのオッサンに胸倉《むなぐら》を掴《つか》まれていたんだから。

それで俺は、とにかくその子を助けなきゃという一心で、考えるよりも先にオッサンにドロップキックをかましていた。

正直、今となってはあの女の子の顔も声もほとんど思い出せないけど。

そのエピソードを知っているのは、俺とあの女の子だけのはずだ。

「じゃあ、あいつは……本当に、小学生の時から？」

江奈《えな》ちゃんは黙《だま》って頷《うなず》いて、それからぽつりぽつりと述懐《じゅっかい》する。

「……全部、静乃《しずの》ちゃんが教えてくれたんです。この学校で再会した時に」

同じ特進クラスに入ることになって、二人はまた小学生の頃《ころ》のような日々が送れることを喜んでいたという。

離《はな》れ離《ばな》れになってからのこと、これからの高校生活のこと、色々な話をしたそうだ。

そしてある日、江奈《えな》ちゃんは自分の悩《なや》みを水嶋《みずしま》に打ち明けたのだという。

付き合っている彼氏《かれし》が、本当は自分なんかに嫌気《いやけ》がさしているのではないかと。

彼に好きでいてもらえるほどの魅力《みりょく》が、果たして自分にはあるのだろうかと。

「私がそう言ったら、静乃《しずの》ちゃん、なんだかちょっと雰囲気《ふんいき》が変わって……それから、それまで隠《かく》していた全部を私に打ち明けてくれました」

小学生の頃《ころ》に話していた「好きな男の子」が俺であったこと。

遠足で酔《よ》っ払《ぱら》いのおじさんから助けてくれたことがきっかけだったこと。

もう一度俺に会った時に想《おも》いを伝えるために、今まで必死に頑張《がんば》ってきたこと。

けれど――その「好きな男の子」が、自分の親友と恋人同士《こいびと》になってしまっていたこと。

自分の中の複雑な心境を、水嶋《みずしま》は包《つつ》み隠《かく》さず江奈《えな》ちゃんに話したそうだ。

『だからさ、江奈《えな》ちゃん――私と勝負しようよ』

全てを打ち明けた後、水嶋《みずしま》は江奈《えな》ちゃんにそう提案してきたという。

俺が江奈《えな》ちゃんのことを本当に好きなのかどうかを確かめるために、二人でひと芝居《しばい》をうつ。

その後、水嶋《みずしま》が一か月間「恋人役《こいびと》」として俺にアピールをしかけ、それに俺が屈《くっ》してしまうかどうかを試《ため》す。

俺が水嶋《みずしま》の告白を突《つ》っぱねたら、江奈《えな》ちゃんの勝ち。俺の江奈《えな》ちゃんへの愛が本物だったと証明され、その時は水嶋《みずしま》も大人しく身を引くことを約束したという。

でも、もし俺が水嶋《みずしま》の告白を受け入れたら、水嶋《みずしま》の勝ち。俺の江奈《えな》ちゃんへの愛がその程度のものだったと証明されてしまい、大人しく身を引くのは江奈《えな》ちゃんの方だったそうだ。

『彼のこと、信じたいんでしょ？　ならこの勝負、受けてくれるよね。江奈《えな》ちゃん？』

やっと巡《めぐ》り合《あ》えた「仲間」であり、恋人《こいびと》である俺を信じたいという強い願い。

一方で、意図せず親友から初恋《はつこい》の人を奪《うば》ってしまったという事実への罪悪感。

自分の中に渦巻《うずま》いていた様々な感情に背中を押されて、だから、江奈《えな》ちゃんはその「悪魔《あくま》のささやき」に耳を傾《かたむ》けたのだという。

つまり、この一か月間の「勝負」は、俺と水嶋《みずしま》の勝負であると同時に、江奈《えな》ちゃんと水嶋《みずしま》の勝負でもあったのだ。

「結果、颯太《そうた》くんは私を選んでくれた。それは、嬉《うれ》しい。すごく嬉《うれ》しいです。でも……やっぱりダメです、こんなの。こんな決着では、私……静乃《しずの》ちゃんに勝ったなんて、言えない」

「江奈《えな》ちゃん……」

とうとう、江奈《えな》ちゃんの目からポロポロと涙《なみだ》が零《こぼ》れ落《お》ちる。

「本当は、ポッと出は私の方なのに……静乃《しずの》ちゃん、小学生の時のこととか、全然颯太《そうた》くんに打ち明けようとしなかったんです。私が『そんなの公平じゃありません』って言っても、『ちょうどいいハンデだよ』なんてカッコつけて」

胸元《むなもと》でギュッと両手を握《にぎ》りしめて声を震《ふる》わせる彼女にどんな言葉をかけていいのかわからず、俺はただただ立《た》ち尽《つ》くすしかなかった。

「私……颯太《そうた》くんのことが好きです。自分に自信がない私ですが、世界中の誰《だれ》よりも颯太《そうた》くんが好きなことだけは自信があります。だけど……子供のころから募《つの》らせていた想《おも》いをひた隠《かく》しにして、あえて颯太《そうた》くんに嫌《きら》われるような恋敵《こいがたき》からスタートして。そんな不利な状態でも一《いっ》生懸命《しょうけんめい》に振《ふ》り向《む》いてもらおうと頑張《がんば》って……あまつさえ、自分の身が危ないのに迷わず颯太《そうた》くんを庇《かば》おうとした。そんな静乃《しずの》ちゃんを見ていたら……私、わかっちゃったんです」

制服の袖《そで》で拭《ぬぐ》っても拭《ぬぐ》っても零《こぼ》れる涙《なみだ》で頬《ほお》を濡《ぬ》らし、江奈《えな》ちゃんは俺を見上げて微笑《ほほえ》んだ。

こんなに悲しそうに笑う江奈《えな》ちゃんを見るのは初めてで、俺はグッと胸が詰《つ》まりそうになる。

「ああ、無理なんだな、って。勝てないんだな、って。世界中の誰《だれ》よりも颯太《そうた》くんのことが好きな女の子は、私じゃなくて静乃《しずの》ちゃんだったんだなって……私、それがどうしようもなくわかっちゃったんです」

涙交《なみだま》じりの声で、それでも必死に笑顔《えがお》を保ちながら、江奈《えな》ちゃんはそう言った。

「静乃《しずの》ちゃんは……悪役なんかじゃありません。全部自分が仕組んだことで、自分こそが黒幕だったって、そんな風に振《ふ》る舞《ま》っているけれど……本当の悪者は、私です」

「そ、そんなこと」

ない、と言いかけた俺の言葉に被《かぶ》せるように、江奈《えな》ちゃんは続ける。

「私がもっと颯太《そうた》くんのことを信じられていたら、そもそもこんな勝負、受ける必要はなかったはずなんです。だけど……弱い私は、信じきれなかった。疑ってしまった。だから、静乃《しずの》ちゃんの誘《さそ》いに乗ってしまった。颯太《そうた》くんはずっと、私のことを思ってくれていたのに……私、最低ですよね」

「な、なに言ってるんだよ？　それを言うなら、江奈《えな》ちゃんに信じてもらえるようなことをしてこなかった俺にだって責任が……」

「いいんです、もう。今回のことで、嫌《いや》というほど思い知ったんです。陰湿《いんしつ》で、自分勝手で、大好きなはずの人からの愛情にすら猜疑《さいぎ》の目を向けてしまう臆病者《おくびようもの》……こんなどうしようもない私には——もう、颯太《そうた》くんに好きでいてもらう資格なんか、無いんだって」

取り繕《つくろ》うように微笑《ほほえ》む江奈《えな》ちゃんの目からは、もはや壊《こわ》れた蛇口《じやぐち》のように涙《なみだ》が溢《あふ》れ出《で》てくる。

いっそ目を背《そむ》けられたらどれだけ楽だっただろう。

痛ましいまでに赤く腫《は》れた彼女の目元を見ていると、俺も自分の身が引《ひ》き裂《さ》かれるような思いだった。

「だから……お願いします、颯太《そうた》くん」

それから不意にグシグシと目元を拭《ぬぐ》うと、江奈《えな》ちゃんはその表情をにわかに真剣《しんけん》なものにして、俺の目をまっすぐに見つめる。

「もし、ほんのひとかけらでもいいから、静乃《しずの》ちゃんのことを好きだと思う気持ちが、颯太《そうた》くんの中にあるのなら……選んであげてほしいんです。私ではなく、私の大好きな親友のことを」

「江奈《えな》、ちゃん？　な、何を言って……？」

「たとえそうなったとしても、私にはもはやそれを止める資格なんてないし、止めるつもりもありません。私なんかに気を遣《つか》う必要もありません。颯太《そうた》くんは……ただ、自分が思ったように決めていいんです。だから、その代わり——正直に、応えてください」

そう告げる江奈《えな》ちゃんの顔は、一か月前に俺に「勝負」を持《も》ち掛《か》けてきた水嶋《みずしま》が見せたような、「腹をくくった女の子の顔」だった。

だから、その場しのぎの思いやりも、どっちつかずの中途半端《ちゅうとはんぱ》な態度も、きっと今の江奈《えな》ちゃんには受け入れてもらえないような気がした。

少し湿《しめ》った初夏の風が、向かい合って立つ俺と江奈《えな》ちゃんの髪《かみ》を揺《ゆ》らす。

（俺は……）

覚悟《かくご》を決めたといった表情の江奈《えな》ちゃんを前にして、俺はしばし言葉を詰《つ》まらせる。

キーン、コーン、カーン、コーン。

そうしてたっぷり数分ほどは立《た》ち尽《つ》くしていたところで、耳慣れたチャイムの音が学校内に響《ひび》き渡《わた》った。

「……………………ふぅぅぅぅぅぅぅぅぅぅ」

やがて、小さくなっていくチャイムの余韻《よいん》が完全に消えた頃《ころ》。

俺は肺の中の空気をすっからかんにする勢いで、大きく大きく息を吐《は》く。

それから、一瞬《いっしゅん》ピクリと肩《かた》を跳《は》ねさせた江奈《えな》ちゃんのもとへと、ゆっくり歩を進めて。

「嘘《うそ》つきばっかりだ——俺を好きだって言ってくれる女の子は」

そのまま江奈《えな》ちゃんの脇《わき》を通り過ぎ、屋上の扉《とびら》に向かって駆《か》け出《だ》した。

※

校舎のあちこちを駆《か》けずり回《まわ》ってみても、どこにも水嶋《みずしま》の姿は見当たらなかった。

仕方なく昇降口《しょうこうこう》までやってきた俺は、水嶋《みずしま》の靴箱《くつばこ》を覗《のぞ》いてみる。

案の定、中には上履《うわば》きが入っていた。どうやらすでに学校を後にしてしまったみたいだ。

「……とりあえず行くしかないか」

　捜索範囲《そうさくはんい》が一気に広がってしまったことに気が滅入《めい》りそうになりながら、俺も上履《うわば》きからスニーカーに履《は》き替《か》えて昇降口《しょうこう》を飛び出した。

「はぁ、はぁ……っ！　だから……俺は典型的なインドア派だって言ってるだろうにっ！」

　正門を出て、ひとまず最寄《もよ》り駅《えき》までの通学路を走《はし》り抜《ぬ》ける。

　途中《とちゅう》、放課後に水嶋《みずしま》と立ち寄ったことがあるクレープ屋やゲームセンターなどにも足を運んでみたが、やはりあいつの姿はない。

　結局、水嶋《みずしま》を見つけられないまま、俺は学校の最寄《もよ》り駅《えき》までたどり着いてしまっていた。

　もしかして、あのまままっすぐ家に帰ってしまったんだろうか？

　押しかけても部屋に上げてはくれないだろうし、だとしたらさすがにお手上げなんだが。

「……今はとにかく、あいつが行きそうな場所を探すしかないか」

　俺は駅のホームへと降りて電車に飛び乗る。

　やってきたのは、隣町《となりまち》にある商店街だった。

「あの広場は……」

　商店街のゲートを潜《くぐ》り抜《ぬ》けると、見覚えのある広場が見えてきた。

　俺がここでベジタブグリーンの代役を務めてヒーローショーに出演したのが、まるでつい昨日のことのようだ。

　思い返せば、あの日俺が舞台《ぶたい》から落ちそうになった水嶋《みずしま》を助けた時も、水嶋《みずしま》は俺のことを

「私のヒーロー」と言っていた。

あの時は、単に俺がヒーロー役をやっていたからそう言っていただけだと思ってたけど。

あの言葉の裏には、あるいはあの遠足の日の思い出があったんだろうか。

「はぁ……ふぅ、着いた」

やがてたどり着いたのは、水嶋《みずしま》の行きつけの喫茶店《きっさてん》「オリビエ」だ。今日はメイドデーではないようで、店先の看板は通常営業時のものとなっている。

「いらっしゃいませ……おや、佐久原《さくはら》さんでしたか」

カランコロン、というドアベルの音を響《ひび》かせて店内に入ると、マスターが相変わらずの恭《うやうや》しい口調で出迎《でむか》えてくれた。

「あ、ども、マスターさん」

「今日はお一人ですか？　そういえば、帆港《ほみなと》学園はちょうど今時分はテスト期間中でしたか。自習をするのでしたら、どうぞ広い席をお使いください」

「いや、えっと、実は人を探していまして……水嶋《みずしま》のやつ、店に来ませんでしたか？」

「水嶋《みずしま》さん、ですか？」

整えられた口髭《くちひげ》を撫《な》で擦《さす》り、マスターは首を傾《かし》げる。

「いえ。今日はお見えになっていないと思いますが」

「そう、ですか……わかりました」

「お力になれず申し訳ない。もし彼女を見かけたら、貴方《あなた》が探していたと伝えておきますよ」

「あ、ありがとうございます！　助かります！」

紳士《しんし》的な老店主に頭を下げて店を出た俺は、けれどいよいよ心当たりがなくなってきてしまい頭を抱《かか》える。

さっきからチャットでメッセージを送ってみても既読《きどく》すらつかないし、ダメ元で何度か電話をかけてみても繋《つな》がらない。

どうやらチャットはブロック、電話は着信拒否《きょひ》にでもされているようだ。

（くそ、他にないのか？）

あいつが行きそうな場所とか、あいつが好きそうな場所とか……。

「……あいつが、好きな場所？」

俺の脳裏《のうり》に、ふと昨日の水嶋《みずしま》との会話がフラッシュバックした。

『――やっぱり私、海が見える町って好きだな』

（海、か……いやでも、それだけじゃ漠然《ばくぜん》とし過ぎてるしなぁ）

ブー、ブー、ブー、ブー！

「おわぁ⁉　な、なんだ？」

不意にスマホに着信があり、俺はおっかなびっくり画面に目をやる。

「よ、吉田《よしだ》さん？」

表示されていたのは、水嶋《みずしま》のマネージャー、吉田《よしだ》さんの名前だった。

そういえばブライダルモデルのバイトの時に、手続きの一環《いっかん》として一応連絡先《れんらくさき》を交換《こうかん》していたんだっけ。とはいえ、電話されるような心当たりはないんだけど。

「も、もしもし？」

《もしもし、佐久原《さくはら》さんですか？》

「はい、そうですけど……どうしたんですか？」

《その、ちょっとお聞きしたいんですけど……水嶋《みずしま》さんがどこにいるか、ご存じありませんか？　今日は学校が終わったら一度事務所に顔を出してもらうスケジュールだったのですが、まだ来ていなくて》

「え？」

俺が驚《おどろ》きの声をあげると、吉田《よしだ》さんが声のトーンを一段下げて続ける。

《こちらから電話やチャットをしてみても、まったく音信不通なんです。それに、ついさっき『Ｓｉｚｕ』のインスタのアカウントに妙《みょう》な投稿《とうこう》がアップされていまして。もしかしたら何かあったんじゃないかって、不安になってしまって……》

「妙《みょう》な投稿《とうこう》、ですか？」

《はい。一枚の写真だけが添付《てんぷ》されてて……ああいえ、実際に見てもらった方が早いかも……いまチャットでリンクをお送りします》

吉田《よしだ》さんの慌《あわ》てた声が聞こえた直後、彼女とのチャットのトークルームにＵＲＬが送付されてくる。

通話状態を維持《いじ》しながらリンクをタップすると、「Ｓ·ｉｚｕ」のアカウントの最新の投稿《とうこう》ページに飛ぶ。

「これは……！」

投稿《とうこう》には、ハッシュタグもコメントも何も添《そ》えられていない状態で、一枚の風景写真だけが載《の》せられていた。

《おそらく、どこかの海辺の風景だと思うのですが……目印になりそうなものが何も無くて、私にはどこの写真なのか全くわからないんです。いつ撮影《さつえい》された写真なのか、そもそも水嶋《みずしま》さん本人が投稿《とうこう》したものなのかもわからないし……》

たしかに、いきなりこんな写真だけを投稿《とうこう》して音信不通なんて不自然だろう。

投稿《とうこう》のコメント欄《らん》にも、不思議に思ったらしいユーザーたちの声が集まっている。

〈Ｓｉｚｕさん、フォトテレ更新《こうしん》おつです！〉

〈コメントもハッシュタグもナシ？　なんぞこれ？〉

〈これどこ？　海？　白いのは砂浜《すなはま》かな？〉

〈今度の撮影《さつえい》現場とかじゃないの？〉

〈Ｓｉｚｕさ～ん、何の匂《にお》わせなんですか～？　(＞_＜)〉

写真に写っているのは、白い砂浜《すなはま》と、その向こうに広がる海と空。

たしかに、これだけで場所を特定するのはかなり至難の業《わざ》だろう。

だけど。

「……吉田《よしだ》さん。俺、わかったかもしれないっす。あいつの居場所」

《えっ⁉　ほ、本当ですか⁉》

「はい。なんで、今からちょっと行ってきます」

《え？　え？　ちょ、ちょっと、佐久原《さくはら》さん⁉　せめて場所を――》

吉田《よしだ》さんの言葉も聞き終わらぬうちに素早《すばや》くスマホをポケットにしまうと、俺は再び商店街を走《はし》り抜《ぬ》けた。

※

商店街から電車に乗って一度桜木町《さくらぎちょう》駅へとやってきた俺は、そこからさらに電車とモノレールを乗《の》り継《つ》いで、市内の沿岸部にある海浜《かいひん》公園へと降り立った。

時計を見れば、時刻は十七時を回ったところ。学校内やら街中やらあちこち駆《か》けずり回《まわ》っているうちに、気付けばこんな時間になってしまった。

太陽もすっかり西の空に傾《かたむ》き、東の空ではオレンジとピンクと紫《むらさき》のグラデーションがうっすらと形成されている。

「……さてと、無駄足《むだあし》にならなきゃいいけど」

ここは、以前「八景島《はっけいじま》シーパラダイス」に行った際に、水嶋《みずしま》がやたらワクワクした様子で眺《なが》めていた海浜《かいひん》公園だ。

公園とは言っても、その敷地《しきち》面積の大半はビーチが占《し》めているので、どっちかと言えば海水浴場って感じだけど。

『見て見て颯太《そうた》。めっちゃ広いよ、砂浜《すなはま》』

『この辺りはプライベートでも撮影《さつえい》でも来たことなかったんだよね。こんな良《い》いビーチがあったなんて知らなかったなぁ』

そう言って子供みたいにはしゃぎながら写真を撮《と》っていた彼女の姿を思い出す。

確証があるわけじゃない。単なる俺の思《おも》い違《ちが》いかもしれない。

でも、あいつはきっと、この公園のどこかに……。

――ピィイイイイイイ。

不意に、潮風とさざ波の音に交じって、微《かす》かに笛の音のような音が聞こえてきた。

海辺の上空で優雅《ゆうが》に飛んでいるトンビたちの「ピィイイイヒョロロロロ」という特徴《とくちょう》的な鳴き声とも違《ちが》う。一定の高さの音を響《ひび》かせる、この笛の音は……。

俺は広い砂浜《すなはま》へと足を踏《ふ》み入《い》れ、風に乗って聞こえてくる音を頼《たよ》りに歩みを進める。

平日の夕方ということもあってか、砂浜《すなはま》を歩く人影《ひとかげ》はほとんどない。だから。

「ピィイイイイイイイイ……」

探していた人物は、存外にあっさりと見つけることができた。

「……海水浴にはちょっと早いんじゃないのか？」

靴《くつ》と靴下《くつした》を砂浜《すなはま》に置き、学校の制服を着たまま脛《すね》のあたりまで海に入っていたその少女に、俺は背後から声をかけた。

「えっ……そ、颯太《そうた》？」

「おう。探したぞ、水嶋《みずしま》」

にわかに笛の音を途切《とぎ》れさせた水嶋《みずしま》が、あからさまに驚《おどろ》いたような表情を浮《う》かべて振《ふ》り返《かえ》る。

その左手がさりげなく背中に回されるのに、俺はちらりと視線を走らせた。

ただそれもほんの一瞬《いっしゅん》のことで、水嶋《みずしま》はすぐさまいつもの飄々《ひょうひょう》とした笑《え》みを仮面のように顔に張り付けると。

「え～と……どうして佐久原《さくはら》くんがここにいるのかな？」

いやいや、さっき咄嗟《とっさ》に「颯太《そうた》」って言っちゃってるし。今さらよそよそしくしたって無理があるだろ。

俺は肩《かた》を竦《すく》めつつ、自分のスマホを取り出してひらひらと掲《かか》げて見せてやる。

「インスタ。お前、さっき更新《こうしん》してただろ」

途端《とたん》に「ミスった」というような顔をして、けれど水嶋《みずしま》はまたすぐに取《と》り繕《つくろ》うように言った。

「ちょっと海で散歩したい気分になってさ。最近あんまり更新《こうしん》してなかったし、ちょうどいいかなって。ただの気まぐれだよ、気まぐれ」

「コメントも、ハッシュタグも無しにか？」

「たまにはそういう日もあるよ。これはこれで、なんかエモくない？」

この期に及《およ》んでのらりくらりとした態度だが、今はそれに付き合ってやるつもりはない。

俺は一呼吸おいてから、単刀直入に切り出した。

「話がある」

「……それって、『勝負』のこと？」

やれやれ、とでも言いたげに、水嶋《みずしま》が眉《まゆ》をハの字にして首を振《ふ》る。

「その話ならもう終わったと思うけど？　勝負はキミと江奈《えな》ちゃんの勝ち。キミたちはこれからも仲良しカップルを続けて、水嶋静乃《全ての元凶》はもう関わらない。めでたし、めでたし、ハッピーエンド。それでおしまいでしょ？」

「いや、終わってない。フェアプレーに反する不正が発覚したからな」

俺の言葉に、水嶋《みずしま》は一瞬《いっしゅん》きょとんとした表情を浮《う》かべると。

「……あはは。不正って？　私はべつにズルなんてしてないでしょ？　それに、たとえ私が何かズルをしていたとしても、今さらそれを指摘《してき》するメリットはないんじゃない？　だって、勝ったのは佐久原《さくはら》くんたちの方なんだから」

あくまでもすっとぼける腹づもりらしい。

水嶋《みずしま》は相変わらずの飄々《ひょうひょう》とした笑《え》みを崩《くず》そうとせずそうのたまった。

「……お前、さっき言ったよな？　この一か月のことは嘘《うそ》だったたって。全部、俺の江奈《えな》ちゃんへの愛が本物かを確かめるための演技だったたって」

「ふふ。自分で言うのもなんだけど、なかなかの演技力だったでしょ？　まぁ、さすがにちょっとキミを追《お》い詰《つ》め過ぎたかもしれないって、反省はしてるけど」

「俺のことが好きだって言ったのも、全部演技か？」

注意していなければ気付かないほど、ほんの一瞬《いっしゅん》だけ言葉を詰《つ》まらせた水嶋《みずしま》は、それでも白々しい笑顔《えがお》で頷《うなず》いた。

「うん、そうだよ」

「じゃあ、もし今日、俺がお前の告白を受け入れてたら、お前はどうするつもりだったんだ？　好きでもない男と付き合うつもりだったのか？」

「まさか。その時は、どっちみちさっきみたいにネタばらしをしてから、江奈《えな》ちゃんに佐久原《さくはら》くんをお返しするつもりだったよ？　まぁ、その場合はその後のキミたちの関係がギクシャクすることにはなっちゃってたかもだけど」

おちゃらけた口調でそう言って、水嶋《みずしま》は「もういいでしょ?」とため息をついた。

「嘘《うそ》だったんだってば、全部。だから佐久原《さくはら》くんも本気にしないでよ。っていうか、こんな所で私と話してていいの? せっかく愛を確かめ合えたんだから、江奈《えな》ちゃんのそばにいてあげた方がいいんじゃや――」

「俺をここに送り出してくれたのは、その江奈《えな》ちゃんだ」

ようやく、水嶋《みずしま》がそれまでの薄《うす》ら笑いを取《と》り払《はら》う。

何を言っているのかわからない、という風に怪訝《けげん》な顔をする彼女に向かって、今度は俺が不敵な笑《え》みを向ける番だった。

「そういえば、むかし約束したっけな? その『Pホイッスル』の音が聞こえる場所に俺がいたら駆《か》けつけてやる、ってさ」

俺が水嶋《みずしま》の背中に隠《かく》されている左手を指差すと、今度こそ彼女は驚《おどろ》きに目を丸くした。

しかし、俺のそのセリフによって全てを察したらしい。いよいよ観念したといった諦観《ていかん》の表情を浮《う》かべて、水嶋《みずしま》はゆっくりと左手に握《にぎ》りしめていたものを見せてきた。

果たして、彼女の華奢《きゃしゃ》な手のひらのなかに収まっていたのは、いつか俺がくれてやった、「南極超人《ちょうじん》ペンギンナイト」のホイッスルだった。

「はぁ〜あ……良くないなぁ、江奈《えな》ちゃん。『それは言わないで』って言っておいたのに」

この場にいない江奈《えな》ちゃんに向かって、水嶋《みずしま》が窘《たしな》めるようにそう言った。

「でも、そっか……じゃあ、全部聞いたんだね。颯太《そうた》も」

「ああ。『このままじゃフェアじゃないから』って言って、全部話してくれたよ」

「ふふ、なにそれ？　恋敵《こいがたき》に塩を送るようなことするなんて、とんだお人好《ひとよ》しだね。『恋人《こいびと》は性格が似る』って、ほんとだったんだ」

　クスクスと笑っておどけて見せて、けれど、それでもまだ水嶋《みずしま》は、俺の顔を真正面から見ようとはしなかった。

「でも、同じだよ。結局」

「同じ？」

「たしかに、私は小学生の時から颯太《そうた》のことが好きだったし、勝負に勝ったら遠慮《えんりょ》なく颯太《そうた》をもらうつもりだった。昔のことを隠《かく》していたのは、同情とか憐憫《れんびん》とか、そういうので颯太《そうた》の気を引きたくはなかったから。そもそも、颯太《そうた》の方はそんなこと覚えていないかもだったしね」

　けど、と。

　手のひらの中でホイッスルをコロコロと転がしながら、水嶋《みずしま》は言葉を続ける。

「それに、そんなことをしなくても……正直、勝てると思ってた。江奈《えな》ちゃんが築いてきた数か月よりも、私の一か月の方が絶対に勝ってるって。今の私だけでも、十分キミに振《ふ》り向《む》いてもらえるって……そう思ってた。だけど結局、颯太《そうた》が選んだのは江奈《えな》ちゃんだった。完敗だよ。これまでの江奈《えな》ちゃんの頑張《がんば》りと、颯太《そうた》の義理堅《ぎりがた》さを舐《な》めていた、私の完敗」

いっそ清々《すがすが》しいとでも言わんばかりに、水嶋《みずしま》は空を見上げて大きく伸《の》びをした。

「一か月、私にやれるだけのことは全部やったつもり。それで敗《ま》けたんなら、もうしょうがないじゃない？　潔《いさぎよ》く諦《あきら》めるよ。いつまでも女々《めめ》しく引きずるなんて、『Ｓｉｚｕ』のスタイルじゃないしね」

俺に、というよりは自分に言い聞かせるようにそう言って、水嶋《みずしま》がパシャパシャと足元の水を跳《は》ねさせた。

それからくるりと俺に背を向けて、水平線に沈《しず》みゆく太陽に目を向ける。

「だから、ほら。親友から恋人《こいびと》を奪《うば》い取《と》ろうとしたような、こんなどうしようもなく最低な女の子のことなんて、綺麗《きれい》さっぱり忘れてさ。キミは今まで通りに――」

「江奈《えな》ちゃんはな」

遮《さえぎ》るように俺が言うと、水嶋《みずしま》がピタリと足を止めた。

「江奈《えな》ちゃんは、『静乃《しずの》ちゃんを選んであげてほしい』って言ったんだ」

弾《はじ》かれたように振《ふ》り返《かえ》った水嶋《みずしま》は、おそらくは今日一番の驚《おどろ》きの表情を浮《う》かべていた。

「………え？」

ぽかんと開いた口から、間の抜《ぬ》けた声が零《こぼ》れ落《お》ちる。

立《た》ち尽《つ》くす水嶋《みずしま》に、俺はついさっき江奈《えな》ちゃんから告げられた思《おも》いの丈《たけ》を話して聞かせた。

本当は「ポッと出」なのは自分の方であること。

この一か月に俺と過ごす水嶋《みずしま》の姿を見て「勝てない」と悟《さと》ってしまったこと。

愛を確かめるという名目のもとに一方的に試《ため》すようなことをしてしまった自分には、もはや俺に選んでもらう資格はないと思い知ったこと。

だから、もし俺にほんの少しでも水嶋《みずしま》を想《おも》う気持ちがあるのなら、自分ではなくて「親友」のことを選んであげてほしいこと。

「江奈《えな》ちゃんは、俺に言ったんだ。『正直に応えてほしい』って。本当は裏切ってなかったんだからとか、江奈《えな》ちゃんに申し訳ないからとか、そんな優《やさ》しさを優先して自分の気持ちを誤魔《ごま》化《か》さないでほしい――そう言われてるような気がしたよ」

当然の報《むく》いとはいえ、これでもう俺との関係がすっぱり終わってしまうこと。

やっと見つけた心の拠《よ》り所《どころ》を失い、またもとの灰色でつまらない人生に戻《もど》ってしまうこと。

自分が――「選ばれない側」になってしまうこと。

「それを全て覚悟《かくご》の上で、江奈《えな》ちゃんは俺にそう言ったんだ。だから俺も、江奈《えな》ちゃんのその選択《せんたく》を尊重することにした。江奈《えな》ちゃんの覚悟《かくご》と、自分の正直な気持ちに従って……だから今、俺はこうしてお前の目の前に立ってんだよ！」

水嶋《みずしま》のクールぶった態度にもいい加減ムカついていた俺は、だから、呆然《ぼうぜん》とする奴《やつ》に向かってビシリと人差し指を向けて宣言する。

「俺がお前に勝ったら、なんでも一つ言うことを聞かせられる約束だったな？　その『追加報《ほう》酬《しゅう》』の権利を、今、ここで使わせてもらうぜ」

虚《きょ》を突《つ》かれたように瞠目《どうもく》する水嶋《みずしま》に、俺はきっぱりと言い放った。

「もうこれ以上、嘘《うそ》を吐《つ》くのは止めにしろ。俺にも、江奈《えな》ちゃんにも——お前自身にもな」

「あ……」

まるで石像にでもなってしまったみたいに、水嶋《みずしま》は微動《びどう》だにせず立《た》ち尽《つ》くす。

人気《ひとけ》もなく静かな海辺を、ザザーン、という波の音が支配する。

そして。

「あ、れ……？」

呆然《ぼうぜん》とした表情のまま、それでも、さながら彼女のエメラルドの瞳《ひとみ》が溶《と》け出したかのように。

水嶋《みずしま》の頬《ほお》を、一筋の涙《なみだ》が伝っていた。

（うぇぇ⁉　あ、あの水嶋《みずしま》が、泣いてる⁉）

笑った顔、怒《おこ》った顔、悲しそうな顔、子供みたいにはしゃぐ顔。

この一か月だけでも色んな顔を見てきたけれど。

それでも決して涙《なみだ》だけは見せなかった水嶋《みずしま》が初めて見せたその泣き顔に、今度は俺が虚《きょ》を突《つ》かれる番だった。

「あ、あはは……いやだな、なんで……なんで私、こんな……」

ただ、驚《おどろ》いたのは水嶋《みずしま》自身も同じだったらしい。

乾《かわ》いた笑い声をあげながら、水嶋《みずしま》は慌《あわ》ててゴシゴシと涙《なみだ》を拭《ぬぐ》う。

それでも、その目元はうっすらと赤く腫《は》れていた。

「……お前でも、泣いたりするんだな。ちょっとびっくりした」

「え〜……ひどいなぁ。私のこと、血も涙《なみだ》もない冷徹《れいてつ》女とか思ってたってこと？」

ひとしきり涙《なみだ》を拭《ふ》いたタイミングを見計らって俺が言うと、水嶋《みずしま》がおどけた口調でそう返して微笑《ほほえ》んだ。

さっきまでの白々しいそれではなく、この一か月で何度となく目にしてきた、ごく自然な笑《え》みだった。

なんだよ。「全部嘘《うそ》だった」なんて、それこそやっぱり嘘《うそ》っぱちだったんじゃないか。

「はぁ〜あ……そっかぁ。そうきたか〜」

「言っとくけど、お前が言いだしたことなんだからな。まさか忘れたとは言わないよな？」

「大丈夫《だいじょうぶ》。ちゃんと、覚えてるよ」

事ここに及《およ》んで、さしもの水嶋《みずしま》もいよいよ吹《ふ》っ切《き》れたらしい。

「――さっきの、インスタの話だけどさ」

張りつめた空気を弛緩《しかん》させ、水嶋《みずしま》はすこしバツが悪そうに後ろ手を組みながら口を開いた。

「『気まぐれ』なんて言ったけど……本当は、ちょっと期待してたんだ。颯太《そうた》なら、気付いてくれるんじゃないかなって。気付いて、ここまで来てくれるんじゃないかなって。……そんなワケないのにね？　だって、私は颯太《そうた》に選ばれなかったんだから」

そこで一旦《いったん》言葉を切って、水嶋《みずしま》は左手に持っていたホイッスルを口元にあてがう。

ピイイイイイイ……──。

広い砂浜《すなはま》に、水嶋《みずしま》の吹《ふ》いた笛の音が再び響《ひび》き渡《わた》った。

「でも……来てくれた。この笛を吹《ふ》いたら、本当に来てくれた。小学校のあの遠足の日からずっと大好きで。高校生になっても、なんだかんだであの頃《ころ》と変わらずに優《やさ》しくてお人よしで。この一か月間、本気の本気で振《ふ》り向《む》いてもらおうと頑張《がんば》ったけど、その想《おも》いが届かなくて……。だけど、もうなにもかもが終わっちゃった今この瞬間《しゅんかん》も……やっぱりどうしても諦《あきら》められなくて、忘れられなくて、この先もずっと大好きでいることをやめることなんてできない──そんな、私のヒーローが」

嚙《か》み締《し》めるような水嶋《みずしま》の言葉を、俺は黙《だま》って聞き続けた。

「だから、もし……もし本当に、江奈《えな》ちゃんが、颯太《そうた》が、私の本当の気持ちを受け入れるって言ってくれるなら……もう一度だけ、チャンスをくれないかな？」

そこにはもう、文武両道、容姿端麗《たんれい》なカリスマＪＫを演じるイケメン美少女の姿はない。圧倒的《あっとうてき》なオーラで多くの若者を魅了《みりょう》する、超《ちょう》人気モデルの「Ｓｉｚｕ」の姿はない。

いまの俺の目の前には、どこにでもいるような、けれど世界にたった一人だけの、ごくごく普通《ふつう》の「恋《こい》する少女」しかいなかった。

「――ずっと、大好きでした」

いつもの余裕《よゆう》ぶった態度も、全てを見透《みす》かしているかのような飄々《ひょうひょう》とした顔も、その気になればいくらでも口にできるだろう虚言《きょげん》や戯言《たわごと》も。

何もかも全部をかなぐり捨てて。

「もし、こんな最低で、自分勝手で、わがままで、キミを困らせるようなことしかしてこなかった……こんなどうしようもない女の子でも、良《い》いって言ってくれるなら」

夕陽《ゆうひ》に照らされる中でもそれとわかるくらい真っ赤に頬《ほお》を染めながら、俺に向かってゆっくりと手を差し出して。

水嶋《みずしま》は、自分の中に最後に残っていたらしい、飾《かざ》り気《け》のないシンプルな言葉を口にした。

「佐久原颯太《さくはらそうた》くん――キミの、ヒロインになってもいいですか？」

水嶋《みずしま》の口から告げられる、三度目の告白。

けれど、一度目とも二度目とも違《ちが》って何の含《ふく》みも思惑《おもわく》もない、純粋《じゅんすい》な愛の告白。

きっと水嶋《みずしま》にとっては、小学四年生から高校一年生までの六年間もの時を経てようやく初めて伝えることができたのであろう、その想《おも》いを受け止めて。

俺はゆっくりと、水嶋《みずしま》が差し出してきた右手に向かって自分の右手を――。

「――――待ってぇえっっ!!」

突如《とつじょ》として響《ひび》き渡《わた》ったその声に、俺たちは思わず振《ふ》り返《かえ》る。

「え……？」

「あ……」

ほとんど同時に声を漏《も》らした俺と水嶋《みずしま》の視線の先で。

海とは反対側、砂浜《すなはま》の向こうに立ち並ぶ松林の間から誰《だれ》かが飛び出してくる。

遠目からでも息を切らしているのがわかるくらいに肩《かた》を上下させ、ギュッと両の拳《こぶし》を握《にぎ》りしめながら。

少女は、そこに立っていた。

「江奈《えな》ちゃん⁉」

またまた俺と水嶋《みずしま》が同時に叫《さけ》ぶや否《いな》や、江奈《えな》ちゃんが両手を振《ふ》って一生懸命《いっしょうけんめい》にこちらに向かって走ってきた。

俺と同じく典型的な文化系であることも祟《たた》ってか、途中《とちゅう》で何度か砂に足を取られて、砂浜《すなはま》に顔面からべシャッ、とダイブしてしまう。

しかし、その度に江奈《えな》ちゃんは顔についた砂を払《はら》い落《お》として、必死な顔で駆《か》けてきた。

「はぁ……はぁ……けほっ……」

「え、江奈《えな》ちゃん？　どうして、ここに……」

やっとの思いで俺たちの近くまでたどり着いた江奈《えな》ちゃんに、俺は困惑《こんわく》気味に声をかける。

「——嘘つき、なのでっ！」

それには答えず、江奈《えな》ちゃんは息も絶え絶えに俺の顔を真っすぐ見据《みす》えて言い放った。

「私……颯太《そうた》くんが言う通り、嘘《うそ》つきなので！　『静乃《しずの》ちゃんには敵《かな》わない』って……『静乃《しずの》ちゃんを選んであげてほしい』って……そう言ったけど！」

すでに真っ赤に目元を泣き腫《は》らしながら、江奈《えな》ちゃんはなおもポロポロと涙《なみだ》を流す。

「今さら、そんな資格はないかもしれません。たくさん迷惑《めいわく》をかけて、傷付けておいて、虫のいい話なのもわかっています。それでも、私……私、やっぱり無理です！　これで颯太《そうた》くんとお別れなんて……これから先ずっと、颯太《そうた》くんのいない人生を過ごしていかなきゃいけないなんて……生きて、いけない……イヤ……イヤなんです！」

「江奈《えな》ちゃん……」

なんとなく、わかってはいた。

自分が選ばれなかったとしても、それで構わない――江奈《えな》ちゃんのその言葉が、本当は精一杯《せいいっぱい》の強がりだったんだろうということは。

もちろん、本気でそう思っていた部分もあると思う。俺がもし本当に水嶋《みずしま》を選ぶことになったら、それを甘んじて受け入れようと。

長年想《おも》いを募《つの》らせていた親友のために、自分の方こそ身を引こうと。

だからこそ、自分に嘘《うそ》をついてまで俺を送り出そうとしてくれた江奈《えな》ちゃんの覚悟《かくご》に、俺も腹をくくって応えようと思ったのだ。

「……ダメ、でしょうか？」

だけど、やっぱりその覚悟《かくご》を貫《つらぬ》き通《とお》せるほど強くはなくて。

「私……颯太《そうた》くんのそばにいては、ダメでしょうか？」

だからいま、江奈《えな》ちゃんはこうして俺のもとへと走って来たんだろう。

「もう一度——あなたの彼女になっては、ダメでしょうか⁉」

俺の脳裏《のうり》に、四か月前の冬休み明けの記憶《きおく》が蘇《よみがえ》る。

『私と……付き合ってください』

本当はこちらから言い出そうと思っていたのに、足踏《あしぶ》みをしている内に結局先を越《こ》されてしまったのは情けない限りだけど。

だからそれは、俺が人生で初めて経験した告白だった。

そして、俺に人生初の彼女ができた瞬間《しゅんかん》でもあった。

言葉も、シチュエーションも、何もかもがあの時とは違《ちが》うけれど。

俺を真っすぐに見つめるその真剣《しんけん》な瞳《ひとみ》だけは、あの時と何一つ変わっていなかった。

(なんて言えばいい？　俺は、江奈《えな》ちゃんに、なんて)

水嶋《みずしま》に差し出しかけて中空で動きを止めた右手のように、俺の心はものの見事に宙ぶらりんになってしまっていた。

水嶋《みずしま》の本音も、江奈《えな》ちゃんの本音も……そして自分自身の本音も、俺はもう一切合切《いっさいがっさい》知ってしまった。

どんな選択肢《せんたくし》を選んでも、必ず誰《だれ》かを傷つけることになると知ってしまっているのだ。

しかし悲しいかな、俺は恋愛《れんあい》映画の主人公でも、ラブコメ小説の主人公でもない。

ただちょっと映画に詳《くわ》しいだけの、それこそ石を投げれば当たるくらいどこにでもいる、陰《いん》キャでオタクな冴《さ》えない男子高校生に過ぎない。

創作の中に登場するかっこいい男たちみたいに、こんな状況《じょうきょう》でなんて答えたらいいのか、どんな行動を取るのが正解なのか、なんてことはまったく見当もつかなくて。

(俺は……)

もの言わぬ案山子《かかし》のように、ただただ立《た》ち尽《つ》くすことしかできなくて。

「──ダメだよ」

だから、最初に江奈《えな》ちゃんにそう答えたのは、俺ではなくて水嶋《みずしま》だった。

「今さらそんなこと言ったって、もう遅《おそ》いよ」

そう言った水嶋《みずしま》の表情は、彼女にしては珍《めずら》しく険しいものだった。

「幼馴染《おさなじみ》なんだから知ってるでしょ？　私、一度貰ったものはよっぽどのことがないと返さないから」

「へ？　お、おい、ちょ、水嶋《みずしま》!?」

言うが早いか、水嶋《みずしま》は宙ぶらりんになっていた俺の右手をぎゅっと掴《つか》むと、そのまま浅瀬《あさせ》の中へと引っ張っていく。

「ま、待て待て待て⁉　靴《くつ》！　俺、スニーカー履《は》いたままだから！」

「濡《ぬ》らしちゃえ、濡《ぬ》らしちゃえ」

「無茶言うな！　グチョグチョの靴《くつ》で帰りたくないぞ俺は！」

そうこうしている内に、俺はとうとう片足を水の中に突《つ》っ込んでしまった。

「つ、冷てぇ〜⁉」

「全部濡《ぬ》れちゃえば慣れるって」

なおも腕《うで》を引っ張ってくる水嶋《みずしま》のせいで、とうとうもう片方の足も水に浸《つ》かりそうになった、その瞬間《しゅんかん》。

「……ん〜〜〜っ！」

「ふぁ⁉　え、江奈《えな》ちゃん⁉」

しかし、空いていた俺の左手を、今度は江奈《えな》ちゃんがギュッと握《にぎ》りしめて引っ張ってきた。

必然、両方の腕《うで》を別々の方向から引っ張られた俺の体は、片足を水の中に、片足を砂の上に置いた格好で静止する。

か細い腕《うで》を目いっぱい使って、非力ながらも必死に俺の腕《うで》を引っ張る江奈《えな》ちゃん。

モチモチと柔《やわ》らかそうな頬《ほ》っぺたをプクッと膨《ふく》らませ、まさに全身全霊《ぜんしんぜんれい》といった様子だ。

そんな彼女の姿に、水嶋《みずしま》が「へぇ」と不敵な笑《え》みを浮《う》かべる。

「随分《ずいぶん》と食い下がるんだね。いつも引っ込み思案な江奈《えな》ちゃんのクセに」

いつになく挑発《ちょうはつ》的なセリフを吐《は》く水嶋《みずしま》に対して、江奈《えな》ちゃんも江奈《えな》ちゃんで珍《めずら》しくキッとした表情だ。

全神経を俺の腕《うで》を引っ張ることに集中させているために喋《しゃべ》る余裕《よゆう》もないみたいだが、水嶋《みずしま》に無言の抵抗《ていこう》を見せている。

こんな雰囲気《ふんいき》の二人は、今まで見たことがない。

「颯太《そうた》の選択《せんたく》を尊重するんじゃなかったの？　黙《だま》って送り出す覚悟《かくご》を決めたんだよね？　なら今さら撤回《てっかい》するなんて、それはちょっとズルいんじゃない？」

「……（フルフルフルフルフル）！」

「それでも譲《ゆず》りたくないって？　ふ〜ん、面白《おもしろ》いじゃん」

「お、おい、キミタチ⁉　いいからとりあえず手を放して――」

そろそろ腕《うで》の痛みも限界に達しようとしていた俺が、なんとか二人をなだめようとした瞬《しゅん》間《かん》。

「……もう……げん、かい……」

「わっ⁉」

「へ⁉」

先にスタミナ切れを起こしたらしい江奈《えな》ちゃんが脱力《だつりょく》する。

江奈《えな》ちゃんサイドからの引張力《ひっぱり》がなくなったことで、当然、力のベクトルは一気に水嶋《みずしま》の方へと傾《かたむ》いていき……。

バシャアアアアン！

あわれ、手を繋《つな》いだままだった俺たち三人は、そのまま勢いよく浅瀬《あさせ》の中へと倒《たお》れ込むハメになってしまった。

※

「キミたちね〜。何があったんだかしらないけど、ダメだよ。制服着たまま海に飛び込んだりしちゃあさぁ」

十分後。

海っぺりで俺たちが揉《も》めていた様子を見て、公園を通りがかった誰《だれ》かしらが管理事務所に通報したらしい。

駆《か》けつけてきた事務員のおじさんに連れられ、びしょびしょの制服から貸してもらった職員用のツナギに着替《きが》えた俺たちは、おじさんからのお説教に耳を痛めていた。

「足がつくとこでも、そのまま溺《おぼ》れちゃう人だっているんだよ？」

「……はい」

「キミたち、学生さんだよねぇ？　通報してくれた人の話を聞く限りじゃ、なに？　痴話喧嘩《ちわげんか》してたんだって？」

「……はい」

「いやね、こう見えておじさんもキミぐらいの年の頃《ころ》は、色んな女の子にモテてね。おじさんを巡《めぐ》っての言い争いなんてしょっちゅうだったから、キミの気持ちもわかるんだけどさぁ。でも、そういう時こそ男がビシッと場を収めなきゃダメよ」

「……そっすね」

しまいにはいつの間にかおじさんの学生時代の武勇伝が始まってしまい、俺はさっきから「はい」か「そっすね」しか言えなくなっていた。

タオルで髪《かみ》を拭《ふ》かせてもらった上にツナギまで貸してもらっている手前、こちらから話を中断させるのは忍《しの》びないのがなんとも歯がゆい。

「まぁとにかく、喧嘩《けんか》もほどほどにね。今日はもう事務所も閉めないとだから、そのツナギは着て帰っちゃっていいよ。今度ここに来た時に返してくれればいいからさ」

「……すみません、助かります」

「いいの、いいの。じゃ、三人とも気を付けて帰りなさいね」

温かい言葉で見送ってくれたおじさんにお礼を告げて、俺たちは海浜《かいひん》公園のモノレール駅へと向かう。

すでに陽も完全に沈《しず》み、空にはうっすらと星の光が見え始めていた。

「…………」

「…………」

(き、気まずい！)

俺を挟《はさ》むように両脇《りょうわき》を歩く水嶋《みずしま》と江奈《えな》ちゃんは、さっきから一言も喋《しゃべ》らない。

ピリついた空気に気圧《けお》されて、俺もただただ押し黙るしかない。

結局、モノレールと電車を乗《の》り継《つ》いで桜木町《さくらぎちょう》駅に降り立つまで、その気まずい沈黙《ちんもく》は続き。

「……じゃあ私、バスだから」

「……私は、地下鉄なので」

「お、おう……気ィ付けて、な？」

最後に短い別れの言葉を口にする二人を、俺は恐《おそ》る恐《おそ》る見送ることしかできなかった。

最終章　守られたアイツと、守った俺

「はぁぁぁぁぁぁぁぁぁぁぁ……」

怒涛《どとう》の展開の連続だった月曜日から一夜明けて、火曜日の朝。

玄関《げんかん》で靴《くつ》を履《は》くなり盛大《せいだい》にため息を吐《は》いた俺に、妹の涼香《すずか》が胡乱《うろん》な目を向けてくる。

「どうしたの、兄？　辛気臭《しんきくさ》い顔してため息なんか吐《は》いて。ああ、辛気臭《しんきくさ》い顔は元からか」

「……学校に行きたくないです」

「はぁ？　このダメ兄ときたらまた……な～にバカなこと言ってるんだか。インドアが過ぎてとうとう学校行くのも面倒《めんどう》になったの？　引きニート極《きわ》めるのも大概《たいがい》にしなよ。そんなんじゃSｉｚｕさんにも愛想《あいそ》つかされちゃうよ？」

「うぐぅ!?　そ、その『Sｉｚｕ』という死の呪文《じゅもん》を唱えるのはやめてくれ、胃に穴が空きそうだ……あと、俺は引きニートじゃない……」

にわかに腹を押さえてうずくまる兄の姿に、我が愚妹《ぐまい》はいよいよ不審《ふしん》者を見るような目で顔を顰《しか》めた。

「う～わぁ……変人だ変人だと思ってたけど、いつにも増して変だよこの人。昨日もどこで借りてきたんだか知らないツナギ着て帰ってきたと思ったら、そのままご飯も食べずに寝《ね》ちゃうし。う〜ん、もしかして私、受験終わったらこの家を脱出《だっしゅつ》した方がいい感じ？」

相変わらず兄を兄とも思わない舐《な》め腐《くさ》ったことをほざく妹に言い返す気力もなく、俺はフラフラと立ち上がって玄関《げんかん》の扉《とびら》を開けた。

「……行ってきます」

「あ、ちょっと！　……ったくもう。車とかに轢《ひ》かれないように気を付けなよ〜？」

涼香《すずか》のそんな言葉を背に受けつつ、俺は鉛《なまり》のように重く感じる足をどうにか動かしながら学校へと向かった。

「オォォォォォ……」

「おはよう、颯太《そうた》。今日も今日とて元気にゾンビやってるね？」

そうしてなんとか遅刻《ちこく》ギリギリに教室までたどり着くと、人懐《ひとなつ》っこい笑顔《えがお》で樋口《ひぐち》が出迎《でむか》えてくる。こいつはいつでも元気そうで羨《うらや》ましい限りだ。

「……『元気なゾンビ』ってなんだよ」

「さぁ？　そんなことより知ってる？　昨日の夕方、『Ｓｉｚｕ』のインスタにアップされたっていう『謎《なぞ》の写真』の噂《うわさ》。投稿《とうこう》はもう削除《さくじょ》されてるんだけど、ファンの間では『何の匂《にお》わせだ？』って持ち切りらしくてさ」

「ふぐぅ!?　お、お前までその死の呪文《じゅもん》を……」

「どうしたのさ、颯太《そうた》。僕はニフラムなんか唱えてないよ？」

「あくまでゾンビ扱《あつか》いかこの野郎《やろう》。そこはせめてザキと……イテテッ」

キリキリと痛む胃をさすりつつ、俺は昨晩のことを思い返していた。

（参ったなぁ）

結局、昨日は勝負の決着もうやむやになって、なんだか気まずい感じで解散になっちゃったんだよな。あれ以降、水嶋《みずしま》からも江奈《えな》ちゃんからも何のコンタクトもないし……。

（俺、これからどうなっちまうんだ？）

さながら判決を言《い》い渡《わた》される前の罪人のような気持ちで、俺は中間テストの二日目を粛々《しゅくしゅく》とやり過ごした。

そうして、幸か不幸か校内で二人に出くわすこともないまま、帰りのホームルームが終わったところで。

「うっ……」

スマホのチャットアプリに、一件の新着メッセージが送られてきた。

【十分後、あの場所で】

恐《おそ》る恐《おそ》るアプリを開くと、水嶋《みずしま》からのそんな短い伝言《メッセージ》。

（き、きたか！）

用件こそ書かれていないが、間違《まちが》いない。

十中八九、昨日のことで俺に話があっての呼び出しだろう。

「……怖《こえ》ぇなぁ、おい」

正直、ビビってる。それどころかこのまま無視して家に帰りたいまである。

だけど、逃《に》げていたって何も始まらない、いや、終わらないのも事実だ。

幸いにして、向こうは俺に十分の猶予《ゆうよ》を与《あた》えてくれている。

心の準備を整える時間としては充分《じゅうぶん》だろう。

「すぅぅ………行くか」

覚悟《かくご》を決めて、俺は教室を後にした。

※

十分後。

「よ、よし……開けるぞ」

屋上に出る扉《とびら》の前で最後の精神統一を済ませた俺は、意を決して扉《とびら》を押し開けた。

「や、颯太《そうた》。待ってたよ」

果たして、屋上で俺を待ち構えていたのは、当然ながら水嶋《みずしま》だった。

そして。

「……昨日ぶり、ですね。颯太《そうた》くん」

「え、江奈《えな》ちゃん？」

水嶋《みずしま》の傍《かたわ》らには江奈《えな》ちゃんも立っていた。

どうやら、呼び出されたのは俺だけではなかったようだ。

「えっと、もしかして江奈《えな》ちゃんも、水嶋《みずしま》に？」

「は、はい……というか、私の方は昨日の夜に静乃《しずの》ちゃんに言われて」

「昨日の夜って、お互《たが》い家に帰ったあとに？」

「うん。江奈《えな》ちゃんと私で、あのあと色々と電話で話してたんだ」

「な、なるほど」

そうか。帰る時には一言も交《か》わさなかったから、どうなることかと思ったけど。

どうやらあの後、一応二人で何某《なにがし》かの話し合いがなされたらしい。

と、いうことはだ。

「つまり……俺が呼び出されたのは、その『話し合い』とやらに関係があるんだな？」

「そういうこと。話が早くて助かるよ」

水嶋《みずしま》は満足げにそう言うと、それから隣《となり》にいる江奈《えな》ちゃんと顔を見合わせて、どちらからともなくうなずき合う。

な、なんだ？　一体何が始まろうっていうんだ？

「颯太《そうた》」

「颯太《そうた》くん」

戦々恐々《せんせんきょうきょう》としながら、俺が彼女たちの次の言葉を固唾《かたず》をのんで待っていると。

「「——本当に、ごめんなさい！」」

次の瞬間《しゅんかん》、二人は見事にシンクロした動きで、それはもう綺麗《きれい》な土下座を敢行した。

「……………ふぁ？」

一瞬《いっしゅん》何が起こったのか理解できなかった俺は、思わず間の抜《ぬ》けた声を発してしまう。

しかしすぐに、学内きっての有名人である二人の美少女が俺の足元で地にひれ伏《ふ》していると
いう異常事態に慄《おのの》き、大慌《おおあわ》てでしゃがみこんだ。

「ちょ、まっ……ぇぇ⁉」

「私たちの勝手な都合で颯太《そうた》に迷惑《めいわく》をかけたこと、本当にごめんなさい」

「いやいやいやいやっ！　入ってこない！　話入ってこないって！　何やってんの⁉」

「そ、颯太《そうた》くんの気持ちも考えずに……勝手に試《ため》すようなことをして、本当にごめんなさい」

「そんなのいいから！　と、とにかく二人とも頭を上げてくれ！」

なんかよくわかんないけど、こんな所を誰《だれ》かに見られたら俺は殺されちまう気がする！

構わず謝罪の言葉を述べようとする二人を必死になだめすかし、俺はどうにかこうにか水嶋《みずしま》
たちに顔を上げさせた。

はぁ～びっくりした。こっちはお前、さっき呼び出された時は何を言われるのかとビクビク

していたというのに。

いざやってきてみれば初手で土下座って、予想外にもほどがあるだろ。

「まさか、これなのか？　昨日の夜にお前たちが話し合って出た結論が、土下座《これ》か⁉」

俺の質問に、スカートのほこりを払《はら》いながら立ち上がった二人が口々に答える。

「まぁ、そうだね。結論の一つ目だよ」

「な、何故《なにゆえ》に？」

困惑《こんわく》気味に尋《たず》ねると、水嶋《みずしま》がきっぱりと答えた。

「まぁ簡単に言えば、ケジメだね」

「け、ケジメ？」

「はい。さっきも言いましたけど……今回は、私たちの勝手な都合で始まった勝負に颯太《そうた》くんを巻き込んで、たくさん傷付けてしまいましたし、迷惑《めいわく》もかけてしまいましたから。ちゃんと謝らないとって、思って」

「そう。だから二人で話し合って、決めたんだ。これくらいのことをしないと、今回のことにはケジメがつかないと思ってさ」

「いや、だからってなぁ……」

ケジメをつけるために土下座とは、令和の女子高生にしてはなんとも律儀《りちぎ》というか、前時代的というか、汗臭《くさ》いというか。

さては水嶋《みずしま》のやつ、つい最近時代劇か極道《ごくどう》モノの映画でも観《み》たな？　これで意外と影響《えいきょう》されやすいところあるしなぁ、こいつ。

（そもそも、俺は別にそこまで気にしてないんだけど）

頭を掻《か》き掻《か》きため息を吐《は》いた俺は、けれどいたって真面目な顔をする二人を交互《こうご》に見やり。

（……変に否定するより、ここは合わせてやる方が二人のため、か）

結局は、そのケジメとやらに協力することにした。

「……わかったよ。二人の謝罪、確かに受け取った。許す。だから、この件についてはこれで手打ちとしよう。水嶋《みずしま》も、江奈《えな》ちゃんも、それでいいな？」

俺の宣言に、二人とも安堵《あんど》したような表情で頷《うなず》いた。

「ありがとう、颯太《そうた》」

「颯太《そうた》くん、ありがとう……それから、本当にごめんなさい」

「もう手打ちだって言っただろ？　だからもう気にしなくていいから。な？」

「は、はい」

ふぅ、やれやれ。どうやらこれにて一件落着みたいだなぁ。

なんて、俺はすっかり肩《かた》の荷《に》が下りた気分になってしまっていたのだが。

「じゃあ、無事にケジメもつけられたところで——本題に入ろっか？」

「Ｏｈ……」

そうだ。むしろ、この後が問題なんだった。

「とりあえず、簡単に状況《じょうきょう》を整理してみようか」

水嶋《みずしま》の言葉に、俺と江奈《えな》ちゃんは首肯《しゅこう》する。

「まず、一か月の『勝負』の期間を終えて、最初に颯太《そうた》が出した答えは、『水嶋《わたし》とは付き合えない』。つまり、この時点では江奈《えな》ちゃんを選んだ、ってことでいいよね？」

「ああ。そうだ」

迷わず頷《うなず》くと、隣《となり》に立っていた江奈《えな》ちゃんがポッと顔を赤らめる。

うん、可愛《かわい》い。

「ＯＫ。だけどその後、颯太《そうた》は江奈《えな》ちゃんから私の過去の話を聞いた。そして、江奈《えな》ちゃんに『少しでも静乃《しずの》ちゃんのことを想《おも》う気持ちがあるなら、静乃《しずの》ちゃんを選んでほしい』と言われて、私のところに駆《か》けつけてくれた。つまり、この時点では私を選んでくれた、ってことでいいんだよね？」

「まぁ……そういうことになるな」

水嶋《みずしま》が嬉《うれ》しそうな顔をして確認《かくにん》してくるので、俺は気恥《きは》ずかしさに顔を背《そむ》ける。

う～む。こうして改めて言葉にされると、かなりこっぱずかしいなコレ。

「うんうん。だから、最終的に颯太《そうた》と付き合うのは私になる……はずだったんだけど。最後の最後で江奈《えな》ちゃんが乱入してきたことで、勝負がどっちつかずになってしまい、今に至る、と。

そこまではいいかな？」

「ああ」

と、そこで俺はふと気になって江奈《えな》ちゃんに水を向ける。

「そういえば、江奈《えな》ちゃんはどうして俺たちがあの海浜《かいひん》公園にいるってわかったの？」

たしか、江奈《えな》ちゃんはSNSの類はやっていなかったはずだ。

水嶋《みずしま》がインスタにアップした海辺の写真を見られた可能性は低いし、よしんば見られたとしても、それがあの海浜《かいひん》公園の海辺の写真だとすぐに気付くのは難しいと思うけど。

「えっと……私、実はこの前、静乃《しずの》ちゃんからその海浜《かいひん》公園の写真を送ってもらってたんです。ほら、颯太《そうた》くんとどこで何をしたのか報告してくれてるって、言いましたよね？」

言いつつ、江奈《えな》ちゃんがスマホを取り出してその写真を見せてきた。たしかに、あの海浜《かいひん》公園の写真だ。

そういえば八景島《はっけいじま》に行ったときにパシャパシャ景色を撮《と》ってたな、水嶋《みずしま》の奴《やつ》。

「それであの時、クラスの友達が私に例のインスタの写真を見せてくれて……その写真に、静《しず》乃《の》ちゃんから送ってもらったものにも映っていた、見覚えのある松の木が見切れていたので。

それで、『もしかしたら』と」

そうか。たしかにあの写真には、ほんのちょっとだけど松の木が見切れていた。

実際、俺もそれをヒントにして場所の見当をつけていた。

「コホン。え～と、話を戻《もど》してもいいかな？」

「あ、ああ、悪い。それで、どこまでいったっけ？」

「だから、結局颯太《そうた》が私と江奈《えな》ちゃんのどっちを選ぶかが保留状態になっている、ってところ」

「そ、そうか。そうだな……」

まぁ、やっぱり結局そこに行きつくんだよなぁ。

（だけど）

俺はちらりと、隣《となり》に立つ江奈《えな》ちゃんに視線を向ける。

里森江奈《さともりえな》ちゃん。

俺の人生で初めての彼女で、俺の灰色だった青春を色づかせてくれた女の子。

ちょっと引っ込み思案《じあん》で後ろ向きな面もあるけれど、心優《やさ》しくて、清楚可憐《せいそかれん》で、同じ趣味《しゅみ》を持つ者同士で気も合う女の子だ。

（そう言われたって）

それから、今度は目の前に立つ水嶋《みずしま》の方に目を向ける。

水嶋静乃《みずしましずの》。

成績優秀《ゆうしゅう》、スポーツ万能《ばんのう》、スタイル抜群《ばつぐん》のイケメン美少女で、誰《だれ》もが憧《あこが》れるカリスマＪＫな人気モデル。

俺にとっては初めての彼女を奪《うば》った恋敵《こいがたき》（フリだったけど）で、江奈《えな》ちゃんと付き合いながら堂々と俺に浮気《うわき》しようと持《も》ち掛《か》けてきたヤバい女（演技だったけど）で。

だけど、本当は小学生のころからずっと一途《いちず》に俺のことを想《おも》い続けてくれた女の子。

（……答えなんて、そうそう簡単に出せるわけない）

我ながら褒《ほ》められたものじゃないとはわかっているが。

白状すれば、今の俺は水嶋《みずしま》にも江奈《えな》ちゃんにも好意を抱《いだ》いてしまっている。

しかし、そんなのは許されることじゃない。

もし彼女たちの告白を受け入れようというんだったら、選ばなかった方を深く傷つけてしまうことを覚悟《かくご》の上で、きっぱりとどちらか一人を選ぶのが筋というものだろう。

……それでも、やっぱり。

「やっぱり、俺にはまだ二人のうちのどちらか一人なんて、決める勇気も覚悟《かくご》も……」

情けないことは百も承知で、だから俺は正直な気持ちを口にして。

「『どっちかじゃなくて、どっちでもいいよ』です」

しかし、その言葉が終わらぬうちに、水嶋《みずしま》たちはとんでもないことを口走った。

「……は？」

「私と江奈《えな》ちゃんのどっちか一人だけを選ぶのが無理なら、私と江奈《えな》ちゃんの両方と付き合えばいいんだよ」

「はぁぁぁ⁉」

放課後の屋上に、俺の素《す》っ頓狂《とんきょう》な叫《さけ》び声《ごえ》が響《ひび》き渡《わた》る。

「お、お前、自分が何言ってるかわかってるのか⁉　それはつまり、俺に『二股《ふたまた》をかけろ』って言ってるようなもんなんだぞ⁉」

「『ようなもん』っていうか、まさにその通りだけどね」

まったく悪びれる様子もなくあっけらかんとそう答える水嶋《みずしま》。

俺は思わず頭を抱《かか》えて天を仰《あお》いだ。

ダメだ。こいつが何を言っているのか、俺にはさっぱりわからない。

「何も難しいことは言ってないでしょ？　私は颯太《そうた》のことが好き。で、江奈《えな》ちゃんも颯太《そうた》のことが好き。そして颯太《そうた》は私たちのどっちにも好意を持っている。なら颯太《そうた》が私たちを二人とも彼女にすれば万事《ばんじ》解決。ね、簡単でしょ？」

「バカなの？」

それができたら最初から苦労はしてないんだよ！

そりゃあ俺だって、水嶋《みずしま》と江奈《えな》ちゃんのどっちも切り捨てなくて済むなら喜んでそうするさ。

「だからって、常識的に考えて二股《ふたまた》は良くないだろ二股《ふたまた》は」

「颯太《そうた》、知らないの？　『善く生きることを大切に』って説いたかの聖人ソクラテスには、奥さんが二人いたんだってさ。それってつまり、むしろ二股《ふたまた》は『善いこと』ってことに」

「なるか！　生憎《あいにく》とここは古代ギリシャじゃなくて現代日本なんだよ！」

二股《ふたまた》なんてしたら、それこそ俺はクズ男に成り下がっちまうだろうが。

「なぁ、勘弁《かんべん》してくれって……付き合う前から浮気《うわき》を推奨《すいしょう》するなんて話、聞いたことないぞ。お前、そんなことされて嫌《いや》じゃないのかよ？　お前だって、昨日は、その……え、『江奈《えな》ちゃんに颯太《そうた》は渡《わた》さない』的なこと言ってたじゃんか！」

う、うわぁ。自分で言ってて恥《は》ずかしくなってきた。

赤面する俺を見て愉快《ゆかい》そうに笑いながら、水嶋《みずしま》がポツポツと呟《つぶや》く。

「もちろん、颯太《そうた》が私だけを選んでくれるなら、それが一番うれしいよ。だけど……私はやっぱり、江奈《えな》ちゃんのことも大事だからさ。初恋《はつこい》の人も、親友も、今はどっちも手放したくないって思ったんだ」

傍《かたわ》らに立っていた江奈《えな》ちゃんの頭を、水嶋《みずしま》が優《やさ》しく撫《な》でる。

不意に撫《な》でられて気恥《きは》ずかしそうにしていた江奈《えな》ちゃんは、けれどやがて毛づくろいをされる猫《ねこ》みたいにリラックスした表情を浮《う》かべていた。

この二人、なんだかんだいっても、やっぱり仲が良《い》いんだな。

「どっちかを手放すことになるくらいなら、私は颯太《そうた》に二股《ふたまた》をかけられてたって気にしない。むしろ相手が江奈《えな》ちゃんならハーレムエンド上等、って感じかな……今は、ね」

小悪魔《こあくま》チックな微笑《びしょう》を浮《う》かべてからかってくる水嶋《みずしま》に、俺はもう振《ふ》り回《まわ》されっぱなしだった。

良くない流れを断《た》ち切ろうと、俺は説得の相手を江奈《えな》ちゃんへと切《き》り替《か》える。

「え、江奈《えな》ちゃんは？　江奈《えな》ちゃんだって、いくら相手が親友の水嶋《みずしま》だからって、俺が二股《ふたまた》なんてするのは許せないよね？　メチャ許せないよね!?」

ご両親が厳しい家庭で育ったこともあるだろう。江奈《えな》ちゃんは真面目で貞淑《ていしゅく》な女の子だ。浮気《うわき》だとか二股《ふたまた》だとか、そんな不純なことを許容するはずがない。

だから、江奈《えな》ちゃんならきっと一緒《いっしょ》に却下《きゃっか》してくれるだろうと、俺はそう思って援護《えんご》射撃《しゃげき》を要請《ようせい》したのだが。

「えと、その……私も、浮気《うわき》相手が静乃《しずの》ちゃんなら、別に……あっ、で、でも、ちゃんと私と二人きりの時間も作っていただけると、嬉《うれ》しい、といいますか……」

「エナチャン？」

えぇ～なんでもう二股《ふたまた》する前提で話してるのぉ？　ワケワカンナイヨー！

「言っとくけど、これについてもちゃんと二人で話し合って、お互《たが》いに納得《なっとく》した上で出した結論だよ。だから、後は颯太《そうた》が決めるだけ」

「は、はい。颯太《そうた》くんは、何も私たちに遠慮《えんりょ》することなんてないんですよ？　たしかに、二股《ふたまた》なんてほんとは良くないことだけど……颯太《そうた》くんには、それだけの権利があると思う、から」

不意に真面目な顔をして、水嶋《みずしま》も江奈《えな》ちゃんも真っすぐに俺を見つめながら詰《つ》め寄《よ》ってきた。

こ、こいつら……本気だ！

「ね。私たちの気持ちとか、世間の常識とか、そういうのは一旦抜《いったんぬ》きにしてさ。颯太《そうた》が『どうしたいか』を聞かせてよ」

「お、俺が、どうしたいか？」

「颯太《そうた》くんは、私たち二人とお付き合いするのは……イヤ、ですか？」

「うっ……」

じりじりとにじり寄ってきながら、獲物《えもの》を追《お》い詰《つ》める女豹《めひょう》のような目をした水嶋《みずしま》と、捨てられる子犬みたいな目をした江奈《えな》ちゃんが、いまかいまかと俺の次の言葉を待っている。

水嶋《みずしま》とも付き合いながら、江奈《えな》ちゃんとも付き合う。

許されるのなら、俺だってそれが一番の選択肢《せんたくし》だとは思うし、そうしたい気持ちも山々だ。

（だけど……）

二人の事が好きだからこそ、好きになってしまったからこそ。

彼女たちとそんな不誠実な付き合い方をするのは、俺にはどうしても憚《はばか》られてしまい。

「や、やっぱり、俺にはそんなこと……」

今すぐにどちらか一方を選ぶなんてできそうにないし、ましてや二股《ふたまた》なんて無理だ。

だから、情けなくもそんな日和《ひより》った答えを返そうとしたところで。

「もう。しょうがないなぁ」

水嶋《みずしま》が、俯《うつむ》いた俺の顎《あご》に手を伸《の》ばしてクイッと顔を上げさせてきた。

「へっ？　み、水嶋《みずしま》？」

「バカがつくほど真面目で一途《いちず》な颯太《そうた》のことだからさ。きっと二股《ふたまた》なんて認めないだろうなとは思ってたけどね。まぁ、そんなキミだからこそ好きになったんだけど」

上目遣《うわめづか》いでそんな甘ったるいセリフを吐《は》いてくる水嶋《みずしま》の横では、江奈《えな》ちゃんも「同感です」と言わんばかりにコクコクと頷《うなず》いていた。

「だからね、颯太《そうた》。優柔不断《ゆうじゅうふだん》なキミには、私たちから『第三の選択肢《せんたくし》』をあげましょう」

「…………はい？」

第三の、選択肢《せんたくし》？

※

屋上での話し合いによって、今度こそ俺たちの「勝負」に決着をつけた、その翌日の水曜日のこと。

「――〈大いなる力には〉？」

「〈大いなる責任が伴《ともな》う〉」

面倒《めんどう》な中間テストも最終日を終えた放課後。

何を思ったのか「映研に用事がある」と言い出した水嶋《みずしま》と江奈《えな》ちゃんに頼《たの》まれて、俺は二人を連れて部室へと足を運んでいた。

　そして。

「いや〜、ようこそようこそ！　こんな場末の文化部によくやってきてくれたねぇ！　部長としてはもう願ったり叶《かな》ったりさ！　歓迎《かんげい》するよ！　今日からよろしくね、二人とも！」

「はい。よろしくお願いします」

「よ、よろしくお願いしますっ」

「……マジですか？」

　部室の中へと案内して部長や先輩《せんぱい》たちと引き合わせるなり、なんと二人そろってその場で映研への入部を申し込んだのだ。

「わ、すごい。撮影《さつえい》機材がいっぱいだ。ほんとに映画作ってるんですね」

「そうだよ〜。今はほとんど開店休業中だけど、マコちゃんが次回作のプロットを仕上げたら、近いうちにまた新作を作るつもりなんだ〜」

「こ、ここに置いてある映画って、自由に観《み》てもいいんですか？」

「ああ、問題ない。アニメからサイコホラー、誰《だれ》もが知る名作から眩暈《めまい》がするようなZ級まで、一通りはとり揃《そろ》えてある。部室に来たらいつでも好きに鑑賞《かんしょう》してくれていい」

　まったくいきなりのことで困惑《こんわく》する俺を尻目《しりめ》に、常に予算と人員に飢《う》えている我らが宮沢《みやざわ》部長はこれを快諾《かいだく》。

あれよあれよという間に、二人の入部が決定することと相成ったのである。

「それにしても、こんな期待の新人が二人も入ってくれるなんてねぇ！　里森《さともり》君はアニメーション映画への造詣《ぞうけい》が深くて将来有望だし、水嶋《みずしま》君に至ってはなんといってもあの人気モデルの『Ｓｉｚｕ』だろう？　いや～、よくまぁこれほどの逸材《いつざい》たちをスカウトしてきてくれたよ！　ありがとう佐久原《さくはら》君！　やはり君こそが、次代の映研を担《にな》う我が部の救世主だ！」

「は、はぁ……」

「よぅし！　そうと決まったら忙《いそが》しくなるぞぅ！　せっかくこうして部員も増えたことだし、そろそろ本格的に次回作のプロジェクトを進めなければ！」

「いいからお前はまずとっとと構想を考えろ。話はそれからだ」

「そうだね～。プロジェクトを進めるなら、まずはマコちゃんが頑張《がんば》らないとね～」

いつにもましてハイテンションな部長に、藤城先輩《ふじしろせんぱい》と菊地原先輩《きくちはらせんぱい》が冷静に正論を叩《たた》きつける。

そんな映研の日常が繰《く》り広《ひろ》げられている横で、俺は水嶋《みずしま》達に小声で詰《つ》め寄《よ》った。

「どういうつもりだ？　二人とも、なんでウチに入部したんだよ？」

「なんでって、そりゃあ……ねぇ？」

二人して顔を合わせた水嶋《みずしま》と江奈《えな》ちゃんが、ニッコリと笑って答える。

「こうすれば、少しは颯太《そうた》と一緒《いっしょ》にいられる時間が増えるでしょ？」

「はい。だってほら、私たちは……颯太《そうた》くんの『彼女候補』、なので」

「うっ。それ、本気で言ってたのか……」

そう、「彼女候補」。

二人が俺に提示してきた「第三の選択肢《せんたくし》」というのが、それだった。

現状、俺は江奈《えな》ちゃんと水嶋《みずしま》のどちらか一人を選ぶことはできない。かといって、どちらとも付き合う「公認《こうにん》の二股《ふたまた》」みたいなこともしたくない。

ならば、俺がどちらか一人を選ぶ決心がつくまで、二人は俺の「彼女候補」としてそばにいることにすればいい……というのが、彼女らの言い分だった。

「な、なぁ。やっぱり止めないか？」

「え？」

「『彼女候補』なんて言ってるけど、それって要はキープってことだろ？　すげぇ気が引けるんだけど。二人のことを、その、なんだ……都合の良《い》い女？　みたいな扱《あつか》いしてるようでさ」

「あはは。颯太《そうた》が罪悪感を覚えることなんて何もないよ。だって、私たちの方から好きで颯太《そうた》のキープになってるんだから。ね、江奈《えな》ちゃん？」

水嶋《みずしま》に同意を求められた江奈《えな》ちゃんも、胸元《むなもと》でギュッと手を握《にぎ》り締《し》めながらコクコクと頷《うなず》く。

その首元には、もはや当たり前みたいに赤と黒のチェック柄《がら》の首輪が着けられていた。

「ひとまずは高校卒業までを目処《めど》にして、私と江奈《えな》ちゃんのどちらが颯太《そうた》を攻略《こうりゃく》できるか。嘘《うそ》も演技も無い。今度こそ正々堂々とした、恨《うら》みっこナシの真剣《しんけん》勝負ってことで」

「はい。なので、颯太《そうた》くんは何も難しく考えずに、今まで通り私たちと仲良くしてくれると嬉《うれ》しいです」

「う、う〜ん……」

言っていることはメチャクチャだが、それでも二人の表情は真剣《しんけん》そのものだった。

まぁたしかに、二股《ふたまた》をするよりはそっちの方が遥《はる》かにマシな選択肢《せんたくし》ではある。

結局は結論を先延ばしにしているだけとも言えるかもしれないが、それでも、何より当の二人がそれを望んでいるのなら、俺にはそれを拒《こば》む権利はないだろう。

こんな決着になってしまったのは、まだどちらか一方を選び、そしてどちらか一方を切り捨てる覚悟《かくご》ができていない、欲張りで情けない俺にも大いに責任があるのだから。

「はぁ……わかった。もう好きにしてくれ。ただし、面倒《めんどう》になる予感しかしないから、彼女候補だの何だのの話はオフレコで頼《たの》む。俺たちはあくまでも同級生で、同じ部活に所属する親しい友人同士。今はそれでいいな？」

「もちろん。わかってるよ」

「私たちだけの秘密、ですね」

なんて俺が二人に釘《くぎ》を刺《さ》したところで、ふと振《ふ》り返《かえ》れば何やら部長たちが出かける準備を整えていた。

「部長？　先輩《せんぱい》たちも、どこか出かけるんですか？」

「うむ！　次回作に備えてのロケハンさ！　いくつか候補地があるんだけど、今日はそのうちの一つを下見しようと思ってね」

「ちょうどいい。おい、佐久原《さくはら》に新入部員二人。お前たちも一緒《いっしょ》に来い。ロケハンがてら、機材の簡単な使い方なんかをレクチャーしてやる」

そう言って手招きされてしまったので、俺たちも内緒話《ないしょばなし》を一旦《いったん》切り上げ、部室を出る先輩《せんぱい》たちの背中を追いかけた。

※

「で、部長の言ってた『候補地の一つ』ってのが……ココか」

「あはは。まさか、よりによってココとはね」

その後、部長たちと一緒《いっしょ》に学校を出発した俺たちがやってきたのは、つい昨日の放課後にも足を踏《ふ》み入《い》れて、なんなら軽くひと泳ぎもしてしまった、例の海浜《かいひん》公園だった。

なんとタイムリーな。こんな事なら、事務員のおじさんに借りてたあのツナギ、今日学校に持ってくればよかった。

「まぁいいや。とにかくまずは、部長たちに頼《たの》まれた仕事をこなそうぜ」

「うん。たしか、砂浜《すなはま》でいい感じにサンセットが撮《と》れそうなスポットを探すんだっけ？」

「ああ。部長たちが機材の準備をしている内に、さっさと済ませちまおう」

とまぁ、そんなわけで俺と水嶋《みずしま》と江奈《えな》ちゃんの三人は、つい昨日も歩き回った砂浜《すなはま》を再び踏《ふ》みしめていた。

ザザーン、というさざ波の音をＢＧＭに、ぼちぼち夕暮れ時の海辺を歩いていく。

「う～ん。風が気持ちいいね」

「はい、ほんとに。映研に入って、さっそく良《い》い思い出ができました」

俺を挟《はさ》んで笑い合う二人を見て、気付けば俺も自然と笑《え》みを浮《う》かべていた。

考えてみれば、こんなにゆったりとした時間を過ごすのも、随分《ずいぶん》とまぁ久しぶりな気がする。

なにしろ俺のこの一か月の生活ときたら、それだけで映画の一本くらいは撮《と》れるんじゃないかってくらいに色々あったからなぁ。

潮風になびく髪《かみ》をかき上げて、今日も今日とて絵になる横顔を披露《ひろう》している水嶋《みずしま》に、俺は目を向ける。

一緒《いっしょ》に服を選んだり、俺の家に押しかけて来たり、お互《たが》いのバイトを見学したり、水族館に行ったり。本当に、こいつとは色んな場所に行って、色んな体験をしたよなぁ。

もちろん嫌《いや》なこともあったし、面倒《めんどう》くさいと思うこともあったけど……うん。それでも、今ならはっきり言える。

水嶋《みずしま》と過ごしたこの一か月は、ヘタな映画を観《み》るよりもよっぽど面白《おもしろ》くて、楽しかったって。

「……ん？」

俺の視線に気づいたらしい水嶋《みずしま》が、こっちを振《ふ》り返《かえ》って優《やさ》しい笑《え》みを向けてくる。

「どうしたの、颯太《そうた》？　もしかして今、私に見惚《みと》れちゃってた？」

次にはからかうような口調で、俺に流し目をくれる水嶋《みずしま》。

少し前までの俺だったなら、きっと照《て》れ隠《かく》しに鼻で笑っていたところだろう。

だが、甘いな水嶋《みずしま》よ。もうあの頃《ころ》の俺とは違《ちが》うんだ。

「ああ。お前、やっぱり美人だよな。さすが現役《げんえき》モデルだわ」

「っ⁉」

俺の火の玉ストレートを不意打ちで食らった水嶋《みずしま》は、わっかりやすく動揺《どうよう》していた。

「へ、へぇ……そ、そう？」

なんて、必死にいつものクールビューティーを気取ってそっぽを向くけれど、その耳の先が真っ赤に色づいているのが丸見えだ。

ふむ……もしかしたらと思っていたけど、こいつ、意外と攻撃《こうげき》力に全振《ふ》りしていて防御《ぼうぎょ》力が低いタイプなのか？　これはいいことを知ったかもしれない。

完璧超人《かんぺきちょうじん》な水嶋《みずしま》の思わぬ弱点を見つけて、俺が内心でほくそ笑《え》んでいると。

「……（ジィィィィィィ）」

気付けば、いつのまにか俺の制服の裾《すそ》を摑《つか》んでいた江奈《えな》ちゃんが何やら物申したそうなジト目で俺を見上げていた。

相変わらずプニプニとして柔《やわ》らかそうな頬《ほ》っぺたが若干《じゃっかん》膨《ふく》らんでいる。

「な、なんでしょうか？」

「……いえ、べつに」

あ、そっぽ向いちゃった。

もしかして江奈《えな》ちゃん、ちょっとやきもち妬《や》いてる？

江奈《えな》ちゃんのこんな子供っぽい顔は初めて見た。お昼寝《ひるね》を邪魔《じゃま》された猫《ねこ》みたいで、すごくとても可愛《かわい》いんですが。

やっぱり江奈《えな》ちゃんマジ天使。

「ん？　そういや、この辺って……」

そんなこんなをしている内に、俺たちはつい昨日、三人そろって浅瀬《あさせ》にダイブしてしまったあたりの砂浜《すなはま》までやってきていた。

「なんつーか、これからここに来るたびに昨日のことを思い出すんだろうなぁ」

「そりゃあ、あれだけのことがあったらね。忘れられないでしょ」

そう言って肩《かた》を竦《すく》めた水嶋《みずしま》が、次には何事か思いついたように、悪戯《いたずら》っぽい笑顔《えがお》を浮《う》かべる。

「そういえばさ、颯太《そうた》は知ってる？　どうして江奈《えな》ちゃんが、キミに魅力《みりょく》を感じてもらえていないんじゃないか、って不安になったのか」

「え？」

「昨日は単に『自分に自信がないから』って言ったけど。実は、他にも理由があるんだよねえ」

「し、静乃《しずの》ちゃん⁉」

途端《とたん》に、なぜか顔を真っ赤にした江奈《えな》ちゃんが大慌《おおあわ》てで水嶋《みずしま》へと詰《つ》め寄《よ》った。

な、なんだ？　江奈《えな》ちゃんってば、何をそんなに焦《あせ》って……。

「そ、それは言わないって約束じゃ……！」

「あれ？　約束を破って私の過去をバラしちゃった人が何か言ってる」

「あぅ……そ、それは……」

「それに江奈《えな》ちゃんさぁ。この一か月、私に黙《だま》って何度かズルしてたでしょ？　ふふふ、なら多少のお仕置きは必要だよね？」

「うぅ……」

水嶋《みずしま》の言葉に反論できないのか、江奈《えな》ちゃんはさっきから面白《おもしろ》いくらいに目線をあっちこっちに泳がせてあたふたしていた。

「ズル？　ズルって、何のことだ？」

話が読めない俺が首を捻《ひね》ると、水嶋《みずしま》は俯《うつむ》く江奈《えな》ちゃんの背後に回り込み、彼女のモチモチほっぺを両手でむにゅっと摘《つま》み上《あ》げた。

「ひ、ひふのひゃんっ……ひゃ、ひゃめへふらはひぃ……」

江奈《えな》ちゃんは涙目《なみだめ》になりながら、か細い腕《うで》で水嶋の手を払《はら》いのけようとする。

が、モデル活動の中で普段《ふだん》から体を鍛《きた》えているという水嶋《みずしま》に力で叶《かな》うはずもなく。

結局は観念したようにダランと腕《うで》を下ろし、「あぅぅ」と情けない声を上げることしかできなかった。

うん、可哀想《かわいそう》だけど可愛《かわい》い。

「それがさ〜。『勝負』を始める時に、この一か月は江奈《えな》ちゃんは極力颯太《そうた》に近付かない、ってルールを決めてたんだよ。万が一にもボロが出ないようにね」

なるほど。たしかに「勝負」が始まってからの江奈《えな》ちゃんは、打って変わって事務的な塩対応だったもんな。

……なんか、思い出すだけで泣きそうになってきた。

あれも全部演技だったとわかって、本当に良かった。いやマジで。

「だけどこの子ってば、よっぽど颯太《そうた》と離《はな》れ離《ばな》れなのが寂《さび》しかったみたいで。そのうち私に隠《かく》れて颯太《そうた》と図書室で二人きりになろうとしたり、挙句の果てには正体を隠《かく》してメイドになってまで颯太《そうた》とイチャつこうとしたりしてさぁ。一か月間は私の『攻略《こうりゃく》』を邪魔《じゃま》しないってルールだったのに、そうやってアピールするのはちょっとズルじゃんね？」

「えっ？」

水嶋《みずしま》の言葉に、俺はこの一か月の江奈《えな》ちゃんとのやりとりを思い返してみる。

そう言えば、いつか図書館の事務室で二人きりで作業したことがあったっけ。

それまで着けていなかった首輪を着けてきていたり、やたらそれを見せつけようとしてきたり、たしかにあの時の江奈《えな》ちゃんの様子は少し不自然だった。

メイドのバイトにしたってそうだ。俺が知っている江奈《えな》ちゃんは引っ込み思案《じあん》で人見知りで、だから、まずあんな派手な格好で接客業ができるような子ではない。

それでもアイマスクや偽名《ぎめい》を使ってまで正体を隠《かく》して（バレバレだったけど）俺に「ご奉《ほう》仕《し》」してきたのには面食らったっけ。

思い返せば、俺と付き合っていた時の彼女からは想像もつかないくらい、この一か月の江奈《え》ちゃんは行動力があった気がする。

「てっきり、江奈《えな》ちゃんが俺と水嶋《みずしま》の関係を疑って探《さぐ》りを入れようとしての行動だと思ってたんだが……そもそも最初から全部知っていたってことは……」

「焦《あせ》ったんでしょ。颯太《そうた》が段々と私に心を許していってるのを感じて、『このままじゃ本当に攻略《こうりゃく》されちゃう！』って。かといってネタばらしをするわけにもいかないから、せめてもの抵《てい》抗《こう》として江奈《えな》ちゃんなりに颯太《そうた》にアプローチしようとしていた……ってところかな？　ん？

そのへんどうなの、江奈《えな》ちゃ～ん？」

追《お》い詰《つ》めるような水嶋《みずしま》の口調に、江奈《えな》ちゃんはもうバツが悪いやら気恥《きは》ずかしいやらといった顔で項垂《うなだ》れるしかないようだった。

「だから、そんなルール違反《いはん》を犯《おか》した江奈《えな》ちゃんへの、これは罰《ばつ》ってことで」

「うぅ……ゆ、許してくださいぃ……」

「ダ～メ。ほらほら、言ってみ？　どうして不安になったのか、自分の口で言ってみ？」

いたいけな町娘《むすめ》の弱みにつけ込んで辱《はずかし》める悪代官みたいになった水嶋《みずしま》が、意地の悪い笑顔《えがお》で江奈《えな》ちゃんに自白を促《うなが》す。

哀《あわ》れ江奈《えな》ちゃんは目の端《はし》に涙《なみだ》を浮《う》かべながら、なぜか夕陽《ゆうひ》にも負けないくらいに赤面して。

「……て…………たから」

けれど、やがて観念したといった様子で、ギュッと胸元《むなもと》で両手を握《にぎ》りしめながら、ゆっくりと口を開く。

「え？」

俺に向かって江奈《えな》ちゃんが何事かを喋《しゃべ》りかけてくるが、声が小さすぎて波の音にかき消されてしまう。

「……手……して…………なかった、ので」

「えっ、と……ごめん。よく聞こえなかったんだけど」

俺が頬《ほお》を掻《か》き掻《か》きそう言うと、江奈《えな》ちゃんはいよいよ茹《ゆ》でダコみたいに顔を真っ赤にしながら、精一杯《せいいっぱい》の声で叫《さけ》んだ。

「だ、だからっ！　颯太《そうた》くんが、全然私に手を出そうとしてこなかったので！」

「……は？」

かくん、と下あごを落とす俺に、江奈《えな》ちゃんはもうヤケッパチだとでも言わんばかりにまくしたてる。

「わ、私っ、本当はもっと颯太《そうた》くんとくっついたりしたかったんです！　手を繋《つな》いだり、ハグしたり……き、キス、とか……そそ、それ以上、とかもっ！」

「はい⁉」

「こ、これでも私、結構アピールしてたんですよっ？　颯太《そうた》くんとデートする時、偶然《ぐうぜん》を装《よそお》ってさりげなく体に触《さわ》ったり！　映画館で肩《かた》を並べて座る時は、話しかけるふりしていつもより顔を近づけたり！」

「え、江奈《えな》ちゃん⁉　ちょ、ちょっと落ち着いて……」

「家族が仕事で家を空けがちなのをいいことに、颯太《そうた》くんを部屋に連れ込んだりもしました！　なのに颯太《そうた》くん、全然そういう素振《そぶ》りも見せなかったからっ……」

「んん⁉」

そ、それって、つまり……。

「俺が……あんまりエッチなことをしようとしてこなかったから、自分には魅力《みりょく》が無いのかもって不安になった……って、こと？」

俺が簡単にまとめたところで、もはや羞恥心《しゅうちしん》も限界だったらしい。

「そ、そ、そ……颯太《そうた》くんのバカ！」

最後にそんな捨《す》て台詞《ぜりふ》を吐《は》くと、江奈《えな》ちゃんは水嶋《みずしま》の腕《うで》からすり抜《ぬ》けて、ぴゅーっと部長たちのもとまで走り去ってしまった。

「江奈《えな》ちゃん……そ、そうだったのか。てっきり、そういうのはあんまり好きじゃないタイプだと思ってたから……」

「いやいやいや。女子って男子が思ってる以上にエッチなことに興味あったりするよ？　特に、江奈《えな》ちゃんみたいに親が厳しい家だったりすると、かえって溜《た》まってたりするんだろうね」

「おい生々しいことを言うんじゃないよ、お前は」

遠ざかっていく江奈《えな》ちゃんの背を見送りながら、俺は盛大《せいだい》にため息をついた。

う〜ん、やっぱり女の子って難しい。

「だからまぁ、これからは颯太《そうた》も適度に江奈《えな》ちゃんとスキンシップしてあげたらいいんじゃない？　私としてたみたいにさ」

「お前のはスキンシップってレベルじゃないものもあったけどな」

この一か月で、こいつが幾度《いくど》その恵体《けいたい》をフル活用して俺に色仕掛《いろじか》けをしてきたかわからない。

ほんと、我ながらよく理性を保っていたと思うよ。

「さて、どうする？　江奈《えな》ちゃん戻《もど》っちゃったけど、私たちは続行する？　撮影《さつえい》スポット探し」

「そうだな。ちゃちゃっと見つけて、そしたら俺たちも戻《もど》るか」

「ＯＫ。……あ、そうだ颯太《そうた》。この場所で思い出したけど」

散策を再開しようと歩き出したところで、水嶋《みずしま》に呼び止められて振《ふ》り返《かえ》る。

視線の先では、水嶋《みずしま》がスカートのポケットから何かを取り出して掲《かか》げる姿があった。

「これ、颯太《そうた》に返すよ。もう私には必要ないものだからさ」

言われて水嶋《みずしま》の手を見れば、そこには「Ｐホイッスル」が握《にぎ》られていた。

「必要ないって、どういうことだ？」

「だって、もうこれで呼ばなくたって、これからはずっと颯太《そうた》がそばにいてくれるでしょ？」

言うが早いか、水嶋《みずしま》は手に持っていたホイッスルを俺に向かって放り投げた。

しかし、少し力を入れ過ぎたのか、コントロールを誤ったのか。

空中に放物線を描《えが》いて飛んだホイッスルは、そのまま俺の頭も飛《と》び越《こ》えて背後の砂浜《すなはま》に落下してしまう。

（おいおい、どこ投げてるんだよ）

危《あや》うく浅瀬《あさせ》に落ちて波にさらわれるところだった。

所詮《しょせん》は子供のおもちゃとはいえ、もう少し丁寧《ていねい》に扱《あつか》ってほしいもんだな。

「ったく、投げるならちゃんと俺が取れるように……」

砂の中に半分埋《う》まったホイッスルをつまみ上げ、文句の一つでも言おうと振《ふ》り返《かえ》った、その瞬間《しゅんかん》。

——ちゅ。

不意に、潮の匂《にお》いに交じって甘いキンモクセイの香りが鼻をくすぐり。

俺の唇《くちびる》に、何か柔《やわ》らかくて温かい感触《かんしょく》が伝わった。

(…………え？)

一瞬《いっしゅん》何が起こったのかわからなかった俺は、けれどいつの間にかすぐ目の前に水嶋《みずしま》の美貌《びぼう》があったのを見て、にわかに顔中が熱くなるのを感じた。

「キミの、初めてのヒロインにはなれなかったけどさ」

してやったり、とでも言いたげにはにかんで。

水嶋《みずしま》はすこし照《て》れ臭《くさ》そうに、けれど心の底から嬉《うれ》しそうに言った。

「キミの一番のヒロインになるチャンスは、まだ残ってるよね」

あまりの不意打ちに面食らってしまっていた俺は、それでも、そんな彼女の飾《かざ》りのない笑顔《えがお》を前にしては、何か言い返す気もすっかり失《う》せてしまう。

「颯太《そうた》、ありがとう——私の初恋《はつこい》を守ってくれて」

パッと花が咲《さ》いたみたいな、その眩《まぶ》しいほどの満面の笑《え》みに、俺はつくづく安堵《あんど》していた。

本当に色んなことがあった一か月だったけど。

それを乗《の》り越《こ》えた先で、この笑顔《えがお》が失われずに済んだことに。

この笑顔《えがお》を、守ることができたことに。

「……何もたいしたことはしてない気もするけど」

だから俺は、いつかこいつを助けた時と同じように。

「まぁ、気にするな」

せいぜいカッコつけながら、不敵に笑って言ったのだ。

「——俺は、お前のヒーローなんだろ？」

あとがき

こんにちは、福田週人《ふくだしゅうと》です。

マザーグースの詩の一つに、こんな一節があります。

〈女の子は何でできている？

女の子は何でできている？

砂糖とスパイス、そして『素敵《すてき》な何か』でできている〉

筆者は小さい頃《ころ》にいくつかマザーグースの童謡《どうよう》を耳にしたことがあるのですが、今ではもうほとんど覚えていません。しかし、この一節だけはなぜか頭の中にずっと残っていました。

ここで言う砂糖は「可愛《かわい》らしさ」や「愛嬌《あいきょう》」、スパイスは「気品」や「妖艶《ようえん》さ」といった辺りでしょうか？　それぞれが何を指しているのか、本当の所は筆者には分かりません。

そして、極《きわ》めつけは「素敵《すてき》な何か」。読者の皆《みな》さんは、これが一体何のことなのかお分かりでしょうか。表現がアバウト過ぎて、これも筆者には皆目見当《かいもく》もつきません。

それでも敢《あ》えて何かを当てはめるとしたら、それは「嘘《うそ》」ではなかろうか、と思います。

もちろん、嘘《うそ》というのは基本的には良くないものでしょう。嘘《うそ》つきは泥棒《どろぼう》の始まり、なんて言葉もあるくらいだし、あまり「素敵《すてき》」と表現されることはないかもしれません。

けれど、嘘《うそ》の中にも種類があります。誰《だれ》かを守るために吐《つ》く「優《やさ》しい嘘《うそ》」だってあれば、好きな人が相手だからこそ吐《つ》いてしまう「可愛《かわい》い嘘《うそ》」だってあります。

女の子たちが時折吐《つ》くそんな嘘《うそ》の裏に、巧《たく》みに隠《かく》された本心。

それが垣間見《かいまみ》えた、あるいは明かされた時、彼女たちが持つ「砂糖」や「スパイス」がより一層魅力《みりょく》的に感じられることもあるのではないかなと、筆者はそう思います。

それはまるで、普段《ふだん》はスカートの向こうに隠《かく》されていて、しかしふとした瞬間《しゅんかん》にチラリと見えるパンツのような……いや、なんでもありません。今のは聞かなかったことにしてください。

なんだか取り留めのない話をしてしまいましたが、要するに嘘《うそ》というのも時には魅力《みりょく》の一つになるよね、という話です。ミステリアスで何か裏がありそうなお姉さんとか、誰《だれ》でも皆《みな》好きですもんね？

というわけで（？）、この本に登場する女の子たちも、それはもう嘘《うそ》を吐《つ》きます。めっちゃ吐《つ》きます。なんならこの本のタイトルからしてもう嘘《うそ》です。ごめんなさい。

そんな嘘吐《うそつ》きな女の子たちに振《ふ》り回《まわ》されて、驚《おどろ》かされて、しかし、それでもそんな彼女たちのことを魅力《みりょく》的に感じてくれる読者が一人くらいはいるんじゃないか。そんな気持ちでこの物語を綴《つづ》っております。もしいたら、あとでこっそり筆者に教えてください。一杯奢《いっぱいおご》ります。

さて、ではここからは謝辞のターン。

まずは一巻に引き続き素敵《すてき》なイラストを描《えが》いてくださったさなだケイスイ大先生。一巻以上に刺激《しげき》的な水嶋《みずしま》の姿に、筆者はもう涙《なみだ》と涎《よだれ》の激流でワケがわかりません。本当にありがとうございます。いつも助かっています。

担当編集のS様。前巻に引き続き諸々《もろもろ》のサポートをしていただき、ありがとうございます。イラストに対する筆者の暑苦しい長文感想を、いつもスルーすることなく聞いてくださるその寛大《かんだい》さには感謝の念が絶えません。これからもよろしくお願いいたします。

そして何より、読者の皆様《みなさま》。「彼女を奪《うば》ったイケメン美少女がなぜか俺まで狙《ねら》ってくる」がこうして晴れて二巻を出すことができたのも、本作を手に取ってくださった皆様《みなさま》のお陰《かげ》に他なりません。本当にありがとうございます。

一巻の発売から随分《ずいぶん》と間が空いてしまったことは申し訳ない限りですが、お待たせしてしまった分、最高に面白《おもしろ》いものが出来上がったという自負はありますので、楽しんで読んでいただけたのなら幸いです。

というところで、今回はこの辺で筆を置かせていただきます。いつになるかは筆者にもまだわかりませんが、また皆《みな》さんとお会いできる日を楽しみに、これからも精一杯頑張《せいいっぱいがんば》ります。

Ｅｘｃｅｌｓｉｏｒ！

二〇二四年五月　福田《ふくだ》　週人《しゅうと》

◉福田週人著作リスト

「彼女を奪ったイケメン美少女がなぜか俺まで狙ってくる」（電撃文庫）
「彼女を奪ったイケメン美少女がなぜか俺まで狙ってくる2」（同）

本書に対するご意見、ご感想をお寄せください。

ファンレターあて先
〒102-8177　東京都千代田区富士見2-13-3
電撃文庫編集部
「福田週人先生」係
「さなだケイスイ先生」係

本書は、2022年から2023年にカクヨムで実施された「第8回カクヨムWeb小説コンテスト」で特別賞（ラブコメ部門）を受賞した『彼女を奪ったイケメン美少女がなぜか俺まで狙ってくる』を加筆・修正したものです。

電撃文庫

彼女《かのじょ》を奪《うば》ったイケメン美少女《びしょうじょ》がなぜか俺《おれ》まで狙《ねら》ってくる2

福田週人《ふくだしゅうと》

2024年7月10日　初版発行

発行者　山下直久
発行　株式会社KADOKAWA
〒102-8177　東京都千代田区富士見2-13-3
0570-002-301（ナビダイヤル）
装丁者　荻窪裕司（META＋MANIERA）
印刷　株式会社暁印刷
製本　株式会社暁印刷

●お問い合わせ
https://www.kadokawa.co.jp/（「お問い合わせ」へお進みください）
※内容によっては、お答えできない場合があります。
※サポートは日本国内のみとさせていただきます。
※ Japanese text only

※定価はカバーに表示してあります。

ISBN978-4-04-915817-5　C0193　Printed in Japan

電撃文庫　https://dengekibunko.jp/

電撃文庫DIGEST　7月の新刊

発売日2024年7月10日

恋は双子で割り切れない6
著／髙村資本　イラスト／あるみっく

晴れて恋人同士となった二人。そして選ばれなかった一人。いつまでもぎくしゃくとしたままではいかないけれど、立ち直るにはちょっと時間がかかりそう。そんな関係に戸惑いつつ、夏休みが終わり文化祭が始まった。

レプリカだって、恋をする。4
著／榛名丼　イラスト／raemz

「ナオが決めて、いいんだよ。ナオとして生きていくか。それとも……私の中に戻ってくるか」決断の時は、もうまもなく。レプリカと、オリジナル。2人がひとつの答えに辿り着く、第4巻。

彼女を奪ったイケメン美少女がなぜか俺まで狙ってくる2
著／福田週人　イラスト／さなだケイスイ

「お試しで付き合う一か月で好きにさせる」勝負の期日はもうすぐそこ。軽薄な静乃だけど、なんで時々そんな真剣な顔するんだよ。それに元カノ・江奈ちゃんも最近距離が近いような？お前らいったい何考えてるんだ！

少女星間漂流記2
著／東崎惟子　イラスト／ソノフワン

可愛いうさぎやねこ、あざらしと戯れられる星、自分の望む見た目になれる星に、ほっかほかの温泉が湧く星……あれ、なんだか快適そう？　でもそう上手くはいかないのが銀河の厳しいところです。

吸血令嬢は魔刀《おれ》を手に取る2
著／小林湖底　イラスト／azuタロウ

ナイトログの一大勢力「神殿」の急襲を受け仲間を攫われた逸夜たち。救出のため、六花戦争の参加者だった苦条ナナの導きで夜ノ郷に乗り込むことに!?

教え子とキスをする。バレたら終わる。3
著／扇風気 周　イラスト／こむぴ

元カノが引き起こした銀を巡る騒動も収まり、卒業まではこの関係を秘密にすることを改めて誓いあった銀と灯佳。その矢先、教師と生徒が付き合っているという噂が学校中で囁かれ始めて——。

あんたで日常《せかい》を彩りたい2
著／駿馬 京　イラスト／みれあ

穂含祭での演目を成功させた夜風と棗。しかし、その関係性は以前と変わらずであった。そんな中、プロデューサーの小町は学年末に開催される初花祭に向けた準備を進めようとするが、棗に「やりたいこと」が無く——？

神々が支配する世界で〈上〉
新作

著／佐島 勤　イラスト／浪人
本文イラスト／谷 裕司

ある日、世界は神々によって支配された。彼らは人間に加護を与える代わりに、神々の力を宿した鎧『神鎧』を纏い、邪神と戦うことを求める。これは、神々が支配する世界の若者たちの物語である。

神々が支配する世界で〈下〉
新作

著／佐島 勤　イラスト／浪人
本文イラスト／谷 裕司

神々の加護を受けた世界を守る者。邪神の力を借りて神々の支配に抗う者。心を力とする鎧を身に纏い、心を刃とする武器を手にして、二人の若者は譲れない戦いに臨む。

こちら、終末停滞委員会。
新作

著／逢縁奇演　イラスト／荻pote

正体不明オブジェクト“終末”によって、世界は密かに滅んでる最中らしい。けど、中指立てて抗う、とびきり愉快な少年少女がいたんだ。アングラな経歴の俺だけど、ここなら楽しい学園生活が始まるんじゃないか？

異世界で魔族に襲われても保険金が下りるんですか!?
新作

著／グッドウッド　イラスト／kodamazon

元保険営業の社畜が神様から「魂の減価償却をしろ」と言われ異世界転移。えっ、でもこの世界の人、魔族に襲われても遺族にはなんの保障もないの!?　じゃあアクション好きJKといっしょに保険会社をはじめます！

[STATUS]
電撃文庫が贈る、
新たなVRMMOデスゲーム！
エンジョイ勢
山本さん、
運営の思惑を
かき乱す！
CHECK
デスゲームに巻き込まれた山本さん
気ままにゲームバランスを崩壊させる
YAMAMOTO san is Breaking Balance of Death Game
ぽち [AUTHOR] POCHI
Illustration 久賀フーナ
[COMMENTER]
『刃牙』シリーズ
範馬刃牙
[著]板垣恵介
『ソードアート・オンライン』
キリト
[著]川原 礫／[イラスト]abec
『デュラララ！！』
セルティ
[著]成田良悟／[イラスト]ヤスダスズヒト
超強力な3人が推薦ッッ!!!
電撃文庫

那西崇那
Nanishi Takana
［絵］NOCO
絶対に助ける。
——たとえそれが、
彼女を消すことになっても。
蒼《そう》剣《けん》の歪《ゆが》み絶《だ》ち
VANIT SLAYER WITH TYRFING
ラスト1ページまで最高のカタルシスで贈る
第30回電撃小説大賞《金賞》受賞作
電撃文庫